新时代文学晋旅　山西中青年实力作家中篇小说代表作
邢利民　李骏虎＿主编

暮年辞

MUNIAN CI

陈年　著

山西出版传媒集团　北岳文艺出版社
·太原·

图书在版编目(CIP)数据

暮年辞 / 陈年著. —太原：北岳文艺出版社，2023.8

("新时代文学晋旅"：山西中青年实力作家中篇小说代表作 / 邢利民，李骏虎主编）

ISBN 978-7-5378-6750-4

Ⅰ.①暮… Ⅱ.①陈… Ⅲ.①中篇小说—小说集—中国—当代 Ⅳ.①I247.5

中国国家版本馆CIP数据核字(2023)第128021号

暮年辞

陈年 著

//

出品人
郭文礼

选题策划
高海霞

责任编辑
关志英

装帧设计
张永文

印装监制
郭 勇

出版发行：山西出版传媒集团·北岳文艺出版社
地址：山西省太原市并州南路57号
邮编：030012
电话：0351-5628696（发行部） 0351-5628688（总编室）
传真：0351-5628680
印刷装订：山西万佳印业有限公司

开本：787 mm × 1092mm 1/16
字数：220千字 印张：15.5
版次：2023年8月第1版
印次：2023年8月山西第1次印刷
书号：ISBN 978-7-5378-6750-4
定价：70.00元

本书版权为本社独家所有，未经本社同意不得转载、摘编或复制

目 录

狗富贵 …………………………………001
归家 ……………………………………035
嗣音 ……………………………………065
暮年辞 …………………………………088
白发上的月光 …………………………121
六月栖栖 ………………………………158
人鱼 ……………………………………206

狗富贵

1

6路公交车每天早上都挤得满满当当的。下面等车的人太多,前门挤不上去时,司机会开恩让一些人交钱刷卡从后门上车。车厢后头总是比前面要宽松一点点。都是急着上班上学的人,大家互相体谅体谅挤一挤也就上来了。有时后门也挤不上来了,司机一脸无奈,冲着下面的人群喊,实在上不来了,大家等一下后车吧,后车马上就来了。最多三分钟。真的,三分钟。这话听起来怎么都像假话。

如果上班的话,以后就要天天挤公交,被挤成一张纸片,再慢慢还原成人形。我一想起这些心情就不好,我其实是害怕上班的,害怕人多热闹,害怕和陌生人接触。可是又不甘心成为夏亮的一件闲置物品。一件东西老放在一个地方,慢慢就成了废品。除非你能禁得起时间的考验,活一百年或是二百年,那就会成为古董。我已经十年没有出来工作了,孩子读大学后,我分明感到二次失业的危机。

梁静在微信里问我:"艳子,你想出来工作吗?有一个上班的机会。"

我毫不犹豫地说:"想。我都快闷死了。"

"闷啥呢,说出来我给你解一解。灵着呢!"

"没啥,就是心情不好。大概是因为最近没有下雨吧。"

"下雨?"

"嗯,下他七七四十九天。"

"疯言疯语。"

"疯了第一个去找你。"

"还能不能好好聊天?"

我发一串黑色的骷髅头给她。

"上班的事要不要和你家老夏商量一下?"

"不用。我的事我做主。"

"啥时候变得这么爽快,你不是特别恋家吗?"

……

2

我是爱面子的人,在外人面前我和夏亮一直保持着恩爱夫妻的良好形象。我不能告诉梁静我最近和夏亮闹意见了。并不是什么出轨呀小三呀原则性的大问题,就是一些日常小事情。我满头大汗地拖地时,他跷着二郎腿像个大爷一样坐在沙发上看电视,连脚都不挪动一下。我拿拖把碰碰他的拖鞋,人家往后动一动,再碰,再动一点。目中无人,我完全就是家里的免费保姆。更过分的是,我回娘家走三天,夏亮可以把吃过饭的脏碗一直泡在水池里给我留着。

虽然梁静早就警告过我,一个女人没有独立的经济,就没有家庭地位。可我却以为夫妻之间靠的是自觉,家务活多做少做都没有关系。夏亮大男子主义历来严重,再加上我婆婆的调教,他老认为家务活是我一个人的。夏亮的口头语是,你一天啥事也没有。他只要这么一说,我就有七窍生烟的怒火,我一个人天天忙里忙外,脚后跟打屁股蛋,他就像是得了眼盲症。这可真是你都累得吐血啦,人家还以为你红酒喝多了。

按着梁静的指引,我到实业总公司取上工作调动表,先回原单位调出人事档案再去办调动手续。工作人员告诉我，原单位的主要领导、接收单位的领导在上面空白处签字盖章后，这些表格才能生效。我数了数要盖十一个章，也就是说我要敲开十一扇门。而门后面藏着什么样的面孔，什么样的心机，我不知道。不过我已经预感到那是无底深渊。

光进出总公司的大门，就有一套严格的手续，先是接受两位保安的口头询问，他们表情严肃，口气生硬，完全像在审犯罪嫌疑人。然后再登记，认真填两份来客登记表，从年龄、职业、籍贯、主要家庭成员到身份证号，最后还有来公司的理由。比机场的安检都严。奶奶的，这是把我当成了恐怖分子吧，杀人如麻的黑寡妇？

我惴惴不安地敲第一扇门时，就遇到了困难。签字拿公章的"一把手"没在。看到旁边办公室的门开着，我灵机一动敲了敲门框，礼貌地问办公室里的一个小姑娘，对不起，打扰了。韩总啥时候回来？姑娘摇头说，不知道。我把嘴巴咧得更大一些，腰弯得更低一些，一脸贱兮兮的笑，麻烦您可不可以把办公室的电话给我？我已经来过两回了。我家远，在城东住。她没有一点同情心，摇头说，没有电话。明明就是说谎了，工作人员怎么可能不知道总经理办公室的电话。我不死心又敲开另一个办公室，这回选一位年纪大的姐，年纪大点有爱心，她告诉我，总经理的私人电话不能随便告诉外面人。言外之意是说我心思不纯，动机不良。在洗手间照了照镜子，怎么看都是一个手无寸铁、弱不禁风的女子，难道我长得很像坏人吗？心里恼火，知道她们在敷衍我，可又有什么办法呢。总公司里的人我一个不认识。我甚至连要找的韩总都不认识，也许他刚才就在我面前大摇大摆地走过。

韩总第二天没在，第三天还没来。我悲哀地发现，根本不是十一扇门，而是二十一、三十一，甚至是五十一。那些公章陀螺一样在我脑子里转，我有点打退堂鼓了。这工作不干也罢。为啥要重新跳入管理严格的单位，给自己套上枷锁？已经四十多岁了，当闲云野鹤多好。又怕梁静笑话我，连个调动手续都办不了，真成了一坨废物。

外面果然下雨了，是那种小雨，细如牛毛，湿冷穿透衣服，浸入骨头。雨已经下了三天，难道真的要下七七四十九天？那我真成了一个妖孽，一语成谶。

我想出一个笨办法，守株待兔，一直守在总经理的办公室门外，只要有个风吹草动，我便立刻冲进去。奇怪的是，那个办公室的门从来没有打开过。

3

夏亮对我采取的态度是不闻不问，想干啥干啥。反正他不会出面帮我办工作。他说我这样的人和整个社会格格不入。屁，我这样的人咋啦，是偷了人民的钱还是挖了人民的墙脚。说到底还不是面子薄不想弯下腰来求人。我身边和我条件一样的，有不少人又重新安排了工作。人家靠的是啥，是神通广大的关系呗。我凭什么就是漏网之鱼。

早上挤公交车时，我默默祈祷今天那位"大仙"在位。我已经从网上搜索到了他开会的工作照片、他的年龄、他的履历表、他毕业的院校，并把这些牢牢地刻在脑子里。如果他出现在我面前，我一定不会让他溜走。早高峰的公交车上，昨天的镜头继续重演，司机冲着下面的人群喊：

上不来了！

大家等后车吧！

后车马上就来了。

最多两分钟！

真的，两分钟！

人们好像忽然明白过来那是一个骗局，他们拼命地拍着车门，大喊着，开门，开门，并威胁要去公交总公司投诉他。司机不得不打开车门，拥堵在门口的乘客发出一阵夸张的惨叫声，似乎是为了证明司机没有撒谎，黑压压的人墙密不透风，他们连一条缝隙也没有给下面的人留出来。乘客们一脸绝望地看着被封堵得死死的车门。我的心情也是绝望的。

来得太早了，整个大楼里只有几位清洁工在打扫卫生。我急忙瞟一眼左边的门，没有惊喜，门还是关着。我在门板上轻轻敲了几下，隔两秒，又敲了几下。难道现在的领导们都夜里办公了？我笑容满面地问一个清洁工，麻烦您，看到韩总来没？她摇摇头。我又问，韩总今天在不？她硬邦邦地甩给我三个字，不知道。好像和那些办公室里的人是一个师父教出来的。机关就是机关，衙门口，连清洁工都牛哄哄的。

这时旁边一个胖胖的清洁工给我使眼色，我心领神会，知道里面一定有原因。等剩下她一个人时，她悄悄告诉我，韩总没在，在太原开会呢，不用等了。没想到遇到了好心人，我两手合十并说着感谢的话，谢谢姐，您心眼好，好人有好报，要不我又白等一天。女人粗大的腰身从后面看像一只笨拙的大熊，她叉开八字腿，弯着腰低着头使劲地推动着拖布。我瞥见她红色内裤的松紧边，可能是本命年吧。我没话找话，姐，你们这么早来了？这活儿挺辛苦的。我临时决定要和女人搭上关系，清洁工也算是内部人员。

女人擦过一次楼道，返身擦二遍，经过我身边时说，我也是看你来了好一会儿了，不忍心，才说个实话。我就看不惯那些坐办公室女人的装蒜样。不就是在机关上个班嘛，有啥了不起。

碰了几鼻子灰，这是我听到的最解气的话。我早就想骂人了。细看觉得这个女人有点面熟，她也看着我，你以前是不是在矿上住？我说，是呀，在青矿住了八九年。她又问，你是夏雪婧的妈妈吧？夏雪婧是我女儿。我知道遇到了熟人，可就是想不起对方是谁，急得我在脑袋上拍了好几下，对不住，您看，这记性让狗吃了。女人宽宏大量地笑了，老了，都是个这，我也记不住人名字。我是吉祥的妈妈，楼对门的杨花。

杨花？我吃了一惊，这变化也太大了。岁月真是一把猪饲料，可这身形、这相貌也太出人意料。当年的杨花在矿上可是一朵花，比电线杆苗条，比剥了皮的鸡蛋白净，比牡丹花香艳。说话细声细气，脸上两个浅浅的小酒窝，笑起来掉一地的冰糖渣子，能甜到人心里头。杨花长得好看，还爱打扮，夏天冬天都穿裙子，那种及踝的各种布料的长裙子，再搭配上小皮靴。细腰，长腿，亭亭玉立，颈上系着各色的丝巾，云彩一样在人们眼前飘来飘去。

嘿嘿，认不出了吧，主要是我吃胖了，比以前整整胖了三十斤。杨花不好意思地笑着。

我看着眼前小山一样的她，心想，岂止胖了三十斤，五十斤都不止。

杨花还是像以前那么热情，拉着我的手问长问短，这么多年没见了，你倒是没咋变，还是这么瘦。

哪有，胖了，比以前胖了好多。以前穿一尺九的裤子，现在都二尺二了。看着巨大的杨花，我瞬间自信了很多。

不胖，不胖。女人过了四十，身上就得有点儿肉，柴棍子一样的难看死了。

你也不胖，胖人有福。我口是心非。

你现在住哪儿？孩子大了吧？在哪儿上大学呢？你们家夏亮呢，升官了吧？……一连串的问题，我们有十几年没见面了，我都不知道从哪儿回答起。而杨花似乎也不准备听我回答。

对了，你找韩秃子有事？杨花说完，捂着嘴看看四周，自己笑了。她说话还是那么没心没肺。

我调工作，这不是找韩总签字！可人家天天没在，愁死我了。

她问，你敲的哪个门？我心想我还认得几个字。总经理的牌子高高挂在那儿，难道我不认识。我满不在乎地说，就是挂经理室牌子的那个门。杨花诡异地笑了，那个呀，你来一百回都没人。原来那个办公室根本不是经理办公室，牌子挂着，可人家并不在里面办公。他的办公室是左手边第二个门。内部人知道，外面人不知道。现在找领导办私事的杂七杂八的人多，还有下面单位一些上访告状的人，总经理工作繁忙，根本接待不过来。有些事当面又解决不了，只能慢慢拖。原来如此，狡兔三窟，我心里生闷气，感觉自己像个小丑一样，被别人戏弄。

8点，大楼里上班的员工陆续到了，那些女人穿着职业装，化着精致的淡妆，高跟鞋踩着大理石地面，咔嗒咔嗒，像一只只趾高气扬的孔雀。杨花撅着屁股弯腰干活，手下拖布小心翼翼地避让着锃亮的皮鞋。都是工作，在窄窄的过道一下子分出高低贵贱，让人看着不舒服。怕杨花面子上过不去，我便和她告辞。杨花让我去楼尾的小屋里等一会儿，等她忙完，再好好唠唠。我也并不想走，说实话，我把后面的希望都寄托在杨花身上。我便在她们放拖把扫帚的地方等她。屋子不大，扫帚、拖把、水桶等等，里面塞满了乱七八糟的东西，和我现在的心情一样。

4

杨花和我在矿上时是门对门的邻居，她东门，我西门。我们两家处得还不错，杨花在职工食堂工作，会做饭，包点饺子，烙点馅饼，就敲门给我们送两个。刘老师，你尝尝我做的馅饼，芹菜馅的。杨花端着一只蓝花瓷盘站在门外，那样子就像现在送快递的小哥。我其实不喜欢这些小恩小惠，她送了东西，我也不可能总是白吃，人情世故有来有往，心里总想着回送点什么。这是很费脑子的事。我是一个想法简单的人，遇到这些鸡毛蒜皮的烦恼事，忍不住要和夏亮抱怨几句，对门的女人真多事，这样送来送去的有意思吗？现在啥吃食买不到，送什么送？弄得别人好像老爱占她家便宜似的。夏亮就批评我是独根草，说和邻居搞好关系很重要。我家婆婆也这样说，远亲不如近邻，和邻居处好就相当于多一门亲戚。

生了孩子后，我的奶水开始还行，后来和夏亮他妈拌了几句嘴，我气性大，伤了奶，虽然喝了不少的鲫鱼汤、猪蹄子黄豆汤补救，但奶水还是不好。孩子饿得直哭，又不肯吃奶粉。吃过人奶的小孩子嘴刁，死活不肯吃奶粉，人工的橡胶奶嘴含都不含一下。小人人不大，倒是识得真假货，把我折腾得要死。光奶嘴就买了十几个，有一种进口仿真的要五十多块一个，可小祖宗还是不吃。硬塞进嘴里，马上吐出来哇哇大哭。我们两口子急得没法，我心烦，忍不住又数落起婆婆的不是。夏亮责备我完全没有一个老师的样子，成天婆婆妈妈的，和那些说闲话的长舌妇一个样。火上浇油，我嘴上也不饶人，别拿大帽子压我，老师怎么了，老师就该忍气吞声被你妈欺负？夏亮嗓门提高八度，我妈哪儿欺负你了？老人家辛辛苦苦伺候你坐月子还伺候出不是了？我踩了夏亮的尾巴，我忘了人家的妈是天下最伟大的妈，别人不能说一点儿不是。杨花听到争吵声就来了，她把孩子接过去，解开怀把紫樱桃似的奶头塞进孩子的小嘴里，孩子立刻不哭了。这没良心的家伙真是有奶便是娘。

我们两家的孩子同岁，她的女儿比我孩子大两个月。杨花奶水好，我趁机让孩子认了干妈，这样夏雪婧便有理由常去干妈家改善生活。杨花一个奶头挂一个孩子，两个小家伙叼着奶头狼吞虎咽地狂吃。一般的小孩子都护占奶，不让别的孩子碰自己的妈妈，像杨花的女儿表现这样大度的很少。杨花点着小吉祥的额头笑着说，这孩子连自己的饭碗都看不住，我家的大黄狗还懂得护食盆子。我讨好说，你家女儿那是大善，佛家说，救人一命胜造七级浮屠。"别给我整那些文词。咱没有文化，听不懂。"吃饱了，杨花抱起孩子轻拍着后背，她说孩子吃饱后拍几下不溁奶。杨花自己老说，初中都没有毕业，也不知真假。

也是奇怪，杨花人瘦，奶水却好，她说她属于馋奶，喝点鸡汤鱼汤，都从奶上走了。奶浓于血，为了表示感谢，我给孩子买东西时，都买两份。两个孩子常在一起玩，穿的衣服一样，玩具也一样，不知道的人还以为是双胞胎呢。我和杨花也不说破，那时家家都是独生子，双胞胎是让人格外眼红的事。我们甚至为孩子剪了一样的童花头。当然是杨花的手艺，她有一套理发工具。她家男人的头发平时就是她理。赵刚好伺候，简单一个光头。私下我很佩服杨花这个女人，超有本事，什么活儿都会做。

因为孩子，我和杨花也处得像亲姐妹，男人们上夜班时，我就带着孩子在她家吃在她家住，有时她也住我家。两个女人躺在被窝里，私下啥话也说，包括夫妻间的那点事。赵刚馋那个事，白天也要，还喜欢玩个花样。杨花说话没遮拦，添油加醋地说细节，那两个人就是活生生的西门庆和潘金莲。听得我脸红心热的，都是人，还是精力旺盛的年轻人，只不过是我善于装。我伸手刮她脸，羞她。没羞没臊啥话也说，简直是荡妇。杨花突然摸一把我的胸，笑着说，好好，我是荡妇，你是圣女。瞧瞧，你身子不说谎，还装？你敢说，你和夏亮不做，孩子是哪来的！偷来的吧。和哪个男人偷情来着？我打掉她的手，回骂，疯子、女流氓，越说越没谱。杨花仗着疯劲儿，张牙舞爪地过来，对我浑身上下一阵乱摸。流氓就流氓，美人过来，让朕好好疼一疼你。我笑得身子软成一汪水。那会儿电视里天天演清朝的皇帝皇后，不是朕就是哀家。

2000年时老师吃香，有的学生家长特别巴结我们。小礼物总是不断，几斤麻油、二斤山里的蘑菇、一袋小杂粮、乡下亲戚拿来的一只老母鸡。我不会做，拿回家反手送给杨花，杨花把它们做成美食再回送给我。

梁静是后来搬来的，住在我家楼下，大学毕业分配在中学当老师，是人们嘴里的高级知识分子。有文化的梁老师有点看不上我们这些矿工矿嫂，出来进去也不怎么搭理人。楼里的女人们说她眼睛长在脑门上呢。梁静的男人胡飞在城里的机械局工作，她调不进城里，他不想降低身份回到矿上，两个人便一直过着两地分居的生活。梁静当初分配到矿上，连换洗衣服都没带，说好只是走一下过场。她的父母已经找了关系，副市长的门路，硬靠。后来他们的孩子都两岁了，她还是稳定地待在青矿中学。调不走，只能在矿上买房子安居。梁静买的是二手房，家里也没有装修，简单买几件家具就搬了进来。她还是惦记着想走。

也不知是啥原因，我倒是入了梁老师的眼，后来想可能是我小学老师的身份吧。梁静一个人带着孩子肯定不方便，学校有课忙不过来时，就会把孩子送到我家，我有时也忙。杨花和赵刚的工作属于三班倒，杨花倒是白天有工夫。梁静把孩子送给我，我赶着上课前把孩子再送给杨花。不是一个，是两个。好在杨花两口子人热心，杨花不在赵刚在，用她的话说，一只羊是放，一群羊也是放。孩子们在她眼里就是一群活泼可爱的小羊。

梁静的儿子胡昊长得喜庆，讨人爱，大脑袋虎腾腾的，又是一身小城里人的打扮，说一口标准的普通话，嘴巴又甜，叫一声阿姨，心都被萌化了。梁静有求于人，态度也好了很多。三个小孩子又喜欢在一起玩，慢慢我们三个女人好得穿一条裤子。真的是穿一条裤子，我们身材相仿，衣服可以互换。

我们都是有工作挣工资的女人，楼里很多女人没有工作，全靠男人养活。经济基础决定社会地位，我们花自己的钱，花得理直气壮。常常是今天发工资，明天已经分文没有。我们仨有一个共同的爱好，就是爱打扮，只要城里流行什么衣服，时兴什么发型，我们都要试试。三个爱打扮的小媳妇花枝招展地一起出，一起进。楼里的老人很是看不惯，暗地里骂我们败家娘们。

梁静的男人一个星期才回一次，回来时给孩子们买城里的海鲜比萨饼、肯德基的大鸡腿、夹奶酪的面包。矿上没有西餐店，孩子们只能在电视广告里看新鲜。三个孩子围在身边，叔叔长，叔叔短。叔叔答应他们，下次回来带会眨眼睛的布娃娃，能射子弹的仿真手枪。梁静的男人戴眼镜，少言寡语的，大家遇到了，点点头打个招呼。和活泼的梁静比起来，简直不是一类人。梁静说，他们家的胡飞内秀，人家可是名牌大学的毕业生。胡飞和梁静是高中时的同学，恋爱"长跑"八年。当初胡飞同学为了把梁静追到手，没少下功夫，简直就是二十四小时跟班，随叫随到。梁静想要天上的月亮，胡飞马上搬梯子去。

梁静这小女人不地道，仗着生的是个带把儿的，早早便定下了我们两家的闺女，还开玩笑说她家小子有福气，一下子就有了两个如花似玉的媳妇。为了争将来谁是大老婆谁是小老婆，我和杨花没少斗嘴。我们三家人在一起时小媳妇、小女婿、亲家母、亲家公地一通乱叫。夏亮说，女人这种动物最琢磨不透，好起来甜如蜜，臭起来赛狗屎。后来的事，证明夏亮有先见之明。

5

杨花把楼道打扫干净,又去收拾卫生间,擦洗面台、换垃圾桶的塑料袋、清洗便池等等。等她终于闲下来,我们才有空聊起来。不用我问,杨花自己便竹筒倒豆子把这些年的事都说了,吉祥读大四,准备出国留学,小儿子高三,今年高考。她在和平街租了房子陪读。儿子学习好,全校排名前一百,估计双一流的学校没问题。她在矿上的工作办了内退,每个月开一千多块。到了退休年纪办正式手续就好,退休时能挣两千多……我根本插不上嘴,她说一句,我点一下头。

大概是发现只有她一个人在说,她笑了,问我,你家夏雪婧呢?我说,今年准备考研,不考研连工作都找不到。没办法,其实夏雪婧也不想考研,可现在招聘都要求有研究生学历,完全是被逼上梁山。听到赵吉祥要出国,我心里稍稍有些不平衡。前段时间梁静说,准备把她的儿子送出国。我就被刺了一下。

一个人不努力,老天也帮不了你,这几年我真是耽误了很多,一头扎进书堆里,小说没写出来,钱也没挣到。如果我家有一百万,也让我们夏雪婧出国镀一镀金。现在的年轻人流行出国,学习不学习、深造不深造不说,总归是见世面长见识。洋面包总算是吃过了。

对了,你们家夏亮呢,升大官了吧?当初在矿上就已经是干部了。我矜持地笑了笑,没有,就是一个小局长,还是副的,手里一点儿实权也没有了。我在这方面说话拿捏得最好,既不让人觉得显摆,也不能让别人觉得你家男人这些年一点儿没进步。

说完男人孩子的事,两个人都有点找不到话题,其实我有很多事想问问她,十多年了她过得咋样,可又不知从哪儿说起。我怕惹出她的伤心事。

杨花的工作简单,把属于她的片区卫生做完,就可以下班了。她家里有学生，还要赶回去做午饭。杨花笑嘻嘻地说，我就喜欢做这样的工作，干脆利落，苦点累点没关系，时间上自由，既能上班，还能回家给孩子做口热饭。听说她当年一下拿了七十多万，难道都花完了？当然，这话我是不能问的。

留了电话，加了微信。杨花告诉我，不要瞎跑了，韩经理回来了，她会及时给我打电话。两个人拉着手相跟下楼，她的手糙得像一张砂纸。楼梯上有一只别人扔的烟头，她脚下灵巧地一转，把那支烟头踢到了一楼，一楼不属于她打扫的片区。她冲着我顽皮地一笑，难得她有那么灵巧的身手。出了公司大门，她骑一辆旧自行车，我坐公交车。杨花胖，压得车子吱呀乱叫。她刚才和我抱怨，电动车的电池让人偷了，重新买一块要七百多块钱。我看着虎背熊腰的她越走越远，不由得感慨，命运真是捉弄人。

当年杨花的丈夫在井下一线工作，每个月挣一万多，属于高薪。我和夏亮两个人的工资加起来都没有人家赵刚一半多。收入低，我又爱乱花钱，再加上孩子隔三岔五地进医院，工资常常接不上。没钱便和杨花借钱过难关。杨花从来没有回绝过我，总是要多少拿多少。当然我也会在发工资后马上还回去，好借好还，再借不难。这个老理儿我懂。

梁静比我强不了多少，她又爱穿又爱玩，可想一点钱也攒不下。我和梁静那时都和杨花借过钱。梁静借得理直气壮：反正他们家赵刚挣得多，再说是借，也不是不还。

杨花家的生活水平比我们任何一家都好。杨花在吃的方面特别舍得花钱，他们喜欢吃鱼，而且还是吃活鱼。杨花做鲫鱼豆腐是一绝，做的鱼汤家家都能闻到香味，我家夏雪婧馋得不停地流口水，也嚷嚷着要吃鱼。我眼睛一瞪，她只好憋回去。不一会儿，杨花让小吉祥端一碗鱼汤过来。小家伙喝得滋滋响，一点脸也不给我留。杨花的习惯一直没改，吃点好的，总是给我送一碗，后来又加上梁静。

杨花说我们家刚子受的苦重，不比你们的男人都坐办公室，一定要吃好。她们家天天都是鸡鸭鱼肉，啤酒一捆一捆地往家搬。赵刚大吃二喝的好日子，把楼里的其他男人羡慕死了。都说赵刚娶了个好老婆，懂得心疼男人。只是赵刚不怎么给杨花长脸，吃了那么多鸡鸭鱼肉，还瘦得跟竹竿子似的。

夏亮有时也想在饭桌上造反，我只是向他一伸手，拿钱来，有钱我买澳洲龙虾，一米长的。他便闭嘴了。赵刚的零头都比他挣得多。英雄气短，夏亮赌气地夹一筷子大白菜，说，你们这些女人也不怕害眼病，眼里只有钱。这话我不爱听，说得我好像有多爱钱似的。我告诉夏亮，王八水蛋，拿回钱好汉。

夏亮喊着，明天就写申请到一线，下窑挣大钱去。我知道他不会，他的小身板子吃不了那个苦。赵刚早上四点走，晚上六七点才回，一天十三四个小时待在矿井下。听说工作面特别远，普通人啥活儿也不干，背着工具装备在井下走一趟，身体都吃不消。夏亮哪有人家那硬骨头，往楼上扛一回煤气罐还把腰扭了，哼哼唧唧在床上生生躺了五天，我伺候吃喝不说，还花了一百多的药钱。男人和男人也是不一样的，有的男人皮实肯吃苦，只要有钱挣，啥罪也能受了；有的男人特别会心疼自己，比方我家夏亮，宁愿少挣点，也不去吃那个苦头。再说他爹妈也不舍得儿子去受那份罪，老太太一直教育我，钱眼没底，多挣了多花，少挣了少花。别眼红一线的工人，将来退了休，一身的毛病，身子骨早被掏空了。我当然不会因为钱让夏亮去危险的一线，人家好歹是个技术员，靠大脑吃饭，我还是懂这个理儿的。

赵刚的个子不高，只有一米六五，杨花净高一米六八，穿高跟鞋就更显高了。杨花和男人站在一起时，男人在她耳朵下边，相跟上出去，好像领了一个大孩子。那男人没什么文化，长相也一般，站在杨花身边特别不搭，也不知他们当年怎么对上眼的。听邻居们私下说，杨花没有正式户口，找赵刚时以女儿的名义顶了赵刚爸爸的班。赵刚的爸爸工残，二级矽肺，公家照顾一个招工指标。从农村人变成城里人，赵刚一家对她有重生再造之恩。我曾经问过杨花，除去感恩，他们之间有没有爱情。杨花头一扭，啥情不情的，我们粗人，没有你们这些文化人的花花肠子，男人和女人在一起，还不是好好过日子。

  他们两个简直是楼里的模范夫妻，从来没有红过脸。那时我们都年轻，又刚结婚没几年，都有当一家之主的野心，谁也不服谁，一言不合就呛呛上了。和婆家的关系也是别别扭扭的，磨合期难免牙齿碰了舌头。婆媳之间总想东风压倒西风。别人家鸡飞狗跳的，只有他们家一团和气。大家都羡慕，赵刚娶了个懂事明理的好媳妇。不过人家赵刚也是好男人，下班回来，从来不出去和别的男工喝酒玩麻将，待在厨房里陪女人做饭。杨花不让男人动手，赵刚不走，就站在旁边陪着媳妇说话。

  杨花后来忽然又多了一个儿子，说是婆婆早上锻炼时路边捡的，他们正好缺儿子就留下了。计生政策严格，不好落户，先托关系落在爷爷奶奶的名下，过两年再辗转把户口办在杨花他们的头上，中间花了不少钱。杨花给儿子起了一个洋气名字，叫凯利。那儿子长得不好看，小眼黑皮黄发，大长脸。老话说吃谁像谁，几年过去，这孩子隐隐倒显出几分赵刚的样子。赵刚一下班回来就带着儿子玩，大家不怀好意地猜测儿子的来历，是不是男人在外面生的野种。杨花年纪不大，完全可以自己生嘛，也不知她怎么想的。捡来的孩子，谁知道身体有没有毛病。万一摊上个有病的孩子，一整个家底都贴进去。不过别人都是瞎操心，人家一家四口过得幸福美满。

6

  调动的事有了眉目，心情好了很多。下了公交车，我拐到菜市场买了一块五花肉，又买了鲫鱼和豆腐。摊主帮忙把鱼去鳞去鳃，他一边干活一边和我聊天，他说这是野生的小鲫鱼，黄河水养大的。分明就是谎话，哪有那么多的野生鱼。但我心情好，也就相信自己真的买到了黄河水养大的鱼。晚上多做了两个菜，小酥肉和鲫鱼豆腐汤，这两道菜还是杨花教我的。

我做饭手艺差,除了会炒几个家常菜,别的花样做不了。梁静彻底连家常菜也不会,胡飞回来,一家人都在矿上的职工食堂吃。楼里的老太太常嘀咕,有文化的女人都是炸窝鸡,一天就会描眉画眼地打扮。杨花是楼里公认的巧媳妇,一年四季,家里飘着诱人的香味。特别是到了年底,挑一个公休日,围起围裙大干,炸丸子、炸带鱼、炸鸡块、炸麻花,小烧肉、小酥肉、油豆腐泡,楼上楼下的邻居路过了,都被香气冲得走不动路,故意站在门外问一句,杨儿,做啥好吃的呢?这么香。杨花这时就会喊,进来尝尝,做小酥肉呢,尝一块。那些人馋虫子早爬出来了,拈着手指拿一块塞进嘴里,一边吃一边夸杨花,走的时候再往嘴里塞一个肉丸子。

杨花做了吃食,分成好几份,婆家一份,大哥一份,大姑姐一份,小姑子一份。当然我和梁静跟着沾光,也能拿一份。过年时再把婆婆一家接过来,一起过年。我们那时结过婚的年轻人都是到婆家吃年夜饭,家务活也不用做,去了吃完喝完抹一抹油嘴走人,只有她是请婆婆到她家过年。

我家夏亮馋杨花的小酥肉,非逼着我去请教她。我知道他早被杨花"俘虏"了,张爱玲不是说过,要想抓住男人的心,先抓住男人的胃。男人嘴馋,一辈子也没有出息。我故意说,我才懒得学。这些东西还用学?为了吃,为个嘴,围着厨房做一上午,太浪费时间。有那点时间,看看书多好。夏亮鼻子里哼一声,酸死个人。他竟然敢看不起我!我拉下脸黑三天,给他点颜色看看。夏亮又换一招,说什么杨花的厨艺天下第一,当着我面夸别的女人,我听了特不服气。

小酥肉做蒸碗、配大烩菜、吃锅子,正月里样样离不了。老吃别人做的,也不是个事。我便把杨花请到家里让她来教我,杨花给脸上头,敢跟我要学费,让我一顿奚落。她后来不得不求饶,行了,行了,我的姑奶奶,我说一句,你后头一百句等着我呢。真不愧是当老师的,这嘴皮子都是骂学生骂出来的吧。敢揭我的短,我把手伸进她腋下,胳肢她,杨花痒痒肉多,我一伸手,她便投降了。

小酥肉最重要的是挂浆,浆里面粉面、鸡蛋放多少比例,各人有各人的秘方。据杨花说她是跟着食堂老师傅学的,老师傅在部队里给师长做过饭。酥肉做出来,油亮红润,放多久也不坏。夏亮当晚一个人就吃了一碗。我得意地瞟他一眼,哼,做菜这点小伎俩,还能难住堂堂的人民教师?本大师是不愿意学。第二天早上,夏亮拉肚子,坐在马桶上半天起不来。我捂着嘴笑个不停,他硬说是肉没蒸透,要去法院告我谋害亲夫。

我这个人藏不住事,好事坏事都写在脸上。夏亮回来看一眼桌子,问,工作的事有眉目了?我说,你怎么知道?夏亮夹一块小酥肉放进嘴里,细嚼慢咽,这就是说明。你猜,我今天遇到了谁?我倒了一杯啤酒给他。夏亮说,我怎么知道,总不会遇到了大领导吧。这日子过得真是越来越没有味儿,夏亮连敷衍也懒得敷衍我一下。

我把奶白色的鲫鱼汤盛进碗里,主动告诉他,我今天见到杨花了。青矿的,咱们以前的邻居。哎呀,整个人胖得没法看了,腰这么粗,腿这么粗,我夸张地把手放在肚子上比画着。又觉得自己有点过分,杨花好歹也是我朋友。

夏亮喝一口汤,也是一阵唏嘘。老天不睁眼,好人没好命。他们两口子都是好人。

赵吉祥八岁那年,她的爸爸在井下出了事故,人没抢救过来,直接送到太平间。我陪着杨花去的医院,她一看到赵刚的尸体,发了疯地扑过去,嘴里发出让人毛骨悚然的哭喊声。那声音多少年后我也忘不了,带着小钩子,挠心抓肺地疼。杨花的婆婆主张入土为安,一定要把儿子埋回村里的祖坟。按局里的文件,火化能拿三千块钱的丧葬费,土葬的话就没有了。城里对火化要求严格,矿上偏僻,对这种事睁一眼闭一眼。灵棚搭在楼下的空地,披麻戴孝的小吉祥领着弟弟在楼道出出进进,众人看着孩子都忍不住擦眼窝子。杨花扶着棺材哭灵,嗓子早哭哑了,嘴巴一张一张的,嘴角堆着白沫。出殡的那天,她跺着脚喊,要命的,狠心的人呀,丢下我们娘仨咋活呀!

我婆婆知道杨花的男人没了,也来烧一份纸,送一送那个可怜的男人。杨花哭天抢地送男人的一幕,酸了所有人的眼。婆婆悄悄说,可见老话说得对,两口子不能太恩爱了,一个女人的福分是有限的,杨花早早把她的福享完了。真是奇怪的言论。意思两口子天天打架才能过好一辈子?我白了婆婆一眼。

说起来虽然养家的男人没了,杨花以后的日子也不是太恓惶。赵刚赶上了国家的新政策,按政策杨花一次性拿到了七十多万的抚恤金。十多年前的七十万可是一笔巨款。有多少人工作一辈子也没见过这么多钱。有了七十万的杨花身份一下变了,上门提亲的人很多,有的还是没结婚的小伙子。钱是好东西,太多也是灾,没钱的时候,一家人过得和和气气,有了钱,人人都惦记、眼红。

杨花的婆家不消停,老两口隔三岔五地来闹,说是七十万里有爹妈的一份,杨花不能一个人独吞。再说她这么年轻,守不住,以后总是要嫁人的,嫁了人,那赵家的钱就白白便宜了外姓人。杨花抱着要钱没有、要命一条视死如归的决心,把那笔钱硬生生地吃了下来。婆家人没闹出什么钱,只是把两家的亲情都伤了。婆婆甚至把杨花当年顶替接班的事都捅出来,工资科派人来查,杨花一下慌了,丈夫没有了,不能再把工作没了,那他们娘仨吃什么喝什么。杨花彻底把脸豁出去,穿一身孝衣闯进了矿长办公室。杨花悲悲戚戚把矿长的眼泪哭下来,领导出面把事情压了,批评婆婆他们一家不能把事情做绝,儿子没了,还有孙子、孙女。开除杨花,没了工作没了收入,难道你们忍心看着他们娘仨吃了上顿没下顿?

又不知听了谁的挑唆,大姑姐把她告到了法院,遗产法规定抚恤金里有他们兄弟姊妹的份。杨花倒是禁折腾,法院的传票下来了,她带着两个孩子上了法庭。法院判下来杨花赢了。杨花听从律师的建议把钱都存在了孩子的名下,这倒也是合情合理,当姑姑的忍心和两个没爹的孩子分钱?再说那是钱吗,那是孩子爸爸的一条命。

流年不利，这边的事情还没厘清，那边另一个女人跳出来要分抚恤金，对方声称是赵刚在乡下私养的女人，他们两个还有一个儿子，这孩子就是杨花一手养大的凯利。女人是赵刚的远房表妹，腿有残疾，一直没有嫁出去，眼看三十多了，还没有人家要。腿有病，肚子没病。城里的计划生育政策严格，杨花生的是女儿，赵刚不能没后。赵刚的母亲给牵线搭桥，让赵刚回火石头村看姨娘。男人哪有不吃腥的，还是自己母亲亲手捕来的鱼，赵刚吃得那叫一个放心大胆。当时两家的约定是只要生下儿子，就给女方三万，一手交钱一手交人，两家人两清。女人也是争气，果然生了儿子。儿子抱回矿上，钱也给了，两个人的关系却没断。煤矿虽然不是荣华富贵的好地方，但比村里的生活好多了。女人不再相亲找人家，赵刚呢，隔段时间回村里，两个人约个会。火石头村穷，赵刚给买几件新衣裳，给些钱，两个人就那么偷偷摸摸地过了几年。可怜杨花那个傻子，赵刚每次回村里看姨娘，她又是吃的又是钱，大包小包带一堆东西。原来人家是去会小老婆。有一年夏天，这表妹还在家里住了几天，杨花三茶六饭地招呼着。表妹喜欢小孩子，带着儿子玩，还自己出钱给儿子买大汽车，那可是五十多块。杨花这个当妈的都一直没舍得给儿子买。杨花历来心热，怎么能白花表妹的钱，走的时候硬塞了两百块路费。

人走茶凉，火石头村的女人也不是省油的灯，知道赵刚去世的消息，女人便找上门来要分一半的抚恤金。杨花完全蒙了，看着养了五年的儿子，真是越看越像赵刚。女人有备而来，还拿来了DNA的检测书。

钱是命根子，婆婆这时又站在了杨花这边，说当年他们两家有字据。杨花真的看到了他们背着她做丑事的证据。杨花大吼一声，冲上去给了婆婆两耳光，咬牙切齿地骂道，老混蛋，你看看你做下的好事，你还是一个人吗？赵刚走后，为了钱，杨花看够了亲人们要钱不要脸的嘴脸，她早不是那个孝顺贤惠的好媳妇，以暴制暴，她现在完全是一个泼妇了。

虽然当初双方有字据，只是这字据没有法律效力。非婚子也是儿子，也有继承父亲遗产的权利。好在杨花已经把钱转到两个孩子的名下，一人三十五万，不过这钱只有他们满十八岁时才能动。官司没打赢，表妹不甘心，又来找杨花，要求把儿子的那份钱拿走独自保管。杨花约女人到南山的树林，说是给她存折。女人要钱不要命，果然去了，没想到杨花把女人骑在身下好一顿暴打。脸也抓花了，衣服也撕坏了，女人拐着一条腿差点冻死在外面。

  杨花突然卖掉房子搬走了。她和谁都没告别。我也理解她，婆家知道她私自卖了房子，还不带一帮人来闹？儿子死了，脸皮扯破，情分也没有了。那个曾经的儿媳已经成了霸占赵家家产的仇人。

  学校喊着要清退没有文凭的老师，喊着喊着，有一天我去学校，校长告诉我回家另等安排去吧。我转身就回家去了，隔了几天夏亮休息时，我和他去单位收拾办公桌里的东西，在抽屉的夹缝里，我看到一个粉色的东西，我把晾衣架弯成钩子伸进夹缝钩了钩，原来是我的一件衬衫。那件衣服是在红旗商厦买的，我当时特别喜欢，洗过后再也找不到，还以为被哪个变态偷走了，原来掉在了夹缝里。这一掉就是八年，我在学校里工作了八年。这是我唯一为失去工作难过的一回。

  我也没有去追问安排工作的事，就那么一直在那儿不明不白地放着，不属于下岗，也不是内退，放了四五年。我以为那份工作已经黄了，服务公司忽然每个月给发五十元钱。原来我的人事关系已经转到了劳动服务公司。以后这个钱每个月涨一点。听他们说，有一些女工一直在北京告状，她们还请了律师。我们当年是有劳动合同的，和公司签了十年。其实我拿这点工资完全属于不劳而获，我明白是跟着她们沾了光，只是我从来没有收到筹款的通知，可能是联系不到我吧。说实话，这份请律师的钱我倒是特别愿意出的，一个人的工作怎么能说没有就没有了。

7

  早上杨花给我发微信，经理还没回来，你今天不用来。吃了定心丸，我开始写我的小说。写着写着就停下来，眼前不住地晃动杨花扭着大屁股干活的样子。

有了杨花的联系方式，我便告诉了梁静。杨花做清洁工，她倒是不吃惊，杨花只是长得好看，又没有啥文化，当初在矿上也只是个食堂的服务员，现在人老珠黄，当个清洁工也不委屈。再说当年的七十万现在连一套房都买不起。微信里聊了一会儿，梁静说她正好有空，约我出来逛街买衣服。百盛有一家叫夏姿的衣服不错，夏姿的牌子我听都没听过。我现在很少逛街，也很少买衣服。没有工作后，我除了写小说，还学会了做饭，学会了做家务，带孩子，辅导作业，环境的改变让我成为典型的贤妻良母。我会为了节省几毛钱菜钱而跑到更远的一家超市，超市搞活动的话，会便宜很多。

梁静开车过来，她在楼下按着喇叭让我下去，我还拿不定主意该穿哪件衣服，衣柜里的衣服都是几年前的老款。上了车，我坐在副驾位上看着梁静熟练地超车、会车，心提到了嗓子眼，眼看着要撞着对面的车了，却平安无事。我夸她女中豪杰，在我眼里会开车的女人都特别厉害。梁静笑了笑说，只是一个司机干的活儿，熟能生巧。你去驾校学习完，马上也能开走。

梁静还是那种高人一等的腔调。我告诉她杨花的姑娘打算出国留学，我想用杨花压一压她的风头。梁静冷笑，留学有什么了不起的，还不是赵刚拿命换来的钱。杨花那个女人颧骨高，典型的克夫命。没听卦书上说，颧骨高，杀人不用刀。

梁静大概还是不能原谅杨花吧。关于她们两人当年的事，各有各的说法。

梁静念书多，思想复杂，是个不太老实的家伙。她那时正在和区里的一个书记搞婚外恋，已经被爱情烧得发了昏。她神采飞扬地给我和杨花念书记写给她的情诗：如何让你遇见我/在我最美丽的时刻/为这我已在佛前求了五百年/求他让我们结一段尘缘/佛于是把我化作一棵树/长在你必经的路旁……一个女人一辈子只经历一个男人太亏了。梁静说这话时，小脸粉嘟嘟的，两只眼睛闪着贼光。她可真是上了贼船。梁静拿我们当朋友，知道我们不同于楼里那些喜欢八卦的家庭妇女。她和书记的事也不回避我们，两个人约会了，开房了，书记说什么让人脸热的情话了，回来也学给我们听。活色生香，那情节比电视剧都精彩。

她和书记认识是因为矿上团委组织了一场现代舞大赛，梁静上大学时练过国标，还拿过二等奖。当时在矿上会跳舞的少，会跳国标的更少，所以梁静一上场就把所有人震住了，主要是被她的穿着。她穿一条前面短到大腿根后面拖地的裙子，她的舞衣是我和杨花陪着买的，果然是一鸣惊人。

书记像个男人的样子，出手大方，经常给梁静买首饰，还有高档的衣服、皮包。我和杨花两个爱穿的女人眼里辣丝丝的，不过知道自己吃不了那碗饭。我也就是嘴里喊喊口号，骨子里还是很传统的。风花雪月的爱情小说读了很多，却不敢臆想一下那种爱情发生在自己的身上。

书记还请我们吃过饭，果然是英俊潇洒、风流倜傥，像电视里的明星。陈道明知道不？书记就是他的翻版。当然，在梁静眼里，书记比陈道明还帅。杨花是从村里出来的，从小她妈就教她女人家要守妇道，把女人的名声看得比命还重。杨花有点看不上梁静的做派，悄悄和我说，梁静做人不厚道。什么狗屁爱情，不过是看上人家有钱。问问书记敢离婚娶她？就是玩玩，玩完丢开罢手了。她在服务口工作多年，这些男男女女的事见得多了。最后吃亏的还是女人。再说，你又把胡飞放在哪儿？给男人戴绿帽子会被千刀万剐的。既然口口声声说追求爱情，就把现在的这个冤大头放了。吃着碗里看着锅里，容易消化不良。

可梁静太贪。人一贪就容易出错。

书记送的包包、衣服，梁静不喜欢了就送给我们。拿人的嘴软，我一直为她保守着这个秘密。只是私下里我劝她收收心，好好过日子，偷来的东西，总是见不得光。不为别的，为了儿子也不该做错事。她儿子多可爱,她这么胡闹下去的话,要出人命的,我们可不想未来的女婿,缺爹少娘。无奈恋爱中的女人,智商低到零,她说男人让她等一年,一年后肯定离婚。我们谁都能听出来这是句假话,只有梁静把它奉为爱情的誓言。

他们的事传得沸沸扬扬,有鼻子有眼,连我们家夏亮都听到了什么,让我离梁静那个女人远些,名声不好。近朱者赤,近墨者黑,跟着这样的朋友学不出好来。我当时还要为朋友两肋插刀,拼命为梁静掩饰,甚至和夏亮吵起来,让他不要听那些人胡说八道,根本没有的事。就是两个人出去吃个饭,跳个舞,看看电影。矿上人没文化落后,男女在一起就是搞破鞋了?

按梁静的说法,她和书记当天进城的事,只有杨花一个人知道。她走的时候和杨花借了五百块钱。梁静说,想进城买双皮靴,其实是和书记到城里开房的。书记的老婆可能听到了风言风语,近一段时间把书记的钱袋子牢牢地管了起来。他们现在只剩下爱情了,梁静一直拿自己的钱倒贴男人。

他们和往常一样吃饭、喝酒、逛街。梁静喜欢逛商场,那些名牌的衣服、鞋子像老情人一样,眼巴巴地等着她带它们回家。梁静看上了一双羊皮鞋,也只是多看了两眼。他们现在没钱,他们成了穷人。梁静觉得自己很伟大,她要证明给那些人看,她并不是看上了书记的钱、书记的权,她只是爱上了这个男人,她不是一个爱钱的俗气的女人。最后梁静只买了一双五十元的人造革皮鞋。书记又一次发誓,一定快点和老婆离婚,夺回经济大权。梁静温柔得像只猫,倚在书记的臂弯里,不离也没有关系,我不要那张纸,我愿意一辈子都是你的人。

书记的老婆早派一队人马埋伏在宾馆附近,只等着他们上床后捉奸。梁静陷在温柔乡里,根本不知道前面猎人已经布好陷阱。梁静被书记的女人揪着头发从被窝里拉出来,心里是悲壮的,有一种视死如归的感觉。追求爱情、追求自由是要有牺牲的,她已经想好了,把所有的事都揽下来,就说是她主动勾引书记。没想到书记表演得比她好,书记跪在老婆面前,主动承认错误，是他没有禁得住诱惑，上了狐狸精的当。今后一定改过自新，求老婆大人给一次机会。书记的女人把梁静赶到浴室，连裤头都没有给她留，用冰冷的凉水浇她，用拖鞋底子抽她的脸。书记呢，书记躲在外面，大气也不敢出。

坏事传千里，梁静还没有回到矿上，矿上所有人都知道了开房的事。书记的女人还带人去了她娘家，让老太太管好自己的女儿，她不管，那就找人帮她管。下一回再捉住，就拉到最热闹的大西街口展览。梁静她妈又羞又气，心脏病发作，送到医院没几天，走了。

梁静送走了母亲，一身素服天天在楼里指桑骂槐，杨花念她正处在丧母之痛中也不出来反驳。家破人亡，她恨杨花，认定了是杨花出卖了她。梁静心里充满了恨，想杀人。

杨花说她冤枉得要死，她根本不认识书记的女人，怎么可能去通风报信，再说她和梁静又没仇没怨，为啥要害她。梁静不听杨花的解释，两人从此交恶。我虽然在中间做了不少工作，也没有起作用。杨花告诉我，她倒是背地里劝过梁静的男人，让他多关心关心女人，女人要多哄哄，多陪陪。但她别的什么话也没说，她知道轻重。我隐隐觉得问题出在梁静男人身上。她梁静以为一口吃定的蔫男人，谁知背后使了什么手段。

有一天半夜，梁静来敲我的门，披头散发，裹着床单。她又被她男人打了。捉奸的事情出了后，梁静本来坚决要离婚，男人偏不离。我们还为男人的宽宏大量感动，劝梁静一定回头，珍惜小胡给她的机会，好好过日子。一个男人能把这种大事放过了，说明他心里还是爱你的。谁知，这个男人是骨子里的阴毒，表面上他不计较梁静出轨，实际他天天拿这事折磨梁静。

出事以后，男人把城里的工作辞了，回到矿上住。嘴上说是回来陪梁静，其实还不是为了看住她。小胡爱上了喝酒，兜里天天揣着酒瓶子。他一不高兴就打梁静。下班晚了，饭做得咸了，孩子哭了，洗脚水烫了，外面又听到什么闲话了，等等，都是他动手的原因。他打人不伤脸，把梁静两只手捆起来堵住嘴打，凶器是一根又粗又长的双汇火腿肠，那东西抽在肉上没声音，还不会留下伤痕。打完了把火腿肠皮一剥，切一盘下酒，细嚼慢咽，还让梁静在旁边陪着吃喝。我听得头皮都麻，男人狠起来，原来这么可怕。胡飞只有一个条件，不离婚，哪怕梁静外面有十个男人呢，家里只有他胡飞一个人。

梁静开始觉得理亏，对不起胡飞，打算洗心革面好好做人。胡飞怎么打她、折磨她，她都忍着，打她说明他还在乎她。后来发现根本不是，胡飞只是要拿回男人的面子，他就是个虐待狂。她被逼无奈，工作也不要了，丢下孩子，远走高飞。很多年没有她的消息。不过这都是旧事了。

我去年在万达商场遇到她时，人家已经是大名鼎鼎的律师了。梁静倒是念旧，知道我没有工作，一直挂在心上。这回就是她托人找的关系。想起当年的事，梁静够大胆，一个人为爱风风火火地活一场。年轻，也值。哪怕是火中取栗呢。

梁静的男人喝酒喝成个瘫子，梁静出钱把他送到养老院。她和男人还是夫妻关系，果然应了男人所说，一辈子不离，拖死她。

梁静的儿子学习不好，品行也不行，还沾着小偷小摸的毛病。没有办法，男人早早丢了工作，没钱时，就指使儿子去偷。小毛贼，一瓶酒、一盒烟、几包方便面。梁静恨得咬牙，这个男人真是毒到了骨头里，他把他们共同的儿子毁了，他知道梁静的软肋在哪儿。

想到我们当年定下的娃娃亲，我暗自庆幸现在不是古代，不用遵守婚约。

梁静和现在的男人同居，两个人都没有结婚的打算。对方是同城十大律师之一。但就是这样的人物，也没有帮她把离婚官司办了。也许梁静已经不想离了。

梁静对我说，她早知道杨花没有出卖她，是胡飞和书记的老婆两个人联手演了捉奸的好戏。书记女人用拖鞋抽梁静时，自己的男人就在隔壁，喝着小酒，哼着小曲。

我吃了一惊，问她怎么知道的。胡飞亲口告诉我的。胡飞喝了酒，什么事都告诉她。梁静脸色煞白。我责问她，你知道了原因，还一直冤枉杨花？刘艳，我得找个台阶呀，杨花就是我的台阶，我得找脸活下去。梁静边说边哭。人一辈子走错了一步，步步错。如果我当年在矿上安安分分当个老师，现在虽然不会大富大贵，但最起码孩子有一个幸福安稳的家庭。我已经办好手续，打算把他送到国外去读大学。他高中二年级时就辍学了，出去也许会好点。梁静内疚，一直想补偿儿子。好在她手里有钱，律师这个职业挺好，帮人打一场官司就有不错的收入。

我劝她，过去的事就让它过去，人无完人，谁年轻时不做点错事。

梁静花钱的方式让我大开眼界，买上万的衣服眼皮都不眨。五六千的手提包，就像买个面包一样。真的不知道这个女人现在挣了多少钱。我出门时特意把家里的卡拿上，还想着出来不能太丢脸，多少给自己买一点。现在一看，我根本不敢挑衣服。不到一个小时，梁静就花了近三万块。看出我缩手缩脚的样子，梁静送了我一条裤子，花了一千多块。我当场要把钱给她，梁静笑话我，做事小家子气，不就是一条裤子嘛。我只好收下，可是心里很不舒服，同样是人，当年我们可是平起平坐的，她敢花二百块买一件大衣，我就敢花三百块买一件小皮衣。现在我是彻底落后了，成了抠抠搜搜、斤斤计较的一个家庭主妇。

逛累了，梁静带我去商场五楼喝咖啡，点了两杯摩卡、两块黑森林蛋糕。这回我提前结账，我不想欠着别人。

我把杨花的微信给了她。梁静点了添加朋友，写了六个字，杨花，我是梁静。杨花马上点了同意。互相问候了几句，杨花嫌打字麻烦点了语音聊天，你一句，我一句，有说不完的话。我们还建了三人微信群，取名"三个女人一台戏"。我们约好，等我工作的事办完，三个人一起吃个饭。我说我来张罗订饭店的事。

算一算，三个人有十四年没联系了。那时我们还是年轻漂亮的小媳妇，现在眼看着就奔五十去了。

8

杨花发微信告诉我，明天九点以后来，那个点大老板在办公室。她已经帮我侦查过了。后面还加一个调皮的小人头像。

有了杨花的消息，我吃了一颗定心丸，我没有早早起来挤公交，吃过早饭，错过早高峰，车上人少，坐在座位上，欣赏着窗外花红柳绿的绿化带，第一次觉得坐公交车也是享受。

进了办公楼，杨花在楼道等我，她暗暗指一下办公室，那个大人物果然在。有了杨花这个内部线人，剩下的几个章盖得挺顺利，每次都准时把他们堵在屋里。我开始问过杨花要不要花钱去办，杨花说，不用，现在是反腐的非常时期，没人敢顶风作案。谁也不会拿头上的乌纱帽开玩笑。果然是没花什么钱，事就办成了。

最后一个章是社保办的，想着没有大问题。我提前和杨花约好第二天中午要请她吃饭。杨花推脱着说，不用，不用。又没有帮你办大事。举手之劳的事，无功不受禄。我说饭店都订好了，中午在弘雅的二楼梅雪厅，到时候梁静也过来。杨花便同意。知道她是属狗的，今年又是她的本命年，我便从天猫的私家小店为她预定了一件礼物——一枚胸针，名字叫狗富贵。选这件礼物是觉得名字新颖有趣。苟富贵，勿相忘，想一想我们年轻时的友情，里边的意思也好。那是一只可爱的雪纳瑞，小老头，长胡须，松绿色的眼睛，身上贴着水钻，纯手工加工制作。

为了中午的饭局，我特意打扮了自己，穿了改良旗袍，化了淡妆。那种低三下四看人脸色的鬼日子终于要结束了。我没有坐公交车，奢侈一下打出租过去，我怕车上人多踩脏我的白皮鞋。虽然杨花一直在热心地帮我，我还是有那么点不舒服，也说不出啥原因来。

社保办主任的架子比总经理还大，口口声声说我的社保没到位，电脑上查不到我缴纳社保的信息，没有缴费信息就不能接受我的手续。我问那怎么办。她把我推到了原单位，我打电话给服务公司。公司又说不属于他们管，归总公司。我原单位、总公司两边问，人家玩的是花样踢球法。我一脑袋糨糊，不知到底该找谁。杨花一直在外面等着我，我出来说事情没办成。她跑进去和那个主任为我说情。没想到人家根本不给她脸，口气特别不好。你进来干什么？出去，出去，该干啥干啥，一个清洁工，啥事也跟着掺和。杨花被抢白，鼻子不是鼻子脸不是脸。我压不住心里的火，质问女人什么态度，有她这样对待外面办事人员的？我威胁要去投诉她。女人也不是省油的灯，把我调工作的手续扔到了地上。我拿手机拍她的视频，扬言要放到网上，让人们看看国家的工作人员是怎么为人民办事的。女人扑上来要抢手机，我顺手一推，把她桌子边的杯子带到了地上。女人立刻给保安打电话，反咬说是有人在办公室闹事，损坏公司财物。杨花替我给女人连连道歉，安主任我朋友没有恶意，她只是这几天跑得太累了，您大人大量。穿着制服的保安，一分钟不到就冲上楼来。那位安主任可能也只是想吓唬吓唬我，和保安说没事了，失手打了一只杯子。杨花急忙把我拖出办公室，我第一次当着杨花的面哭起来。我和杨花说，我一定要写个现实题材的小说，把这些人可恶的嘴脸都写进去。

  杨花把我拉到她放工具的小屋。我给她赔不是，刚才的事让她受委屈了。杨花大大咧咧的，没事，咱一个打扫卫生的，有什么脸面，清洁工，挨几句说，还不是正常事。杨花憨厚地笑着。事情没有办成，杨花不肯去吃饭，再三邀请都不去。她说无功不受禄。梁静正好临时出差，也没有空，我只好把包间退了。说实话我也没有了请客的兴趣。有高兴事才请客，事情办砸了，哪还有心情。

  社保是关键的一步，以后的养老退休都和社保有关，而服务公司资金紧张，已经一年没有给工人交社保费。按规定社保不到账，总公司这边不能接收人。事情似乎又回到了原点，我的工作关系已经开出来了，长期不能落在新单位上，那就可能真的丢了工作。居然在这最后的一步卡住了。

杨花安慰我,她再回去想想办法。我心想你一个清洁工有什么办法。也许上午她不进去,事情还不会那么糟糕。因为那个女人不尊重她,我才和人家发火骂人。现在我后悔当时太冲动了,人在屋檐下,社保的事还要找人家,头硬只有挨打的份儿。

回到家,看我哭丧着脸,夏亮第一次关心起我调工作的事,我告诉他卡在社保这块。他有一个朋友在社保处,打电话过去,正是在他手下办。夏亮打好招呼让我自己去找,我还以为他会陪我去办。夏亮就是这个臭德行,关键时候才出面,就是让你看到人家的能力。

朝里有人好办事,果然那个小主任没有难为我。本来就是单位与单位之间的事,我一个小工人能管得了拖欠社保费?她和颜悦色地告诉我这个手续迟几天办也可以,现在我可以拿着调令去新单位报到。我的人事关系已经开出来快一个月了,这一个月是没有工资的。再拖下去就可能是旷工,旷工一旦报上总公司,处理起来是很麻烦的。剩下的事,她去帮我办。想想她第一次的态度,真的不敢相信是同一个人。

手续办完,我去找杨花,告诉她调动手续办完了,我马上就要去上班了。她比我还高兴,激动得跳起来了。难为她这么大的体积。我感谢她这段时间的帮忙,等我安顿下来,大家一起聚一聚。她一连声地说,啥忙也没帮上,不就是看看办公室开门没有。不,你的功劳大大的。我说的是真心话,要不是她做内应,我可能早就放弃了。

梁静这边,我也是懂规矩的人,封了一个大红包,梁静推脱了几下,也就收下了。我知道她也不容易,又不是她经手办,她也要求人的。

9

到新单位报到后,我便忙碌起来,新手,有很多事不懂,要多学多问。我倒是又去过几回总公司,办完事情就走了,也没有时间去找杨花,总想着以后有的是时间。

后来手头的事情越来越多。双十一上天猫发现购物车里满满的东西，狗富贵这个名字又跳入我眼里，商家在催我付尾款，我都快把这件事忘了。想着把东西直接寄给她算了，反正我知道她的地址电话。这种方式挺好，比嘴里讲一些感谢话好多了。我给杨花发了一条微信，告诉她买了一件小礼物，已经寄给她了，让她注意查收。她那边自然又是一些感谢话。我大度地发一个微笑的小人。

来了几场寒流，天说冷就冷了。有一天杨花忽然打电话给我，约我吃饭，我感觉很奇怪。寻思她是不是怪我没有请客，也是，当初说好请人家吃饭，最后放了空炮。我便说，我来请吧，咱们叫上梁静。算是庆祝我重新走上工作岗位。

我给梁静打电话，告诉她一起吃饭的事。梁静问我，是不是杨花找过我了。我说，是，杨花说要一起吃个饭。她挣那点辛苦钱，还要养两个娃，我怎么舍得花，当然由我来请了。梁静神秘兮兮地说，我提前给你打个预防针，前几天杨花在微信里找我借钱，张嘴就是借两万。真是笑话，她以为我是开银行的。这社会，朋友是朋友，但不能谈钱，谈钱伤感情。我没答应，主要是她现在这个情况，两腿陷在深泥里，救急不救穷，谁敢借钱给她。借出去根本不能要回来，简直就是肉包子打狗。艳子，你不知道，这个女人现在连个话也不会说，和人借钱，还那么理直气壮，似乎别人欠她两万。梁静让我也小心点，有个心理准备，想好怎么应答。万一她向你借钱，也不慌乱。我知道你这个人心软，又不会说谎。

梁静的话，让我心里七上八下的，如果杨花真向我开口借钱，我是借呢还是不借？她现在的情况的确是有些特殊。

翘了班，九点钟就走了。我买了一些水果，又买了一瓶红酒。看看还有点时间，特意做了头发。总觉得前段时间灰头土脸的太没面子，现在要在杨花面前找回一点自信。还有梁静也是，每次见她都是珠光宝气的，我在她的面前不觉矮三分。我现在也算是机关里的人，天天坐在明亮的格子间，敲电脑，标准的白领一个。

我提前在布衣小厨订了一个包间。我到了以后，发位置图给她们。服务员过来，我让她先把酒拿去醒着，水果最后给我们上。饭店的水果贼贵，我一般都是自己带水果让他们帮着切一下。翻了翻服务员送来的菜单，名字挺花哨，不是太贵，等她们来了再点。

梁静先到的，开着她的四个圈。梁静这家伙好像是吃了长生不老药，乍一看，还以为二十七八岁的姑娘。白嫩的脸上一点褶子也没有，头发梳成一个丸子头，穿了一件貂。我庆幸自己没有把皮毛一体穿出来，我那件是仿的。花几万块买一件衣服，我还是有点肉疼。

天寒地冻的，杨花还是骑自行车，一路上打了好几个电话过来，她找不到饭店。我把最大的建筑标志告诉她，就是北方电器后面。对，对，以前最繁华的那条街。杨花真不讲究，穿着一件她儿子替换下来的一中棉校服就来了。她说刚下班，今天有突击检查的，大搞卫生，跪在地上用刷子擦了一上午地缝。哎哟，我的腰都快断了。她一边捶着腰一边拿起我面前的半杯水一口喝干。渴死我了，一上午连口水也没有来得及喝。我支支吾吾说，那是我用过的杯子。杨花说，我又不嫌弃你。忘了我们那会儿还一个碗里吃过煮方便面？我中午下班回去，饿极了，自家的饭还没有熟，就到杨花家混口吃的。啥都香，哪怕是一碗泡面呢。她拿个小碗给我夹半碗，我呼噜呼噜两口就吃完。还要分半碗面汤喝。那汤可是她刚吃完面剩下的。

我把菜单拿给她们点菜，并让她们大胆点，本人刚拿到手一万稿费。其实两千还不到。跟着办公室的小姑娘我也学会了说谎，有粉一定要擦到脸上。

梁静叫着打土豪分田地，点了招牌菜，红烧鱼尾，说是这个菜吃了不长肉，鱼尾是鱼身上最灵活的一块肉，吃起来特别鲜美。又点了一个蒸螃蟹。

杨花拿起菜单翻了翻，说你们点啥我吃啥。我一定让她点自己喜欢吃的，她点了一个焦熘丸子，我又补充几个菜，便开吃了。当然首先庆贺我们三人又重新聚在一起。

梁静把螃蟹夹给杨花，杨花看着眼前的怪物，有点不知怎么下手的样子。一百八十块一只的螃蟹对她来说是天价吧。喝了两杯红酒，杨花的脸红了，她吞吞吐吐地提出要和我借钱。梁静得意地看我一眼，果然让她猜中，真是鸿门宴。杨花现在也长了心计，借钱就借钱，干干脆脆说出来多好，整这么个局。可见现在的人都变了。

她儿子提出也要出国留学，她手里的钱只够女儿一个人出国的。但是儿子提出要求了，她不能拒绝。儿子现在已经知道了自己是抱养的，心里一直有疙瘩。关键时刻看当妈的表现，这件事她处理不好，会影响他们母子关系，儿子会认为妈妈偏心姐姐。

赵刚乡下的表妹一直缠着他们，搬家也不行，她很快就找到了他们。说起来这个女人也挺可怜的，亲生儿子就在眼前不能认。那个男人眼睛一闭走了，留下她们两个女人乌眼鸡一样打不完的官司。说起来还是为了孩子以后过得好些，女人就是拿了钱，也不会自己花了。杨花主动和女人和解，说到底是凯利的亲妈，男人曾经喜欢过的女人。杨花和女人有种惺惺相惜的感觉，她们都是赵刚留下的女人。杨花主动告诉了儿子身世的事，儿子大了，有了自己的想法，杨花也不反对他去亲妈那边。也不知为啥，儿子并没有回去，还是留在她身边，这让杨花很感动。说明这个儿子还有良心。只是隔段时间女人会来看看儿子，杨花也让儿子去亲妈那儿住几天。杨花觉得赵刚看到他们一家人这样和和气气一定特别高兴。

杨花知道出国这事，一定是那个女人暗中挑唆的。人都是有私心的，女人害怕杨花的女儿把那笔钱一个人全花了。其实儿子学习好，考国内的重点没问题，根本不用出国。儿子只问了一句话，姐姐凭什么可以出国，她是不是拿着我的钱出国？杨花答应儿子，姐弟两个一起出，钱不够，她去借。

事情说出来感人，可真金白银地拿钱出来，谁都要多想想。杨花把自家亲戚挨个借一圈，连两万块都不到。个个哭穷，家家都穷得揭不开锅似的。心知肚明，主要是杨花没有偿还能力。她一个清洁工，收入多少，大家心里都有底。

我知道这钱好借难还。可是不借，又怎么对得起我们多年的情分。当年杨花没少帮我，我们家夏亮挣得少，三天两头找杨花借钱。我没有马上答复她。我找托词说，要回去和夏亮商量商量。近期我们手头也不宽裕，刚买了一套御东新房。不过我们可以找朋友挪对一点，我不忍心一口拒绝她。其实我们并不缺房住，只是现在手里有点钱，就想花出去。算是投资。

我和梁静话头一转，不客气地批评她为什么非要把孩子送到国外。崇洋媚外，虚荣心作怪。出国留学那是有钱人办的事，她也不知跟什么风，吃饭看家底，也不想想自己有没有那个能力。

她一个寡妇，还没有正式工作，一下子要供两个留学生，抢银行都有点慢。这样的家庭强撑做这种事，没意思。真是让人不能理解。还有她儿子女儿也没有良心，明明知道老妈这么难，还要凑热闹去留什么学，外国的月亮真比中国的圆？把他们爸拿命换来的钱，一下子都花掉了，杨花以后怎么生活。

我们夹枪带棒地一通说，杨花放下手中的筷子，我是他们的妈，爹没了，妈还在，我不能让他们觉得委屈。再说那钱是他爸留下的，这些年我一分钱也没动，多难的时候也没有动过，现在为孩子办个大事也值了。没事，你们别为难，大家都难，我再去找别人借。

饭吃得没滋没味，菜剩下不少，我让杨花打包拿回去吃，又觉得自己的口气像是施舍的大爷。杨花只把自己盘子里的螃蟹装进了食品袋。说是带回去给儿子吃。

回家和夏亮说起杨花借钱的事，夏亮也是吞吞吐吐，最后我们决定少借一点，借给她三千块，这钱就当是白送给她，也不准备要了。一点钱不借的话太没情没义，我做不到像梁静那样绝情。

给杨花拿钱，我好像做了什么亏心事，我害怕杨花嫌少不借。我说，你多担待些，家里最近事多，钱不凑手，只好少拿一点。杨花笑着说，多少都是你的心意，谢谢你了。说得我挺不好意思的。晚上睡不着，我和夏亮说，我们是不是势利眼啊，眼看着她在难处，不肯帮她一把。夏亮点了一根烟，也不算是吧，我们还是借钱给她了，只是少一点。这个也可以说得过去，我们靠工资吃饭，也没有那么多钱嘛。我附和一声，就是，我们也不是开银行的。

10

我在新单位工作干得不错，再加上又在大刊物上发了几个中篇，也算小有名气，总公司把我调了过去做文案工作。真是皇帝轮流做，明年到我家。调进气派的总公司上班，有扬眉吐气的感觉。我现在和当初那些刁难过我的科员处得不错，大家称姐道妹的，表面上亲热得很。

倒是和杨花越来越生分了。说来她只是一个清洁工，有时我们在步梯遇到了，打个招呼，她正拿着抹布，一格一格地擦着楼梯的扶手。看到我笑着说，刘艳呀，我带了萝卜丝饼，一会儿我给送过去。我敷衍说，不用，已经吃过早饭。没有人在办公室吃东西，尤其是萝卜这种食物，吃完容易胀气，简直是屁股底下面点了炮仗，一点淑女的形象也没有。杨花也看出来，我故意冷落她，后来两个人遇上打个招呼就擦身过去了。

有一回我上厕所，听到几个女科员议论那个胖清洁工把红裤衩挂在水房里，我知道她们在说杨花。私下我提醒杨花，不要把内衣拿到单位来洗，这是单位，人来人往的，不好看。杨花倒是满不在乎，在家里洗费水费电的。你家里就缺那一盆水？和这种人真是一点道理都讲不通。我觉出身份地位不同，思维想法也不同。

我心虚，一直也没有问她孩子出国的事。有一次听单位的一个同事说起杨花，就是那个打扫卫生的，人家把两个孩子都送到了国外深造。杨花这个女人就是厉害，也不知从哪儿弄到那么多钱。

夏雪婧考研失败，不想马上找工作，扬言还要二战。我顺着她，反正就一个孩子，也不是养不起她。我和杨花要来了吉祥的微信号，她们两个孩子也是好久没有联系了。我把她们小时候一同吃奶的事，又讲了一遍。夏雪婧却根本没什么兴趣，她说以前是以前，现在是现在，大家这么多年都没有在一起，环境不同，经历不同，早没有了共同的话题。孩子的话挺深刻的，我想我和杨花的关系大概也是这样的吧。

第二年秋天我收到了杨花的请帖，她说她准备结婚呀。我暗暗松一口气，给她备了一份大礼。杨花嫁给了一位退休老干部。老干部当过经理，想来手上有点钱。婚礼上杨花笑得很开心。我看到她的衣领上别着我送给她的狗富贵，雪纳瑞金光闪闪，绿色的眼睛闪着幽光。

归家

1

天空是猩红色的，雪地也是猩红色的。

飞机尖厉的嘶叫声刺破耳膜，汽油弹拖着金色的尾巴掉下来，他们刚才休息的地方变成一片火海。这东西使用了胶化剂，一旦沾上，就像狗皮膏药一般牢牢贴在身上。走在他前面的先展像一只行动敏捷的兔子，跳跃着、躲闪着，他们为躲过汽油弹开心地大笑。

醒来时从枕头下摸出手表看了一眼，凌晨3点，几乎每天这个点他都会醒来。不过他今晚心里特别高兴，刚才他又梦到了先展。小平头，圆脸，笑起来两颗尖尖的虎牙露在外面。人老了，觉越来越少，有时候闭一会儿眼也算是睡觉了。

他闭着眼沉浸在梦里不愿醒来，先展和他在一户结婚人家的大门楼前念喜歌：登贵府，喜气先，斗大的金字贴两边。大抬轿，大换班，旗罗拿扇列两边……念完了，东家会派人端两碗大烩菜和五个油炸糕出来。先展不舍得吃，把肉片和油炸糕用葫芦叶子包起来跑十几里路送给妹妹。

干脆就不睡了，他把屋里的电视机打开，他喜欢看的军事频道正在播放一部关于抗美援朝战争的纪录片。电视里的那个老兵，胸前挂着一排排红红绿绿的军功章，激情满满地讲当年怎么打仗，讲环境怎么艰苦，讲牺牲的战友,讲到伤心处落下老泪。触景生情,他的心也揪着疼,他们这些老革命,活着的越来越少了。

吃早饭时他和儿子说,想回浑州老家看看。

全家人都瞪大眼睛看他,似乎他说错了什么话,要不就是脑子不好使了。八十八的人,糊涂了也正常。他低下头拿着勺认真地喝粥,握勺的右手有些颤抖。他想努力地控制住这种抖动,却怎么也做不到。说实话,这把年纪的人不该给儿女添麻烦,他们一天到晚工作挺辛苦的。老伴去世后,小儿子东生为了照顾他,一家子都搬了进来。其他的两个儿子便和他有些生分了,似乎是他偏心眼。大家心里明镜一样,谁住进来,这房子以后就是谁的。他觉得很无辜,做父母的一碗水端不平,总有手抖打颤的时候。儿子皱一皱眉头又松开,爸,你如果想出去旅游,等我忙完这几天,咱们报个旅行团,我陪你去南方走走。苏州、杭州、九寨沟、张家界,那边的风景好,这个季节漫山遍野都是花。浑州?浑州有什么好玩的?黄土高原上的一个小县城,开门见山,进门上炕。儿子讲一口东北腔的普通话,他完全不会讲浑州话。

浑州不光有山还有水,清凌凌的浑河玉带一样穿城而过,小盆地气候,浑州自古被称为塞北的小江南,但他不想和儿子解释。浑州只是他的浑州,和儿子没关系。

出来了这么多年,就是想回家看看。他慢悠悠地说。

爸,你不是说你是孤儿,老家那边没什么亲人了?儿子递过来一个煮鸡蛋。

孤儿是孤儿,可我还有一个妹妹。我以前和你说过的,就是你们的如意姑姑。对了,你们小时候还穿过她寄来的鞋垫。

我实在走不开,要不让我姐陪着您回去,她在航空公司,能搞到便宜的飞机票。这时儿子的手机响了,是单位的事,放养的鱼苗空运来了。急活。儿子是水产公司的书记,大小也算是个干部。

谁也不用你们陪,我自己能行。买个卧铺,睡一觉就到了。也没有多远，不过是两千多里地。再说浑州那边有人会照顾我的。儿子穿好衣服，已经走到了门口，回头又说一句，姑姑他们？他点点头，嗯，姑姑。他最近常常盯着墙上的中国地图看，从雄鸡头到雄鸡尾也就一米来长，看着看着，丹东到浑州的距离在他眼里也越来越近。

把剥了皮的鸡蛋放进粥里，用小勺利落地把鸡蛋黄剥出来。蛋黄的胆固醇高，老伴活着时说过，人的身体一个星期只能吸收两个鸡蛋黄的营养。不管真假，他一直听话照做，想不到竟是天天讲养生的她先走了。白蛋清吃在嘴里一点味也没有，他夹了一筷子咸菜丝。想起血压高不能吃太咸的东西，又抖掉几根。将要出远门的人一定要有一个好身体。

2

母亲说舅姥爷要从丹东回来探望姥姥，苏红的头一下就大了。

这些年寡居的姥姥一直跟着母亲生活。以前舅舅他们兄妹六个还会做做样子轮着接姥姥到各家住几个月，自从母亲退休后，他们便把照顾姥姥的责任都推给母亲。前年她父亲也去世了，母亲一个人照顾姥姥明显有些吃力，毕竟她也是七十多岁的人了。其实很多时候就是苏红在照顾两位老人。

现在姥姥的亲哥哥要来，自然又是苏红一马当先冲在前面，帮母亲做好前期的准备工作。她不能让远道回来的舅姥爷觉得姥姥跟着她们生活得不好，这个门面装也得装起来。她特意和单位请了几天假，首先是要把家收拾收拾。苏红开始打算让舅姥爷住宾馆的，不过是花几个钱，大家安生。可姥姥不高兴，也对，哥哥好不容易回家了，怎么能住在外面。

母亲家的房子实在太旧了，是几十年前父亲单位分的福利房。本来死心塌地地等着上面的拆迁政策，现在却忽然要派上重要用场了。焦头烂额的苏红找了好几家装修公司，最后听从了一位装修师傅的建议，给房子统一贴壁纸，地上则铺了仿木纹的地板革，换了中空大玻璃窗，把旧家具搬出去，买了一套浅咖色的沙发和一张双人床，又从网上买了床单、被罩、窗帘，最后还买了一把紫色的勿忘我干花。这么一收拾，老房子一下变得干净整洁、宽敞明亮。收拾好家，又抽空带着母亲和姥姥剪了头发，买了几件新衣服。一切准备齐全，就等着舅姥爷大驾光临。

苏红从小就知道有一位参加过抗美援朝战争的舅姥爷，学黄继光那篇课文时，她还给同学们添油加醋地编了很多关于舅姥爷在朝鲜打仗的故事。其实苏红并没有见过舅姥爷，除了姥姥，他们家谁都没有见过舅姥爷。

日本人占领浑州时，地下党游击队一刻也没闲着，在敌人的眼皮子底下，今天断路，明天炸桥，后天端了炮楼。敌明我暗，游击战术，打一枪换一个地方，打完就跑。惹得日本人很恼火，派出警察特务铺天盖地地抓人。有一天舅姥爷做学徒的铜匠铺被日本人和警察团团围住，那个男的当场就被打断了腿，白森森的骨头茬子露在外面，把一条街的石板都染红了。

铜匠夫妇被抓走后，当夜铺子莫名其妙地起火，店里的小徒弟也不知去向。有人说小徒弟跑到延安当八路去了，也有人说被日本人抓住喂了狼狗。

日本人被打跑了，舅姥爷没有回来，浑州解放了，舅姥爷没有回来。姥姥以为哥哥已经死了，清明时还烧几刀纸钱给他花。1950年，姥姥忽然收到了一封信，辗转多日信皮子都磨烂了，姥姥不识字，只能等姥爷晚上回来再看。里面竟是舅姥爷上战场前写的决心书，信上说，虽然敌人的飞机大炮厉害，可我们不怕他们，我们有英明的毛主席。英勇的志愿军战士不怕流血，不怕牺牲，一定要把美帝赶回老家去。除了豪言壮语，信里面没有一句叙兄妹情的。从那封信上，姥姥才知道舅姥爷没有死，他在朝鲜打仗。姥姥哭了一晚上。人人都知道，朝鲜那仗打得艰难，这封决心书相当于一份遗书。

好在舅姥爷福大命大，扛过了寒冷饥饿，躲过了敌人的飞机大炮。抗美援朝战争胜利后,他没有回到家乡,作为战后移交工作的工作人员留在了中朝边境的安东市,现在叫丹东。再后来他从部队转业,被分配在丹东的水产局工作,成家立业,娶了媳妇,生了三个儿子两个闺女。

家里人都说舅姥爷在那边当干部,参加过抗美援朝战争的革命军人,肯定当了大官,到底是多大的官,舅姥爷自己不说便没人知道。听说舅姥爷当年学徒的铜匠铺子是地下党隐藏在浑州的一个交通点。小孩子不容易被人注意,那时很多重要情报就是由舅姥爷送出去的。那么小就参加革命的人,最起码也是团级以上吧。舅姥爷在姥姥家就像是一个谜,很神秘。

姥姥今年八十五岁,算一算舅姥爷已经是八十八岁的高龄,这么大年纪了,实在不适合出远门,就是出门也应该有家人陪同。舅姥爷的小儿子在电话里告诉苏红,老爷子拒绝一切人员陪同,坚持要一个人回来。表舅只好帮他买了5号的火车票,顺利的话,7号早上到。对了,舅姥爷还拒绝高铁、飞机,坚持坐慢吞吞的绿皮火车。这老爷子果然是在战场上经历过生死大事的人,有性格!

3

没有买到下铺票,他却是一天也不愿意等了。马上就要过端午节了,当年他答应妹妹端午节时带她回家。

车厢里闹哄哄的,天南地北的人坐在下铺面对面热络地聊着,亲热得好像一家人。也是,这两天他们就要吃在一起住在一起了。他不想聊天,一个人坐在过道靠窗的座位上看着外面的风景。不远处的大山、房屋、田地、树木如一张张移动的照片,飞快地倒退,倒退的还有时间和记忆。

从腊月初八起王家的上上下下就开始忙活了。杀猪宰羊,生豆芽做豆腐,推碾子磨面,发面蒸馒馍。油锅烧起来,菜刀舞起来,烧肉烧鱼,炸丸子、炸糕、炸馓子、炸麻花、炸杂拌点心。还请了浑州城里做一窝酥点心的马师傅,专门做摆供的祭品。除了供奉祖上先人,还有一宗喜事,正月初八是他五岁的生日,做小天长。孩子小不摆庆生宴,怕压不住富贵。

谁都说他生的日子好,和佛有缘。初八是"游八仙"的日子,这一天浑州人都要上庙,进香磕头为家人祈福。为了应和这个日子,他的名字里带了一个"仙"字,叫仙展,据说后面发生的一切都是从这个仙字预兆的。

王家祖上做官做到二品大员,因得罪了朝廷里一手遮天的权臣,受奸人陷害,带着一家老小告老还乡回到浑州。王家传下家训,后世子孙不进官场,只做生意。浑州与河北、内蒙古接壤,四通八达,手工业、制造业发达,浑州的铜器曾是皇家的御用品。王家的后人靠一支驮队起家,借助交通优势,把浑州的铜火锅、砂锅、瓷碗运到口外,再把那边的牛羊赶回来。凭着诚信讲义气,生意做得风生水起。几代人的财富积攒下来,成了浑州数一数二的富贵人家。据说王家鼎盛时期光家里的下人就有一百多人。

民间历来有财旺人不旺的说法,王家在乡里大富却人丁稀少,几代都是单传。按说姨太太也是有几房的,就是生不下娃儿。或是生了,又存活不下来。且家里的男丁短寿,寿数都小,连个活过五十岁的都没有。

奶奶王秦氏十五岁嫁入王家,二十五岁守寡,兢兢业业操持着祖上留下的产业,苦熬到父亲王温仁长大成人。父亲聪明好学,读书特别厉害,十六岁考到太原府读书,以他老师的意思是要推荐他去日本留洋的。这时家里来信,说是奶奶病重,让速归。父亲急火火赶回浑州,却是奶奶让他结婚娶媳妇延续王家的香火。父亲孝顺,放下拯救天下的雄心大志,真的回到浑州接手家里的生意。父亲一直记得爷爷临死前把他叫到床前,父子俩拉着手不停地流眼泪。三十出头的爷爷放不下娇妻幼子,无奈天不留人。

谁知父亲命硬克妻,前前后后死了三房老婆,不是生痨病死,就是难产死。且三房老婆都没为他留下一儿半女。经过三个女人的洗礼,父亲由少年郎长成一个真正的男人。奶奶也是急了,聘礼涨到了二百个大洋。父亲不声不响去了一趟太原府，领回一个识字的女学生。这女学生是老师的女儿，也是他喜欢的女人，眼里看着，心里喜欢着，原本死水一潭的日子如浇了水的玉米苗，有了盼头。

父亲把家里的生意铺面全面接手后，奶奶退到幕后不再过问家事。她听从庙里师父的指点，广结善缘，施米施面，修桥修路，并发下重誓，戒了五荤，皈依在佛门下。果然两年后生下他，又三年有了妹妹王如意，有儿有女，全乎了。王家鸡飞狗跳的日子总算稳定下来。儿孙自有儿孙福，奶奶心愿一了，干脆住在庙里。年节时才接回家去住几天，也不出来见外人，只是坐在佛堂诵经念佛。

那年奶奶是年三十晚上才被接回家的，穿着灰色的僧袍子，没有剃度，头发塞进僧帽里。这是因为师父说她还有一件俗事没了，所以没有出家。奶奶回来有下人急忙把他和如意带给她看，小孩子认生，如意看到她就哭起来，怎么哄也哄不住。奶奶用中指蘸着茶水在孩子额头画了吉符，如意不哭了，拿着她的手珠玩，一会儿竟睡着了。那一晚奶奶没睡，为全家人念了一晚上的金刚经。

第二天便是大年初一，鞭炮声震得人耳朵发麻。小孩子穿着新衣给长辈拜年领压岁钱。这一天来拜年的亲戚朋友多，迎来送往，大人们忙着应酬，疏忽了两个孩子。妹妹尿了，孙妈取换洗的裤子，让他带妹妹一会儿。如意嚷着饿，他便拿了供在祠堂的一块枣糕，如意一不留心被里面的枣核卡在嗓子里，脸憋成黑紫色。幸亏奶奶在家，倒提着两脚大头朝下，用力拍打后背，才救下如意一命。

一事刚平，又出一事。厨房里出了怪事，下人们蒸出来的接年糕变成淡红色。家中管事的胡嫂大惊失色，让悄悄倒掉，另盛了糕面重新蒸。怕底下人手脚不干净，带了什么脏东西，这一回她亲自上手，在灶神爷前摆了供，上了香，祷告了平安咒。大火烧锅，水开后把粉好的糕面一层一层地撒进笼屉，撒一层糕粉，盖上锅盖蒸一会儿，再撒一层面。每次打开锅盖她看得清清楚楚，是黄色的。这是刚碾的新糕面，有黍米浓浓的香气。

她一直守在锅前，直到出锅，糕都是黄澄澄的。她吩咐李妈，糕炸好，先给祠堂摆供。这时李妈又叫了起来，只见刚刚蒸好的糕，表面慢慢浸出一缕缕的淡粉色，似乎洒了血水。胡嫂悄悄去请奶奶，奶奶念了三遍经文，那糕才变回了黄色。由黄变红，再由红变黄，很多人都看到这个变化，就像变魔术一样。胡嫂告诉李妈不要声张，只是说割破了手，不小心染在了糕上面。

高（糕）升旺长，浑州多少年的风俗。新年蒸了红糕不祥。是凶兆。

奶奶跪坐在蒲团上，两手忐忑不安地拨弄着佛珠子，不知红糕会应验在什么事上。

他六岁时，日本人打进来，王家这块肥肉，他们怎么能放过。接受过进步思想的父亲又不肯向日本人低头服软，家里的生意一落千丈。心情苦闷的父亲学会了赌博又染上烟瘾，创业艰难败家容易，几年的工夫，先是把家里的上千亩土地输掉，又把沿街的几十家铺子卖掉了，后来把祖上三进三出的院子也换成烟泡，塞进了烟枪里。瘦骨嶙峋的父亲有一天被烟馆打杂的伙计丢了出来，他也是读过书的要脸人，痛定思痛，决定去口外做生意重振家业。他们王家当年的第一笔生意就是从口外赶了一群羊回来。口外的牛羊便宜，用一只碗就可以换一只羊。

父亲把母亲的首饰当了几十块钱，不顾一切地踏上走西口的路。走时嘱咐母亲自己秋天时就回来，没回来就让母亲带着孩子回太原府。走口外的人都豁出了命。父亲不知道，他老师一家人在逃难中被日本人的炸弹炸死了，他也是后来在部队中遇到一个母亲家的亲戚才知道的。

少爷的身子骨，以前没吃过啥苦，加上这几年抽大烟，掏空了身子，路上染了风寒，停滞在旅店。店家怕过病气，把父亲丢在草房。恰好有同乡住店的人认识他，捎话回来。这时的王家落魄到极点，母亲借了高利贷才把生病的男人运了回来。

母亲请来了东洋大夫，东洋大夫把一个金属圆饼子贴在病人的胸口上转来转去。大夫说父亲的肺上面长了东西，要动手术割掉才行。东洋大夫还没有说完，就让奶奶撵了出去，居心叵测的东西，把肚子割开了还能活命？

请东洋大夫的同时，浑州城里著名的二先生也被奶奶请来了，二先生道行深，开了阴阳眼，会下阴，能和下面的小鬼搭上话，他自己说和阎王还吃过油炸糕。二先生最擅长拨寿，就是把一个人的寿数加在另一个人身上。生死的大事，一般都是由儿女给父母加寿。也有夫妻间感情深，难分难舍要把自己的寿数给另一半的。母亲就把自己的寿数减去八岁。

二先生做完法事，脸色发黑，手脚发软，半天都没有缓过来。拨寿不光耗损先生的功力，还损他的寿数，也就是说用两个人的阳寿换父亲一个人的命。这里面的人情太大，奶奶把家里的最后一对白玉盏包了起来。那是从宫里流出来的物件，当年皇帝佬高兴，赏给王家的。

二先生临走，悄声嘱咐母亲，把棺材、寿衣都备下，冲一冲喜。棺材是极阴之物，阴阳相克以死换生，东家的病最迟七月，过了七月这病自然就好了，不好也没办法了。

家里人都听懂先生暗含的意思，只有父亲还蒙在鼓里。奶奶附在耳边把拨寿的事说一遍，父亲脸上露出了笑容。他肯定不相信拨寿的说法，但是女人肯把阳寿给自己，还是让他感动不已。

人的心情好，胃口也好，父亲中午竟吃了小半碗银丝细面条。吃面时忽然想起早年间在省城太原上学时吃过一道叫清蒸鱼翅的菜，晶莹剔透，根根发亮，说是用鲨鱼的鳍做的，东西稀有，且泡发烹制的过程相当烦琐。

有病的人偏执，想吃哪一口时必须马上吃到嘴里，不然会和小孩子一样闹腾个没完。浑州是个小地方，四处也买不到鱼翅。幸好父亲的朋友在南洋上跑过生意，听说这事，赶紧给送来了一小片。

母亲这几天照顾病人太累了，蒸鱼翅的时候眯了一会儿，家里的那只老猫把蒸锅撞开，火中取栗，叼走了锅里的鱼翅。母亲惊醒，看到被撞开的蒸锅，急中生智，泡了一把绿豆粉丝。父亲吃过假鱼翅，当晚去世。

知道王家没了翻身的机会，烟馆赌馆放高利贷的勾结在一起都跑了来，让母亲归还父亲活着时欠下的烟钱赌债，没钱就要把她送到暗门子去。母亲受不了羞辱，一绳子吊死了，留下他们两个没成年的孩子。妹妹如意被送到杨镇一个小地主家当了童养媳。杨家有五个儿子，将来无论指配给哪个儿子当媳妇都行。女孩子吃不了闲饭，养到十四五岁就可以圆房，延续家里的香火。

他则被奶奶送到庙里当和尚。第二年奶奶也走了，走的时候明白了师父说的话，末了的俗事就是这两个孩子，可是她已经没能力护佑他们。那年月兵荒马乱的，庙里的日子也不安生，为争地盘，两队不明身份的过路军队开仗，一发炮弹把庙顶揭了。没了容身地方的他靠讨饭为生，东家一口西家一口。那年冬天冷得出奇，街上的雪下了半尺厚，他又饿又冻晕倒在铜匠铺边，老板娘心善，收了他当学徒。

4

表舅说，舅姥爷他老人家已经从丹东出发了。顺利的话后天早上9点到。苏红翻一下手机上的日历，星期四，看来又得请假了。姥姥自从接到丹东那头的消息就好像丢了魂，挪着小碎步，从卧室走到客厅，从客厅转到卫生间，从卫生间又转回卧室。一会儿要母亲帮她找那件有暗花的府绸上衣，一会儿又要穿年轻时的绿长裙，她还悄悄试了试苏红的口红。很晚了，听到姥姥还在屋里翻箱子找东西。苏红轻轻推开门问她找什么。她说找棉线，记得夹在一本鞋样子的书里，找不到了。苏红又问，大半夜的找针线做啥？她不回答，低着头在柜子里翻来翻去地找。苏红拿了母亲的针线包给她，她摆摆手不要。折腾累了，一个人坐在床边自言自语，大概是责怪舅姥爷这么多年才想起来看她。

苏红和母亲劝她躺下歇着，忙活了一天。她说，不困，一点儿也不瞌睡。

杨镇的端午是个大节，甚至比过年时都热闹。从初一开始连着唱五天大戏。请戏班子花的钱由镇上的几家大户出大头，杨家自然算是一户。其余的小户人家也要出一些，没有硬性规定，三十五十不多，一块两块不少，多少是一点心意。再穷的几升米面、几个鸡蛋还是有的。也不是只请浑州本地的几家戏班子，省城里最有名的"得红"大戏班子也是必请的一列。外面请来的角儿钱自然多些，每人五个大洋，不过一年花一次也值了。戏台子东西搭两面，唱戏的人用劲儿，听戏的人也用劲儿，那几天简直就是在比赛打擂台。最后还要请浑州城里有头脸有身份的人评出当年的名次来。

杨镇多少年的规矩，端午节请姑奶奶回娘家。过节时出嫁在外面的闺女只要还没有正式掌管起家事，都要被接回娘家看戏。娘家的兄弟早早就带着一乘小轿停在婆家门外，最差也得从浑州城里租一辆带小棚子的洋车，铺板上面铺着叠得四四方方的新褥子，兄弟跟在后面，挑子里担着端午节的节礼，大粽子、糖麻叶，还有用艾叶煮的鸡蛋，讲究的人家还要送一块猪肉。姑娘们在婆家辛辛苦苦，小心翼翼地过了一年，再回到娘家当一回姑奶奶，什么活也不用做，只是吃、喝、玩，坐在戏台下看大戏。姑爷这一天也可以跟着回来看戏，负责在台下采买各种小吃，伺候好媳妇和孩子。

端午不光唱戏，还有大集，四邻八乡的商贩涌到杨镇做生意。街上人挤人人挨人，叫卖声此起彼伏。吹糖人的，画糖画的，卖胭脂水粉的，卖炸糕的，卖羊杂汤的，卖凉粉的。还有浑州的特产莲花豆、豆腐干，走亲访友都要带点回来。

平时很少抛头露面出门子的姑娘们这一天打扮得水灵灵鲜艳艳，由家里的女性长辈或是兄弟们带着出来了。大户人家搭戏棚子，小户人家也要撑一把大伞，下面坐着穿红着绿的姑娘。能说会道的媒婆们一双双眼睛在那些没出嫁的女孩子身上溜来溜去，私底下早把姑娘的身世家底脾性打探清楚。男孩子的眼睛也没闲着，在女客里扫来扫去，说是看戏，其实也算是相亲大会。

娘给她们每个分了一小把艾草，用艾草洗脸，会有人爱。"艾"取"爱"的谐音，说的是时时有人疼爱。如意想起了死去的爹娘，忍不住哭了一鼻子。厨房里做事的刘妈妈会讲故事，神啊、鬼啊、狐啊的，她说人一生的福分都是有定数的，如意以前当小姐享了大福，现在就该受苦了。这样的话，似乎也是对的，以前家里光伺候她的下人就有三个。

如意这天早早就起来了，她看着小娥姐用艾叶水洗了手脸，穿着绿绸子的新衣服，身上佩着地椒椒花的香囊，头上插了粉红的绒线花，里里外外打扮好去给娘磕头辞行。小娥姐和她一样都是童养媳，可是有寡母和哥哥疼。小娥姐比她大三岁，大家隐隐约约知道她是准备给四哥当媳妇的。没有娶亲前，他们平时都是以兄妹相称。四哥已经十八了，懂了男女情，也知道家里的这层意思，平日里两个人眉来眼去的。小娥姐盛菜时还悄悄在碗底里藏几块肉给他。听刘妈她们说，娘已经找人合过他们俩的八字，所以他们两个人的小动作，大家看到也不说破。小娥姐来了月信，最迟明年就圆房，正式成为杨家的媳妇。她们这些做童养媳的既盼这一天又怕这一天，成了家，有了自己家，有了庇护自己的男人；可是如果是不中意的人，就有苦头吃了。镇东头杜家的那个小媳妇，过门才半年就被折磨死了，听说死的时候身上都是伤。她胆小，不肯同房，那个男人拿绱鞋的锥子扎她。

娘笑盈盈地接过节礼，留下一半，剩下的做回礼。再另拿自家的粽子、鸡蛋、麻叶、猪肉让带回去尝尝。知道他们家困难，回礼比节礼多了一倍。如意躲在大门柱子的后面，脚下踩着自己的影子，她咬着嘴唇看着小娥姐被她哥哥领出了二门。她偷眼看小娥姐的哥哥，十五六岁，瘦瘦高高，穿着蓝色小褂，干干净净的一个人。

如意也想自己的哥哥了。哥哥说等他挣了钱，也为她租洋车，准备端午节的节礼，带她在市集上吃凉粉，看大戏，晚上回到家里住。自从她五岁到了杨家，一天也没有离开过。她太想和哥哥一起回家了。

一个月前她和小娥姐就开始为端午节做准备了。四哥跟着爹学做生意，常去张家口收货送货，小娥姐托他送货时买点好看的什锦线，编端午绳和缠香囊用。大城市的东西自然好些，花色多，颜色正。四哥的人缘好，给家里的几个姐妹们都送了什锦丝线，当然如意也有份。她给哥哥缠了一个五色香囊，除了地椒椒花，里面还有一块钱，钱是她织布挣的。杨家的姑娘媳妇都会织布。娘治家有方，把棉花分给她们姐妹们，再收购她们手上的布。这样她们手里就有一些零花钱，平时买点头油、花粉、胭脂什么的。如意啥也不买，她把钱给哥哥攒下来，等着他以后娶媳妇用。

东屋那边传来一阵欢快的笑声，杨家的二姑娘昨天就接回来了，有妈疼的孩子就是好。二姑娘提前捎了话来，说是身子不舒坦，想回娘家住几天。刘妈她们小声说，二姑娘肯定是在婆家受了气，要不能提前回来？如意的心不由抽紧了一下，每次听到这样的消息，她都很害怕。娘便找了个理由，说是想外孙了，由二哥驾车接了回来。二姑娘进院子时笑嘻嘻地和她们姐妹打招呼，看不出是受了气的样子。如意心里也放松了，刘妈那个人一贯爱嚼舌根子。

二姑娘的婆家在城里开着一家澡堂子，用的是一股地下温泉，传说当年杨贵妃还在温泉河里洗过澡。日本人来了后，生意更好，日本人爱干净，天天都要泡温泉。二姑娘的婆婆是个病秧子，一年有半年喝着药，婆家倚重二姑娘，在那边她已经管了一多半的家。管了事，手里有钱，二姑娘回来，常给她们带一些城里的稀罕玩意儿。如意和二姑娘的关系好，二姑娘可怜她没爹没妈，没出嫁前常把自己的胭脂、水粉、衣服匀给她一些。出了门子，也惦记着她。这不除了姐妹都有的礼物，如意额外还分到了一块"一窝酥"点心，她没舍得吃，用手帕包了留给哥哥。

二姑娘回家来了，她就能陪着二姑娘出门看戏。杨家是出过秀才的人家，当然得有规矩，没过门的女孩子不能随便出门，也不能随便见别的男人。如意一年只有端午这天才能出来悄悄见哥哥一面。等着戏台的头一趟锣响过，她帮二姑娘拿着扇子、衣服、水壶、点心匣子出门。杨家有自己家的戏棚子，外面的青年男子是不能到棚子跟前的。那天唱的是《小二姐惊梦》，请了城里著名的"小鲜灵"，据说她能把手帕翻十八个花旋子。

如意根本看不进去，她看一会儿戏，看一下外面的人群。哥哥如果早到了，他会凑到杨家的戏棚子附近混在看戏的人群中，别人发现不了，如意一眼就能认出他。小二姐唱到《游园》时，她和二姑娘说要上茅房。二姑娘知道她偷偷出去见哥哥，只是嘱咐她，别跑得太远，早点回来。

如意出了戏棚子就往村东头的杏园里跑，她和哥哥约好在那里见面。杏花已经开过，青绿色的小杏子玛瑙似的挂满枝头。如意每年春天脸上就会长癣，哥哥不知从哪儿得了偏方，说是用杏仁水可以治病。他爬上树为她摘来青杏，这时的杏核还没有长成，很软，用手就可以掰开。杏仁外面有一层白膜，里面软软地兜着水，用这水搽脸可以治桃花癣。如意微微地闭着眼，哥哥用挤出的杏仁水给她搽脸，一边搽一边鼓起腮帮子给她吹，凉丝丝的。她心里甜甜的，她也是有人疼爱的，疼爱她的人是小哥哥。

那天她拿着香囊等了半天都没有见到人。眼见着太阳就要落下去，二姑娘和刘妈在远处喊着她的名字，她不得不回去了，再晚肯定要挨罚。她把香囊和"一窝酥"点心藏在只有她和哥哥两个人知道的地方，他们以前也这样传过东西。有一回哥哥讨来一颗煮鸡蛋，他没舍得吃，跑了十几里路藏在杏园子里。等如意有机会到杏园，鸡蛋已经臭了。不过如意还是把鸡蛋拿了回去，开一个小洞，一点点把里面的东西掏出来，洗干净装上豆子，用眉粉画了一张笑脸，做成一个不倒翁娃娃。她不开心的时候，用手指一摁那个娃娃就躺下了，一松手它又笑盈盈地坐了起来。

几天后三哥从城里回来，说了铜匠铺发生的事。如意想和娘告假进城找哥哥问清楚，被小娥姐劝住，人不是已经跑了嘛，跑了就有希望。杨家人也怕招惹麻烦，不许她再提哥哥的事。得罪了日本人，还有好果子吃？

七月时杏子熟了，二姑娘害喜，捎了话想吃自家园子的杏，不要太黄太软的，一半青一半黄最好。如意被娘指派到园子里摘杏，她第一个去了她和哥哥藏东西的地方，香囊没了，里面有两轧棉线。那一刻，她身子软得站不住，蹲在杏树下大哭。

5

接了一杯热水,吃了儿子买的蛋糕。火车上送盒饭的小推车来来回回地跑了五六趟,也只卖出了一份。上了趟厕所,擦了一把脸。车窗外面已经黑下来,他想歇会儿。蹬着爬梯往中铺爬时,他感觉自己腿脚还挺灵活。下铺那个热心的小姑娘要和他换铺位,他没答应。小瞧他,他当年可是侦察兵出身。

躺下来,又睡不着了。车轮撞击铁轨的咔嗒咔嗒声在耳边一直响着。前年他得了一种怪病,耳朵里边总有一种声音,咔嗒咔嗒,咔嗒咔嗒。医生说是老年性耳鸣,也没有好的治疗办法,输了一个星期金纳多,又吃了十几服中药,效果一般。现在两个声音混在一起了,他明白原来是撞击铁轨的声音。

很多年前他们就是在这种咔嗒咔嗒声里赴朝参战的。全国解放后,他和先展所在的部队撤到南方休整,他们天天练习潜水游泳,准备攻打台湾。有一天上面忽然来了出发的命令,大家捆扎好行李就上车了,谁也不知道要去哪儿。那是军事秘密,不能乱说乱问。坐着闷葫芦火车咔嗒咔嗒到了鸭绿江边,这时才知道他们要帮着朝鲜打美国佬。

也不知汉江怎么下那么大的雪,似乎是要把他们这些人全都留在那个鬼地方。一些南方兵没见过这么大的雪,开始还兴奋地团雪球玩。后来又哭又喊,手、脚、耳朵都冻坏了。巴掌大的雪片子铺天盖地往下落,雪埋到了大腿根,每向前走一步都要使出全身的力气。脑子似乎也冻成一坨冰,什么事也不想,只是跟着前面的队伍不停地走,走,走。再往前雪更大了,白茫茫的,看不见人,有一个战士得了雪盲症,走着走着掉进沟里去。大家七手八脚费了老劲儿才把他救上来,可是人已经不行了。还是个半大孩子,新兵蛋子,从山东招来的。

还没有和敌人面对面交锋就挂了,窝火得厉害。他们连只剩下三十二个人，少了一多半，寒冷、饥饿、疾病、意外，非战斗减员太严重。这时接到上级命令，全体停下来休整，等后面掉队的战士赶上来，当然还有大后方的给养。公路被敌人炸得稀巴烂，运输车队寸步难行，武器、弹药、食物、用品都靠后方人员肩扛背驮。美国人摆出要赶尽杀绝的势头，白天飞机在头顶上一刻也不停，运送物资的后勤部队只能趁黑夜时抄小路，走小路要有当地的老乡当向导。因为打仗人都跑光了，老乡特别不好找，好不容易找到一位，也是老弱病残，身体好的早跑了。这么困难的条件，能运上来的物资连十分之一都不到。

部队断粮已经好几天了，上一次补充给养还是七天前。每人分到两斤炒面，有人当天就吃完了，活一天挣一天，万一光荣了，做个饱死鬼。大家啃着雪团子说，要是能饱饱地吃上一顿饭，马上和敌人同归于尽也心甘情愿。

炊事班早就不煮饭了，到了宿营的地方，炊事员用雪块烧点热水给大家喝。那天班长王先展不知从哪儿搞了一些玉米芯回来，这东西在他们老家一般是存下来冬天烧火用的。干棒子上面有的还挂着一些珍贵的玉米粒，大饥荒时玉米芯煮一煮也是可以吃的。营地里飘出一股玉米的清香，好几天没吃过粮食了，大家舀玉米汤喝，一口下去，从嗓子眼暖到肚子里。

喝过甜丝丝的热玉米汤，还是老规矩，一人上两道菜，讲自己吃过的馆子。都是穷苦人出身，吃过大馆子的不多。连里的战士们把各自家乡特色饭菜都讲了好几遍了。包子、饺子、葱油饼、油炸糕、白米饭、肉汤圆、米粉、红烧肉、黄焖鸡、清蒸鱼，南边的北边的，地上跑的土里长的天上飞的水里游的。

轮到先展时，知道他曾是地主家的儿子，大家让他讲个新鲜的、没吃过的。他说，那就上一道清蒸鱼翅吧。人们都笑了，鱼刺？鱼刺怎么吃？他和大家解释，不是鱼刺，是鱼翅，翅膀的翅，鱼翅是用鲨鱼的鳍晒干制成的。吃的时候要泡发一天一夜，天气热时隔两个小时就换一次温水，鱼的腥味重，容易引来苍蝇。泡过水，用两片竹篦将鱼翅夹紧，避免鱼翅煳锅、变形、散烂。煲煨时要特别注意时间和火候，用小火煨，火大可能将鱼翅表面煮开，让沙粒混进翅肉内。

有钱人家就是不一样，吃点东西这么麻烦。大家的胃口被吊得足足的，不停地咽口水，胃难受得像猫抓一样。先展还没讲怎么吃鱼翅、鱼翅吃进嘴里什么味儿，上面来了行军命令，口令一个接一个传下去，他和战士们冒着严寒出发。先展偷偷地把半根煮玉米芯塞给他，刚才炊事班发的，他没舍得吃。这个时候一口食物就是一条命，他们是换命的交情……

要说国家对他们这些老革命是真好，每年免费体检两次，待遇福利也是年年涨，逢年过节还有老干处的人提着礼品上门慰问。前段时间例行体检，那个戴眼镜的女大夫夸他身体好，一点儿也不像八十八，八十多岁的身体里长了一颗年轻人的心。不用大夫说，他也知道自己身体还行，他的命是和先展借来的，两个人的命续给一个人，他还不得活他一百岁？

6

为了表示隆重欢迎，苏红一大早就被母亲指派到了火车站。到了车站才想起，没有舅姥爷本人的电话，他和姥姥一直用座机联系。舅姥爷坚决不用方便快捷的现代化通信工具——手机，老爷子够倔的。幸亏附近有打印店，她让人家打一个简易的接站牌。上面写着舅姥爷现在的名字——王新赞。这是他到了部队以后改的名字，他以前叫王仙展，据说是嫌"仙"字有迷信色彩，便改了名。新赞、仙展，用浑州话念起来音也差不多。

广播里连续播报着9658次列车进站的消息，男女老少拖着各式各样的行李箱，像一群企鹅从检票口摇摇摆摆地走出来。苏红两手高举着写了舅姥爷名字的牌子，仔细地端看着每个从出口走出的人，只要有老头模样的往牌子这边瞅，她就笑脸迎上去。请问，您是王新赞老先生吗？对方一脸茫然，拉着行李箱往前走。连着问了几个老头，都不是。这种大海捞针的找人方式对她来说难度太大了,最起码应该定下一个接头暗号的。天王盖地虎,宝塔镇河妖。舅姥爷当年不是当过地下党嘛。

说起来也是很奇怪的事,姥姥家现在也没有一张舅姥爷的照片。以前没条件,如今人人都是摄影师,点一下手机随手都能拍一张照片,可他没有给姥姥发过一张他的照片。大概是人老了,都不愿意照相了,怕看着照片触景伤情。

等到9658次车最后一位乘客离开,也没有接到人。苏红倒是不怎么着急,估计舅姥爷自己打车回家去了,他有他们家详细的地址,当过兵打过仗的人,军事地图都能认得,这点认路能力还是有的。如果不是为了母亲,她本来就是多余来接。单位还有急活,已经催了几次。想着一会儿给家里去个电话,到了单位,事一忙就给忘了。

快中午时,苏红接到她母亲的电话,问接到人没?在哪儿呢?怎么还不回来?是不是火车晚点了?姥姥趴在窗户上瞅了一上午了。她这才知道舅姥爷并没有自己回家。母亲自是一顿数落,怎么办事的?接个人也接不到。她急忙给丹东那边的表舅打电话,刚认的亲,是舅姥爷四十八岁那年生的老儿子。和她同岁,不过人家辈分大。表舅说,舅姥爷坐上了来浑州的火车,他亲自送进了站,还给买了鸡腿、茶叶蛋、蛋糕让他路上吃。那说明舅姥爷的确来了浑州,可是人哪儿去了?刚下火车就玩失踪。考虑到他的年纪,她急忙给火车站的值班室打电话,证实这趟火车没有在中途忽然发病的人。火车站也帮忙播报了寻人通知。

人找不见了,丹东、浑州城两边的电话都打疯了,当然发疯的是别人,舅姥爷本人根本不知道这事。所有人都不理解,信息社会了怎么还会有人出门不带手机呢,老年人有大字版的老年机嘛。手枪、手榴弹都能玩得转的人,手机这玩意儿对他来说还不是小菜一碟。这老爷子果然是人物,一回来就弄出这么大动静了。

苏红还跑到派出所报案了,警察说人口失踪案件二十四小时才能立案。从派出所出来,她冷静下来,想了想,老爷子根本不可能走丢。表舅不是说，老爷子记性比年轻人都好，说起当年打仗的人和事，哪年哪月哪日几点由谁发起的冲锋都记得一清二楚。多少年没回来了，也许他临时改了主意，在别的站点下车，逛逛名胜古迹，吃点当地的小吃。近乡情怯，或者就是不想来见这个妹妹了。

亲戚的关系历来是互利互惠，人们活得都很现实，双方一点儿利益好处也沾不上，还讲什么情分。

这几十年除了几封信，舅姥爷和姥姥家的联系并不多。丹东再远，也没有远到天边，现在交通这么发达，只要舅姥爷想回来，坐飞机不过是半天的事。同样，姥姥也从来没有提出去丹东见一见哥哥。三舅曾抱怨，有个当官的舅舅和没有一个样儿，别说沾光享福了，连个面儿也没见过。

姥爷活着时和他们讲过一件事，当年日本人抓走铜匠夫妇后，布下天罗地网，等着来铜匠铺接头的人，准备钓一条大鱼。姥爷被指派到后街埋伏，在街角他看到舅姥爷的半个脑瓜顶，不过他并没有叫嚷，而是使了一个快跑的眼色，好在其他警察不认识舅姥爷。当晚铜匠铺起火，火光冲天，引得一条街的人都去救火，他们埋伏的警察暗探也都撤了回来，那个点已经没有监控的意义。姥爷说那把火肯定是舅姥爷放的，为了给那头的人通风报信。

姥爷看在亲戚的份上，走水放了舅姥爷一马。他那时可是冒着杀头的危险，日本人一点儿情面也不讲，发现通共通匪，格杀勿论。他怎么也算是救了舅姥爷一命。中华人民共和国成立后，人民当家作主，镇上的运动一浪高过一浪。知道舅姥爷还活着时，姥爷好像抓住了一根救命稻草，虽然不敢以救命恩人的身份自居，但还是委婉地写了一封信，想让舅姥爷给政府说一下，证明他当年也为组织做过事，救过他们的小交通员。舅姥爷隔了很久才回信，说他在外多年，和镇上的人说不上话。而他又不是杨镇的人，人家根本不会买他账。姥爷骂舅姥爷耍滑头，都是共产党的天下，一个参加过抗美援朝的干部说话还是有分量的，明明就是不愿意帮他。

姥爷因为在日本人手下当伪警察的事，没少挨批斗。杨镇的批斗会完了，还被借到外村批斗，外村人不讲情面，该动手就动手，晚上回到家时常常鼻青脸肿的。

其实姥爷当警察很偶然，他在学校的运动会上跑了第一名，正好赶上浑州警察署招人，便被招了进去。跑得快才能抓住小偷嘛。当时家里人都很高兴，家族中有当警察的，就不会被乡间的地痞、小混混欺负。后来日本人来了，日本人也需要警察维持秩序，他便一直留了下来。幸好他当警察时手里没有人命案，要不早被政府镇压了。

姥姥不识字，姥爷生舅姥爷的气，赌气不给丹东那头写信。后来苏红的母亲上学识字了，帮姥姥写信，姥姥还缝了鞋垫寄过去。家穷，七个孩子七张嘴，实在没有拿得出手的东西，只有这个针线活还行。其实姥姥绣花也不错，只是买不起布料。到了"文革"时，母亲想到化肥厂当工人，悄悄给舅姥爷写过两封信，都被退了回来。果然是六亲不认，连孩子也不愿意帮一把。母亲出嫁后，姥姥家和丹东那头的关系也断了。

20世纪80年代初，舅姥爷给姥姥寄来了一笔钱，让她去丹东住几天，吃一吃那边的水馅包子、朝鲜冷面、虾爬子，再看看鸭绿江。信里面说江对面就是朝鲜，那边人干活种地都看得清清楚楚。二舅说看来当年那场仗打对了，朝鲜离咱们这么近。幸亏毛主席及时出兵，如果让美国人占了朝鲜，还不把中国一块儿收拾了。姥爷说，老百姓不要随便谈论国家大事。当过伪警察的他被批斗怕了，一辈子谨言慎行。不过谁也没提姥姥去丹东见舅姥爷的事，大家觉得做官的舅舅太小气，怎么能只寄一个人的路费，要寄也是全家，分明就是看不起农村人啊。

姥姥挪用那笔钱给二舅妈买了缝纫机。这钱寄得很及时，没有缝纫机人家姑娘不进门。以后成了惯例，三舅四舅五舅娶媳妇时，都给丹东那边写信，请舅姥爷回来喝喜酒。浑州距丹东一千多公里，为喝一杯喜酒来回奔波似乎也不值当。舅姥爷本人虽然没有回来，但都会给外甥们寄一笔丰厚的礼金。舅舅们并不念舅姥爷的好，他们总认为舅姥爷理亏，欠着杨家的人情，这个情一辈子也还不完。花点钱是看得起他，给他一个表现的机会。谁让姥姥是他的亲妹妹，哥哥照顾妹妹的孩子理所应当。姑舅亲，打断骨头连着筋。

直到晚上舅姥爷才出现，一个瘦且精干的小老头，穿一件中山装拎一只人造革提包，和街上南墙根下那些晒太阳的退休老大爷一样，一点儿军人的威风也没有。难怪苏红会接不到人。姥姥他们兄妹俩见面也没有电视电影里抱头痛哭的煽情镜头，两位老人互相盯着看了半天，姥姥平静地说，岗岗，回来啦？（浑州口音，哥哥发岗岗的音）舅姥爷说，回来了。姥姥说，老了。舅姥爷说，你也老了。姥姥说，你身子骨还行？舅姥爷说，还行！姥姥又说，牙口可好？舅姥爷张大嘴指指里头，似乎是让姥姥看清楚他有几颗牙，掉了五个，都镶上了，还能啃骨头，一顿吃十几个肉饺子。

倒是苏红妈在旁边看着忍不住抹眼泪，两个人分开时还是两个小孩子，再见面时都已经是八十多岁的老人。看得出舅姥爷很激动，他几次拉住姥姥的手，都被姥姥不动声色地抽回了，好像是在小辈们面前有点不好意思。苏红提前为他们准备了速效救心丸，万一两个老人情绪太激动，躺倒一个就麻烦了。

苏红先给丹东那边报了平安，表姈嘱她多照顾照顾老人，记着吃降压药。小表舅的火估计还没消，絮絮叨叨一直说，老小孩，不听话，这么大岁数了还到处乱跑，给别人添麻烦。她忙说，不麻烦，不麻烦。自家人，应该的。表舅客气而冷淡，他没有问候姥姥，也就是他的亲姑姑。不过也能理解，对一个连姑姑一颗糖都没有吃过的侄子，不能要求什么。

时间有点晚了，在家里吃过简单的晚饭，舅姥爷就回宾馆休息了。他不住在他们家，自己已经订好了房间。苏红和母亲互相看一眼，看来是她们自己一厢情愿。想想也对，人家好歹也是退休老干部，怎么能住得惯这种小房子。

7

离宾馆还有一段路。他从出租车上下来，掏出手绢擦着眼睛，过一会儿又擦。妹妹家的那些亲戚多得他记不住，不过看到妹妹老年生活过得还行，起码儿女还算孝顺，他便放心了。房子小是小点，一家人和和气气地在一起就好。当年妹妹到杨家时只有一个人，现在她儿孙满堂，是一个有福气的人。一家人团圆相聚的场面他梦到过很多次，每次都是被先展闯进来吵醒。这天伦之乐本来也是属于他的。

他想一个人沿着街面走走，当过兵的人都喜欢走路。那时候夜里打穿插，他们一晚上跑一百里也是常有的事。美国人说，中国兵的腿比汽车轮子都快。急行军时不吃不喝不上厕所，每个人背一节小竹筒，有尿，在路上解决。

零下三十度的极寒天气。他把洗脸的毛巾铰开，一边一块缝在帽子下面，走起路来呼扇呼扇的像猪八戒。先展也学着他的样子，把毛巾缝在帽子上，连长看见了让扯下来，说是影响志愿军的形象。

连长脾气急，一路上骂骂咧咧的。他不怕骂，当兵哪有不挨骂的。他在那边时，当官的骂得更狠，一不高兴脚都踢上去了。那边是国军，他属于国民党的投诚人员。

当年他在浑州城讨饭时，遇到了同样没爹没妈的先展，先展把讨来的小米稀饭分给他半碗。患难之交，拜了把子，他比先展大几个月，先展叫他哥。讨饭吃的是百家饭，不能在一个地方长时间停留，熟人熟脸怎么能要到东西吃。听说张家口坝上的莜麦大丰收，他准备去那里讨口吃食，也出去见一见世面。叫花子就是流动大军，走到哪儿住在哪儿吃到哪儿。先展要照顾他妹妹，不愿意和他一起走。他去张家口的路上遇上国军招兵，招兵的军官许诺天天能吃上饱饭，他便跟着部队走了。他和先展再次相遇，他是俘虏，先展是班长。不用先展劝降，他主动参加了解放军。他思想觉悟低，谁家给饭吃，就跟着谁干。为这个，先展老批评他。

仗打得惨烈，地上都是死人，受伤的还在地上翻滚，惨叫声让人毛骨悚然。枪子没长眼，能在枪林弹雨中活下来都不容易。他和先展简直长了飞毛腿，头上顶着捡来的美式钢盔，比兔子都跑得快。跑得快才有机会活下来。

敌人先是派了一架小飞机，飞得也不高，隐隐约约能看到里面的飞行员。先展还瞄准飞机开了一枪，如果能打下来肯定立大功了。飞机来回飞了几圈，就走了。

小飞机飞走一会儿，呼呼啦啦来了一群飞机，铺天盖地的像一群黑乌鸦。大家还来不及隐蔽起来，炸弹就下来了，黑烟滚滚，耳朵边都是爆炸声和人们的哭喊声。等轰炸过去，连长清点人数，又少了五个。刚开始每个连队都有专门的治丧办，有专人处理烈士遗体，擦洗完，换上干净衣服，用一丈八白布裹好插上标签，等后面的收尸队上来运走。后来条件越来越艰苦，包扎伤员的纱布都没有，遗体哪还有条件包裹，只能从随身的行李包里挑件干净衣服换上。收尸队忙不过来，只好就地掩埋，部队文书用木片写了名字插在土里。有两具残损遗体没法辨认，就写了烈士一、烈士二。不是他们连队的人，可能是别的部队掉队的。这两个人连个名字都没有留下。大家心情沉重，脱下帽子敬个礼继续往前走。

阻击战打响前，连里给每人发了两条二指宽的白布，连长吩咐用毛笔在上面写好部队番号、名字。一条缝在上衣的左边，一条缝裤子的右边。大家都知道啥原因，打仗哪有不死人的。连里有很多人不会写字，就找别人替写，吵吵嚷嚷的。虽然心里害怕，大家还是表现出不怕牺牲、决一死战的精神来。

先展读过私塾识字，大家平日里都找他给家里写信、念信。没有墨水，只能是磨锅底灰了。先展写完自己的名字条子，又帮别人写。班里有个叫刘锁子的河南兵，不懂事，拿着写好的布条子问连长，要是被汽油弹烧成黑炭了，这个功劳怎么算？连长冷冰冰地说，有人证明就是烈士，没有证人是失踪人员。不说话，没人当你哑巴。连长说完，恶狠狠地瞪了他一眼。

可是连长的话，大家都听进心里去了。失踪多难听，家人还以为他们叛变投敌了呢。一个家里出现了这样的人，一辈子也抬不起头来。班里的战士都说，如果能活下来就给对方作证。人过留名，不能让家里人跟着抬不起头。

飞机在头顶上尖锐地嘶叫着，汽油弹像炒豆子一把把地撒下来，炸得他们连头都不敢抬。他们管这个叫"一把抓"，人家在天上，你在地上，一点儿法子都没有。走在他前面的先展像一只行动敏捷的兔子，跳跃着，躲闪着，他们为躲过汽油弹开心地大笑。1945年美国人在日本的东京大阪、名古屋、神户这些城市投下了大量的汽油弹，使整个日本变成了人间炼狱。现在又用这套方法来对付中国人、朝鲜人了。

美国兵挺好客，汽油弹扔完又换了一份"菜单"，炸弹掀起的土有几米高。他和先展像两只土耗子从土里爬出来，看到对方活着还没有受伤都笑了。果然是福大命大造化大。乐极生悲，敌人的又一批炸弹在他身边爆炸，他轻飘飘地飞起来又落下去。迷迷糊糊记得是先展把他背下阵地，还把棉衣脱下来给他，他的衣服被血浸透了。他在医院昏迷了三天，有一块弹片嵌入他的头骨，他短期失忆，忘了自己叫什么。多亏身上的布条子，上面有名字和部队的番号。听后来住进来的伤员说，战斗打得惨烈，高地几次失守又几次从敌人手里夺了回来。他们一个团的人都没了，他因为受伤，是唯一活着的人。

8

苏红在恒山大酒店为舅姥爷安排了接风宴，点了家乡有名的小媳妇凉粉、莜面窝窝扒羊肉、豆面捻的猫耳朵，还有浑州人逢喜事必吃的黄米面油炸糕。当然舅舅姨姨们和孩子们也到场了，热热闹闹地摆了三大桌。认亲的场面挺温馨，舅姥爷想得周全，给每个大人孩子都准备了红包和礼物。红包厚实，大家的笑也很真实。

接下来的两天，就是轮班宴请，舅舅姨姨和他们的孩子都请舅姥爷到家里坐一坐，再一起吃顿饭。看来老话说得对，亲戚亲戚，越走越亲。大家抱怨舅姥爷这些年也不回家来看看，家里人挺想他的。情真意切，说的时候眼里还有泪。

舅姥爷说，退休那年，准备带着孩子们回来看看，衣锦还乡，出去的人都想回来。没想到舅姥姥忽然中风，半边身子瘫了，身边一会儿也离不开人。舅姥姥身份比较特殊，舅姥爷娶的是日本女人，日本战败后，开拓团把很多女人孩子留在了中国东北。当初水产公司的大姐把她介绍给舅姥爷时，因为两个人都是孤儿，已经三十多岁的舅姥爷动了恻隐心，头脑一热把女子娶了回来。运动开始时有人举报她是留下来的日本特务，受到牵连，他也被揪出来批斗，下放劳动，20世纪80年代初才恢复了工作。

不过这些不愉快的往事一带而过，舅姥爷热情地邀请大家去丹东玩，吃的住的所有费用他都包了，他现在退休金挺高的。大家最关心的问题是，能不能出国去朝鲜玩一玩。

大家嚷嚷着去丹东去朝鲜时，只有姥姥看上去淡淡的，也许是她这辈子经历了太多的苦难分离，把亲人的重逢也看淡了。

姥姥和苏红讲过她当童养媳的事，一个五岁的小孩子忽然离开父母兄弟到了一个完全陌生的家，除了哭还是哭。姥姥脾气大，一有空就往大门外面跑，说是要去找哥哥。跑不多远，就被人找回来。

太姥姥不打不骂，让人把姥姥送进碾坊，说是要磨磨她的性子，她跟着刘妈天天要准备二三十个人的面。杨家有几百亩地，家里干活的有短工也有长工，长工一年都在杨家做活，短工是农忙收秋时雇的。无论长短工都要吃饭。她天不亮就起来推碾子，玉米、小米、黄米、莜麦、豆子都要碾成面磨成粉。总是睡不醒，有时抱着碾杆就睡着了。一天又一天，一年又一年，姥姥慢慢习惯了在杨家围着碾盘转的生活。

姥姥本来是准备嫁给五姥爷的，他们两个人的岁数相差不大。可是五姥爷在龙城上学时有了中意的女学生，两个人自由恋爱先去了上海，再后来去了香港。四姥姥和四姥爷圆房后，两个人去了河北做生意。二姑姥姥的婆家和日本人做生意多年，知道没好果子吃，早早跟着男人去了香港。小姑姥姥找了部队的人，跟着男人去了山东……家里的姊妹们娶的娶，嫁的嫁，走的走，最后只剩下姥姥。这时姥姥的身份有点尴尬，既不是闺女又不是媳妇。太姥姥已经让媒人悄悄散布消息，打算以女儿的身份把姥姥嫁出去，并许了一份嫁妆。只是提亲那些人家条件一般，年纪又大。姥姥虽然没有圆过房，可也算是有过婆家的人，身份地位自降一等。姥姥哭着说不想嫁人，要伺候太姥姥一辈子。她五岁进入杨家，已经习惯这里的生活，不要赶她走。太姥姥心软，也怕她出去受苦。

中华人民共和国成立了，童养媳是旧社会的产物，姥姥作为受害者，政府来人，要把姥姥解救出苦海。可姥姥娘家没人了，她唯一的哥哥也没有一点音讯。她又不愿意随随便便地嫁人，离开杨家便无处可去。

这时姥爷的第一个媳妇得了鼓症，也就是现在的尿毒症，全身肿得像个棉花包，病了两个月，没了。还留下两个孩子，一个五岁，一个三岁，其中一个孩子就是苏红母亲。姥爷早没了当警察的威风，回到杨镇成了人人喊打的落水狗。差事丢了，媳妇死了，倒霉透顶。接连的打击，太姥姥一病不起，她临死前唯一放不下的就是姥姥，她想让姥姥嫁给姥爷。原本就是一家人，知根知底，谁也别嫌弃谁，菜烂在自家筐里。姥姥就这样嫁给比她大十岁的姥爷，而且是刚过门就当起了后妈。姥姥童养媳出身，知道没妈的孩子苦，倒是一点儿也没有难为过苏红母亲，娘俩处得像亲母女一样。

9

把手头的工作赶完，苏红准备陪着舅姥爷在浑州城转转逛逛，再买点当地的土特产给那边的舅舅姨姨们寄过去。既然认亲了，就得有点亲戚的样子。怎么说他们也是舅姥爷在这边唯一的亲人，特别是知道他和姥姥从小吃了那么多苦，就想对他们好点。

没想到舅姥爷早安排好时间，他告诉苏红后面几天就不用陪着了，他有事情要办。他浑州长大的，认识路，就是拆迁了重建了，大体的方位不变。乡音难改，通过这几天练习，他的浑州话也说得像模像样。想起他刚下火车就失踪的事，肯定有什么不方便他们知道的事。人要有自知之明，老人家既然不愿意说，苏红也不打算细问。

苏红和母亲发牢骚，热脸贴冷屁股，人家根本不领情。被姥姥听到，恶狠狠地瞪她一眼，姥姥可是一点也不糊涂，心里还是向着亲哥哥。苏红在旁边拱火，亲哥哥还不把您老人家带到丹东享福去。姥姥拉下脸，她不敢乱说话，老太太真生起气，十天半月不理人。

舅姥爷回来的这些日子挺忙的，有时过来和姥姥坐一会儿，买点浑州当地的小吃，刚出锅的炸麻叶、黄米粽子什么的，有一回还买了"一窝酥"点心。姥姥掰一小块放进嘴说，一点儿原来的味儿也没有了。店不是原来的店，师傅也不是原来的师傅。果然是大户人家的小姐。有时则几天也不见露面。有了以前的经验，大家也不去找他。

苏红有一天下班后拐到他住的地方，快端午节了，母亲做的艾叶煮鸡蛋，让她带给舅姥爷尝尝。敲门没人，服务员告诉她老爷子三天没回来了。这老头子来无影去无踪的，搞得和地下党一样神秘。好在第四天他回来了，一回来就去苏红家和姥姥要舅舅们年轻时的相片，孩子们的也要，还问姥姥哪个孩子最像他年轻时候。大家瞅瞅相片再瞅瞅舅姥爷，你一句，我一句，眉毛、眼睛、嘴巴、脸型似乎都有一点像的地方，又似乎都不像。

那天苏红开车来的，晚上遵从母命，顺路把舅姥爷送回宾馆。到了门口，他第一次邀请她进去坐一坐。苏红好奇，不知他要干什么，难道私下给她发个感谢的大红包？毕竟这些年她照顾姥姥多些。苏红用免费的茶叶包泡了两杯水，茶色暗红，他端起来哧溜一口哧溜又一口，倒是没有干部架子。包里还有几个溜溜梅和铁山楂，苏红也拿了出来。舅姥爷啃着铁山楂开始讲他们的部队，讲汉江，讲大雪，讲连长，讲玉米芯，讲大轰炸，讲他的好兄弟先展。他拿给苏红一个红本子看，是刚刚补办下来的王先展的烈士证。王先展当年属于失踪人员。

舅姥爷请同城一位当过警察的刑侦高手用电脑制作了他和姥姥小时候的相片，相似度百分之九十以上。相片里的姥姥站在杏树下仰着小脸微张着嘴，身边舅姥爷拿着一颗青杏看着她。姥姥那时长得真好看。

姥姥拿着小时候的照片，看了又看，晚上睡觉都不放下。

10

他又梦到妹妹了，她还是小女孩的样子，额前齐刘海，一右一左编着麻花辫子。妹妹从村东的戏台子后一阵风似的跑出来，一路跑一路笑着喊岗岗，岗岗。哥哥看到妹妹也跑起来，他的兜里装着一颗煮鸡蛋，一个好心人给的，他给妹妹留着。两个人同时向着对方跑去，跑啊，跑啊。妹妹跑着跑着变成了一只兔子，他记得妹妹属兔，他还笑话她长了一张三瓣嘴。只是一眨眼的工夫，兔子不见了，他扒开草丛怎么找也找不到。他哭着大声喊，如意，如意。

妹妹出生时下了一场雨，奶妈抱着白白净净的婴儿给爹看，爹做生意刚刚挣了一笔钱，心情大好，低头看一眼小人，再看看外面的大雨，给她取名如意。这场雨对富人家来说只是天赐一个孩子乳名，对连日干旱的乡人来说可是一场救命的及时雨。地里的庄稼叶子都打了卷，只剩下中间的绿芯。再不下雨，这一年的收成没了。奶妈说，妹妹自带三分福气，因为她的出生，浑州周边的百姓有救了。

哥哥从小就喜欢这个粉团团的妹妹。有了稀罕吃食玩物都给妹妹留一份。妹妹天生身子骨弱，四岁了还吊在奶妈的奶头上。这时王家已经开始败了,父亲把大宅子卖了,他们搬到了又小又黑的仓房住。家里用不起佣人,奶妈也走了。妹妹不肯吃东西,哥哥就钓鱼给妹妹熬汤喝。

再后来家里遭遇更大的变故,父母先后病亡,他和妹妹一夜间成了孤儿。留在家里只能活活饿死,妹妹被送出去当童养媳。哥哥哭着不肯让妹妹走,哥哥说,他挣钱养活妹妹。在那些人听来,不过是少爷的赌气话,他一个八岁的孩子,有什么能力养活妹妹。兄妹就这样活生生地被分开了。

五月初一,杨镇过大集,搭台子唱戏,外村人也去看戏。这一天妹妹得到允许可以跟着杨家的姑奶奶们出来看戏,他和妹妹约好在杏园里见面。他用卖柴的钱买了两轧棉线,妹妹已经十岁了,应该学一学做针线活,将来出嫁了会缝补衣裳,也不让婆家人笑话。最重要的是告诉她不要惹娘生气,也不要惹兄弟姐妹们生气。这些都本应该是当妈的教给女儿,妹妹没妈,只能是当哥哥的教了。那天,他还有任务,要把一个重要的消息送到城北的张庄。

那年端午节妹妹没有等到哥哥,第二年没等到,第三年也没等到,一年又一年,妹妹一直没有等到哥哥回来。

他记得这些事都是先展告诉自己的。他还说等他们打败美国佬回到浑州后,就把妹妹如意许给他当媳妇。妹妹虽自幼许了人家,但那是童养媳,是旧社会的产物,不算数。新社会了,讲究男女平等婚姻自由。

揉一揉小肚子,再揉一揉小肚子,站在便池前好一会儿才哩哩啦啦挤出一小股。身上的零件太老了,前列腺也不行了。忽然就咳嗽起来,咳得很厉害,他含了一块冰糖压在舌尖上,冰糖润肺。他的肺不好,当年打伏击战卧在雪地里隐蔽了两天一夜,留下后遗症了。

11

浑州人过端午隆重,再加上这几年搞老城文化旅游,政府牵线,民间人士组织筹办,浑州又开始唱大戏赶会,现在叫文化美食节。舅姥爷一大早就来了,他要带着姥姥去看戏。姥姥穿了她最喜欢的绿裙子,两个老人牵着手出门时,苏红给姥姥的鬓边插了一朵石榴花,刚刚从花盆里剪下的。雪亮的银发衬着红花,喜庆而伤感。

  戏台子搭在城东,听戏的并不多,都是一些上了年纪的人。年轻人听不惯二人台。倒是赶会的人多,小吃一条街人山人海的。看过戏,舅姥爷请姥姥吃了浑州有名的小吃豆面粉儿,晚上他们还在农家小院的窑洞住了一晚。哥哥当年许诺带妹妹回家,这一等竟等了八十年。

嗣音

1

何冰在朋友圈发了一张父子背影的图片。橘红的夕阳下，小男孩骑在父亲的脖子上，手里一只鱼形的氢气球跃跃欲飞。我在下面手动点赞，何冰和以前一样没有回复我。

邪了门，孙记包子店开在哪儿哪儿火，每一家连锁店到了饭点时都爆满。我不想坐在闹哄哄的店堂里吃饭，每次都是带回家。一位上了年纪的女人询问我怎么用手机点餐，我耐心地教了她两次，老人表现出一副好学的样子。不过她最后并没有学会，没办法，只好帮她点了，老人很信任地把微信的支付密码告诉我。点餐成功老人再三感谢我，我笑着回谢。现在很多饭店都是用手机扫桌上的二维码点餐，不会使用智能手机简直是寸步难行。

女人瘦弱清秀，气质和母亲很像。母亲已经去世两年多了，她常常猝不及防地闯进来，一声不吭，霸道地坐在我对面不肯离开。

包子的味道好像没有以前好了，黄焖丸子咬一口全是淀粉，我知道不是饭菜的问题，而是我自己的问题。

前不久收拾母亲的旧物，我看到了那张久违的全家福，上面有父亲、母亲和我。我穿着一件嫩黄色的小衫，细瞅可以看到小猴子的图案。我小时候最佩服《大闹天宫》里的孙悟空，猴哥有七十二般变化，还能驾着筋斗云上天入地。而我明明已经学会了猴哥的变化口令，却什么也变不出来。衣服本来的颜色是粉色的，那时小地方还没有彩色照相的技术，黄颜色是人工后期加染的。我们每个人都涂着鲜艳的红脸蛋、红嘴唇，样子怪怪的，像动画片中的人物。爱美的母亲抱怨照相师傅把她修得太丑了。

照片的下面写着一行小黑字，同城相馆，1982年。那一年母亲三十三岁，父亲三十五岁，那是他们最好的年华。父亲母亲正处在事业的黄金期，工作热情积极，年年都被评为单位的先进，而他们为建设美丽富强的祖国浑身上下有使不完的劲儿。这是我们家唯一的一张全家福，开始这张照片摆在正屋的相框里，后来照片不见了。

记得我去广州打工的那年，小心地向母亲询问过以前的照片，因为我觉得有可能会遇到父亲，但我想不起他的模样了，他离开家时，我只有六岁。其实广州那么大，怎么可能遇到。

母亲悠悠地说，烧了。

烧了？我重复一句。

都烧了！母亲斩钉截铁。

照片已经泛黄，我衣服的左上角还有一块水渍。锯齿形的相纸边缘摸起来有些割手，这是那个年代鲜明的特征。三十五岁的父亲、三十三岁母亲、六岁的我，穿越三十多年的时光神采奕奕地向我走来。如果时间可以停下来，我愿意我们一家三口永远走在去照相馆的路上。那天母亲穿了她心爱的长裙和半跟黑皮鞋，还卷了弯弯的刘海。父亲把文工团演出的白西服悄悄穿了回来。我打扮得最隆重，新衬衣、新裙子、新凉鞋、洁白的丝袜。丝袜是爸爸从太原出差带回来的，在我身上他们一直特别舍得花钱。

我们坐9路公交车去城里照相，下车路过二门市部，爸买了一根牛奶雪糕给我。那时没有冰柜，冰棍都用棉被捂着，戴着蓝袖套的阿姨掀开小棉被迅速地给我取了一根。雪糕放得时间有点长，纸皮黏在冰棍上面剥起来很麻烦。我不舍得一下吃完,一小口一小口吃得很慢,天热糖水顺着手缝流下来,我想把手指头放在嘴里吮干净,但又怕被母亲骂。当医生的母亲最受不了我吃手指头的恶心毛病,只要被她看到,就凶巴巴地抽一下我的手背。到了国营照相馆,雪糕黏糊糊地弄了我一脸一手。母亲把手绢打湿耐心地给我擦脸擦手,又和店主借了梳子给我重新把头发梳光滑。我的左额头有一个头旋儿,刘海怎么梳都不肯顺从地贴着头皮,母亲把她头上的一个有机玻璃卡子别在我的额前。我臭美得不行,站在镜子前不肯挪脚。父亲说,咱家莲儿细端挺耐看的,将来一定和你一样漂亮。母亲微微笑了一下,没说话。向阳街的很多人都说我长得一点也不像母亲。

  我们照全家福是要给杭州的姥姥寄去,她还没有见过女婿和外孙女。姥姥年年说要来同城看闺女,不过山高路远,她一次也没有来过,后来她瘫痪在床上,更没有机会了。过年过节时母亲会收到南边寄来的腊肉腊肠,她切一小块放进笼里蒸上,眼圈却慢慢红了。母亲一直在攒钱,攒回南方探亲的路费。后来这笔钱里又要加入送给亲戚的份子钱、礼物,出来这么多年,谁家也不能空手走,这个钱的数额滚雪球一样越滚越大。离开的时间越久,欠下的人情越多,母亲也越来越不敢回到生她养她的江南水乡。母亲退休后回去过,不过很快就回来了,她皮肤过敏,已经不适应水乡的阴冷潮湿。

  我把旧照片拿到图片社加洗放大,并配了一个做旧的木框子,照片拿回来摆在书桌对面,这样我一抬眼就能看到。母亲去世后,我隔一段时间就会回矿区的老房子住几天,把屋子打扫一遍,煮一点东西给自己吃,当然也给母亲敬一份。

  母亲把房子留给我,也把疑难问题留给了我,我要在这里等父亲回来。我已经有三十多年没有见过他,如果有一天他突然推门进来,我不知我还能认出他不,不过他肯定不认识我了。

2

我母亲杨小娥曾是一位医术高明的产科医生,有很多的小生命经她的手来到这个世上,因此她有一个"送子观音"的美名。不过当年的医疗条件有限,也有不幸死去的,甚至一尸两命。遇到这种伤心难过的事,杨小娥看着旁边的护士用白布掩上尸体,惋惜地叹一句,女人的这点薄命。晋北地区的风俗,女人死在血坑里不吉利,不能入家坟,只能埋在野坟场的边边角角,不立碑,坟包小小的、瘪瘪的。

我小时候不愿意待在母亲身边,她的身上有一股难闻的腥气,奶妈说那是人血的味道。每一个女人生产时都会流很多的血,那些血把杨小娥的心肠磨砺得特别坚硬。产房里她凶巴巴地骂产妇、骂家属,骂得还特别难听。她胸前挂着听诊器,窸窸窣窣地把金属探头伸到病人衣服里的样子,像个隐藏起来的老牌特务。

母亲当年医学院毕业,响应国家的号召报名来支援晋西北的工业建设。她被分配到煤城的一座医院,煤矿的恶劣环境和她理想中广阔天地完全不同。不过她还是留了下来,和男工一样住脏兮兮的单身公寓楼,下班后拿着饭盒去职工食堂排队买饭。她吃不惯馒头,也不吃惯面条。那时有很多男工追求她,里面包括我的父亲周俊杰。矿上的女人稀缺,好看的、有文化的更少。父亲最后得手,把杨大夫娶回向阳街的一幢楼房里。楼房有个令人难为情的名字,叫亲嘴楼。楼和楼的间距太近了,对面楼里做什么,隔着玻璃都能清楚地看到。那是矿上免费分配给他们的,普通人可没有这样的福利,他们是人人羡慕的先进典型。

我没有出生之前,母亲在向阳街的口碑挺好,人们都称她为杨大夫。向阳街的女人是没有自己的名姓的,她们跟着丈夫或是孩子叫。只有我母亲有她自己的姓,而且还要加上大夫的尊称。

女人生孩子就是在鬼门关走一回。两条人命掌握在母亲手里,让她成为神婆一样的人物。大肚子的女人和她的家属在路上遇到母亲时站在路边毕恭毕敬地问候，在病人的眼里，母亲神通广大，人们都说她长着透视眼，隔着一层肉皮就能知道肚子里面隐藏的一切。他们有的人还会给我家送礼，鸡蛋、点心，还有水果罐头什么的。公平地说，母亲是一个特别敬业的好大夫，她不会因为送礼而偏袒那个大肚子女人，也不会因为没有收到礼物而故意刁难哪个产妇。我母亲并不贪财，她解释，只有收了病人们的礼，她们才能配合大夫安心生产，以为自己会受到大夫的额外照顾。

向阳街的小孩子亲切地把杨小娥喊作杨妈妈。母亲看到那些孩子时，眼神一下子软下来，弯着腰伸手摸摸他们毛茸茸的头发，夸奖孩子听话懂事，长高了，长胖了，再叮嘱几句不要喝凉水、吃生冷的话。

世上有很多诡异的事，母亲每天和大肚子女人打交道，而她自己却不能生育。母亲喝了无数剂治疗不孕不育的汤药，肚子还是平平的，腰肢细软得像一株细辛草花。有些女人同情母亲的遭遇，她们纷纷表示要把自己刚出生的孩子送给杨大夫。她们太容易怀上孩子了，裤带头一松就是一个娃娃。家庭困难又想生儿子的人家，只能给女儿找个好人家送出去，为孩子寻个好归宿。显然杨大夫是最好的目标，这个孩子如果能跟着吃公家饭的杨大夫那是享大福了。母亲表面上很感激她们，其实她心里是看不上那些小孩子的，她想要自己的孩子。如果她有孩子的话，女儿冰雪聪明，儿子才高八斗。

3

刚下过雨，一个小孩子跟着她的妈妈在小区里散步，孩子调皮地跑到马路边有积水的地方，"啪"一脚用力地踩下去，马上溅起一串水花。孩子和母亲因为水花四溅，发出开心的笑声。

我默立在窗前，阴天，外面灰蒙蒙的。这样的天气不适合写字，适合喝点酒聊天，自言自语也好。倒了一杯自制的菊花酒，姜黄的液体把白色的杯子壁晕染成浅黄色。我抿一小口酒，丢一颗葡萄干在嘴里。用葡萄干下酒是我独创的发明，风干后的水果比起大鱼大肉更清甜利口些。

有一年也是这样的雨天，我穿着一双黄色的塑料凉鞋踩积在水坑里的雨水玩。煤矿是个缺水的地方，雨水积聚起的水坑在我们眼里就是小河湾。我和几个小孩子玩得太开心，把裤腿都弄湿了。其中一个小伙伴回家后，可能是害怕家长责骂，她说是我弄湿了她的裤子。那个山东女人拉着孩子上门告状，母亲不问青红皂白，拿起桌子上的木尺子抽我，每抽一下，我身上马上鼓起一道棱儿。文化人面子薄，母亲觉得被人找上门来，很没脸面。再加上父亲不明不白地离家出走，更让她在人前抬不起头。她越想越气，下手越来越重。后来倒是山东女人看不过眼了，挡在我面前，把母亲的手拉住了，杨大夫你也不要拿孩子撒气，我知道不是你生养的你不心疼。这个山东女人实在可恶，告状挑事的是她，劝架拉架的还是她。母亲的脸色煞白，她紧张地回头看着我。山东女人知道自己说漏了嘴，趁机溜走了。

我低头揉着红肿的伤痕，假装什么也没有听到。不是我有心机，而是认为既然大人们习惯说谎，那就一直说下去吧。我不是第一次听到这样的话，只是我从来没有和母亲当面证实过。很早以前一个小伙伴对我说，告诉你一个秘密，但你要发誓不告诉任何人。我把左手举起来对着太阳说，我要告诉别人，就让我不得好死。小伙伴果然相信了我，她说，你不是你妈亲生的，你是抱来的孩子。我点点头说，知道了。然后我们一边跳皮筋一边唱儿歌：马兰开花二十一，二八二五六，二八二五七，二八二九三十一……

那次事情之后，我有过一次不成功的离家出走。我跟着一个穿红裙子的陌生女人走了很远，她笑起来特别好看，我好像在梦里见过她。我开始只是好奇她住在什么地方，后来她拿出糖块给我吃，我便跟着她上了公交车。她为我买了车票，许诺带我去公园玩。车子发动起来的一刹那，我可怜起杨小娥，如果我也走了，家里只剩下她一个人了。

起风了，柳条如女人的发丝妩媚地摆动。我收回目光，重新坐在电脑桌前。微信朋友圈里有人转发了一条寻人启事，寻找十七年前被拐的孩子。上面详细介绍了失踪者的身高、样貌，走失地点，走失时穿什么颜色的衣服等等，下面留了两个联系电话，还有一笔诱人的赏金。启事后面还附了一个寻亲的故事，父亲叫张建平，孩子叫张星，小名安安。当时他们在河北开着一家铝合金厂，生意特别火。孩子是在自家门口丢了，当时他媳妇在家里做饭，孩子和几个小伙伴在门口玩。一顿饭的工夫，孩子丢了。为了寻找孩子，老张关闭厂子走遍了全国，在寻找过程中他的父母相继去世，妻子万分自责，忍受不了这种痛苦的折磨，也离开了他。真是倾家荡产，家破人亡。其中一个联系电话的号码是家中的座机号，十七年了一直没有变。父亲说，害怕孩子会打来。内容让人泪目。

我细细看了看孩子当年走失时的照片，一个光头的小男孩，单眼皮，小眼睛，鼻头圆圆的，样子很普通。我不知十七年后的小男孩长成了什么样子，反正凭这张过去的照片是不可能找到的。幸好现在有了DNA，把曲折的认亲路缩短了许多。我拨通了启事上的手机号，是一位男士接的。我说我是一名志愿者，我们办了一个"回家"的公益平台，可以帮他把消息发布在平台上。网络是面向全国的，能把他的消息传播得更远，让更多的人看到。男人在电话里哭了，他说，他得了癌症，晚期，这辈子估计是见不到儿子了。我眼窝子软，陪着他哭了一会儿，等他情绪稳定下来后，我挂了电话。

每当被这些寻亲故事感动时，就想着自己要不要也在平台上发一个启事，找一下我的亲生母亲，她现在应该七十多岁了。时间不等人，我再犹豫不决，很可能造成终生的遗憾，那样我永远也见不到母亲了。可是母亲她找过我没有，这一直是我心中的一个结。

也许我刚刚接电话时就和自己的母亲擦身而过。命运有时候就是这样阴差阳错，残酷无情。

4

无论出于什么原因，杨小娥不能生育是最不能原谅的错误。乡下的奶奶三番五次地传过话来，让父亲离婚再娶。父亲是家中独子，周家的香火不能在这辈子断了。奶奶已经帮父亲选好一个银盘大脸的好姑娘，只是父亲一直不答应，才没有离。我奶奶三十五岁时就开始守寡，一个人含辛茹苦地守着我父亲这根独苗，而现在这根独苗要毁在我母亲这个小女人手里，我奶奶怎么甘心。

奶奶一招不行，又出一招，她把绳子挂在房梁上，以死相逼。作为一名产科大夫的母亲这时已经有了主意，她把一只小枕头塞进肚子里，决定来个狸猫换太子，身为大夫，她知道从哪里能找来孩子。父亲告诉奶奶，杨小娥怀孕了，不能离婚。

十月怀胎，一朝分娩，向阳街的女人火眼金睛，她们一眼便识破母亲假孕的把戏。她们不能接受我来历不明的身份，更不能接受我忽然成为杨小娥的女儿。她们认为杨大夫亲手接生了这么多小孩子，他们其中任何一个都有资格成为杨大夫的孩子，而不是让外面的人乘虚而入，占了便宜。听说我抱回来的那一天，女人们抱来三个女孩子，她们让母亲挑两个，正好当双胞胎养。但母亲以照顾不了两个孩子为由，又一次拒绝了她们的好心。杨小娥有自己的打算，我只算个药引子，很多不育的病人，抱养别人家的孩子后，很快怀孕生产。作为医生的她，也不能解释这种原因，可能是心理作用吧。

我被当作一件礼物送给父亲，父亲抱着这个礼物不知该怎样办。这个猫一样瘦巴巴的孩子总是哭，哭得他们心慌意乱，整夜不眠。听从邻居们的建议，母亲很快为我找来一位奶妈，奶妈的孩子生病死了，她的两只奶涨得生疼。我看到两只白白的大奶子两眼放光，立刻扑了上去，典型的有奶便是娘的狼崽子。

我应该算是母亲的贵人吧，因为我的及时出现，她和父亲的婚姻才能维持下去。不过杨小娥对自己"母亲"的身份一点儿也不自信，常逼着我回答一些幼稚好笑的问题。

妈对你好不好？

我说，好。

爸爸好不好？

我说，好。

你和爸爸好，还是和妈妈好？

我乖巧地说，爸爸妈妈都好。我从小就学会怎么讨大人们的欢心，这大概是一种自我保护的天性吧。

我三岁了，母亲没有送我上托儿所，上班时仍把我送到奶妈家。我在那里吃一顿中饭，晚上再被母亲接回家。奶妈家的孩子多，伙食不怎么好，母亲每天给我带一颗煮鸡蛋还有蛋糕、饼干。我转手就把饼干、鸡蛋送给奶妈的孩子们吃。有一天母亲忘了拿放在我小书包里的药片，回来取，一眼看到奶妈的孩子手里拿着的鸡蛋。母亲责问奶妈为什么把鸡蛋给了她自己的孩子吃。我说我不爱吃鸡蛋。

奶妈不喜欢我母亲，她恶狠狠地说，因为母亲手里欠的人命太多，才受到了老天惩罚，惩罚她一辈子不能生孩子。后来我知道，如果当年我母亲抱养了她的孩子，那个孩子就不会病死，为这事她在心里一直记恨母亲。关于后妈的闲话也是奶妈一点点说给我听的。我从小嘴牢，奶妈说了什么，我都不会告诉母亲。

母亲每天早上带我出门前，总是把我打扮得漂漂亮亮。蝴蝶结、花裙子、黑色的牛皮鞋，这在当年都是高档的穿着。我四岁时还被抱着出门，母亲个子不高，又瘦，抱着我时特别吃力，又怕揉皱了我身上新换的裙子，两只手虚空抱着，像举着一个炸药包。路上我的腿垂下来，小皮鞋磕着母亲的膝盖壳。踢疼时，她咧咧嘴，努力地把我向上抱一抱。过不了几分钟，我沉甸甸的身子一点点滑下来，她再把我往上举一举。

我现在想起这一幕时，心里特别难受。后妈难当，而养母这种隐晦的身份更难。

母亲吃力地抱着我穿过向阳街巷口，那里常年聚集着一群女人。我像一件展品在她们挑剔的眼神中走过，因为这样的表演次数多了，我也懂得了如何配合母亲。走到人多的路口亲一下母亲的嘴角，飞快地，像从热锅里偷一块肉吃。

我熟练地回答着邻居们的问题，你妈和你好不好？你爸和你好不好？你和妈妈好还是和爸爸好？这些问题我平时已经练习过多次了。母亲抱着我停下来微微笑着，和邻居聊几句天气热不热，菜价贵不贵。我知道她很满意我的回答。母亲高兴了会买零食给我吃，水果糖包在花花绿绿的纸里，椭圆形，也有球形的，放进嘴里，把半个脸颊撑得鼓鼓的。我含着甜甜的糖块，转动舌头，把糖块从左边运到右边，再从右边运到左边，牙齿碰着硬糖，发生好听的"咯咯"声，那是甜蜜的糖的声音。向阳街的孩子很少能吃到糖，小孩子也有心机，为了吃到糖，我的嘴巴训练得越来越甜。

不过有一回我没有做好。我回答完常规问题后，有一个阿姨使坏，加试了一个问题，她问我，周莲，想不想要个小弟弟？

我说，要。

阿姨笑眯眯地说，有了弟弟你妈就不和你亲了。

我没有马上回答，这个新难题，我得动脑筋想一下。

你还要不要弟弟了？那个女人进一步诱哄。

要！这时我已经想明白了，觉得有个弟弟是好事情。

那让你妈妈给你生个小弟弟吧。女人似笑非笑地转过脸看着我母亲。

我扭着身子和母亲撒娇让她生个小弟弟和我一起玩。母亲的脸色一下变了，说一句，上班要迟到了，抱着我急急地走了。杨小娥晚上回家后第一次动手打了我，怕邻居听到还不许我哭出声。

五岁时，我这个"药引子"发挥作用，母亲果然怀孕了。可是经过父亲几番开导，她不得不放弃。他们的工作太忙，没有精力照顾两个孩子。

还有那时的政策不允许公职人员生二胎。如果想生二胎必须证明我是一个残疾儿。当然作为医生，这些并难不住她，母亲利用她的工作便利，办好了一切作假手续，可最后她还是不忍心让我成为别人眼里的残疾儿。

5

成年后的我忧郁、敏感、自卑。捡来的孩子低人一等，像个打不破的魔咒影响我半生。包括后来对待生活的态度，我从不主动地争取什么，我觉得一个有缺陷的人不配拥有完美的生活和爱情。连你的母亲都可以抛弃你，这个世上还有什么人是可以信任的。

待业就业，失业就业，再失业。自谋出路，开店做小生意。店面倒闭从头再来。感情上也不顺利，结婚离婚同居分手。有一天我觉得可以把这一切经历写成小说，于是我开始写小说，断断续续竟还发表了一些。写小说的稿费并不高，不能完全支撑我的生活。我工作一段时间，手里攒下一点生活费用，就辞职回家。我迷恋上了编故事，虚构的、真实的人物在文字中来回穿梭，而我是那个主宰别人命运的女巫，我可以制造生离死别、悲欢离合、洞房花烛、一夜成名、一见钟情……那种创作的快感真是妙不可言。写小说时我回到矿区的老房子住着，在这里似乎有什么灵异物附体，我文思泉涌。

写完三千多字，我把寻亲的电话找出来，用另一部手机拨打。还是那个男人接的，声音低沉。我说我有他家孩子的线索，但他要先打十万块钱过来。对方恶狠狠地骂一句，操你妈死骗子，马上挂断了电话。

现在那位父亲应该不太难过了吧。大概更恨那些人贩子和骗子了。心里有恨的人就有希望，起码比绝望强。

寻亲平台下留言的很多，骂人贩子的多些，有的甚至提议把拐卖人口列入死刑。都是一些没用的嘴炮，你说死刑就死刑？那要国家司法机关还有什么用。真正有价值的消息几乎没有。我看到一个留言写着，也许那个儿子并不愿意被找到，这么多年他已经和养父母成为一家人，打破他原来平静的生活是不道德的，相见不如怀念。既然走失，说明彼此的父子情分已断。

这是寻亲者遇到的普遍难题，有的是父母千辛万苦一定要找孩子，找到了，才发现更添一份伤心，孩子根本不愿意相认。有的是孩子执着地找到了父母，见面时原来的家已经散了，父母各自有了新家，又生了孩子。寻亲者到后来生母养母两头都回不去，这样的结果更让人难过。

何冰打来电话，约我一起吃个饭，我爽快地答应了。和何冰是在寻亲网上认识的，我们都是志愿者。何冰要找的人是他父亲。和别人不同，何冰的爸爸是警察通缉的杀人犯，已经逃窜在外二十多年。这么些年连警察都没逮着，估计已经死在外面了。这是何冰的原话，但肯定不是真心话。

被害人是他的母亲。那一年何冰还在上大学，准备考研，晚上泡在图书馆，忽然接到家里的电话，说是母亲没了，让他马上回来。简直是晴天霹雳，母亲的身体一直挺好，平时没有啥大毛病。他坐火车赶回家去，才知道是父亲杀了母亲，手段特别残忍，用一把劈柴的斧子。父亲把母亲的尸体丢在放土豆白菜的地窖里，逃跑了。逃走的时候还和邻居借了一百块路费。父亲年轻时有赌钱的毛病，据说输了不少。母亲便一直掌握家里的财政大权，且管钱很严，父亲平时买一包烟都得伸手要。物极必反，他们的矛盾大概就是从五块钱的烟钱开始的。

人命官司，母亲娘家那边人不依不饶，舅舅们不但把家里砸了个稀巴烂，还把房子卖掉了。在舅舅眼里，他和父亲流着相同的血，都是母亲的仇人。他们忘了他身上还有一半母亲的血。父亲潜逃后一点儿消息都没有，破不了案，警察不停地到学校找何冰了解情况，主要是询问他有没有隐瞒犯罪嫌疑人的行踪。刚开始何冰真的很紧张，万一父亲来学校找他，肯定会被瓮中捉鳖。他知道警察就埋伏在附近，他那会儿不敢进宿舍，成天在校园里坐着，有个风吹草动也好通风报信。何冰毕业后回到同城大学教书，他觉得父亲总有一天会来找他。不过，二十年过去了，父亲一直没有找过他。这几年他改变了想法，父亲不来找他，他就去找父亲。他到全国各地旅游，希望能在外面遇到父亲。

他当然不敢在网上发寻亲启事，他在朋友圈发怀念父亲的文章，写父亲第一次教他使用刮胡刀，挺煽情的。他多次悄悄地回老家和叔叔们打探消息，父亲是孝子，活着的话不可能不去看望爷爷。奶奶在父亲出事的第二年就故去了。爷爷身体还行，一直在三叔家养老。我问何冰这样做有啥意思，找到了交给警察执行死刑？肯定做不到大义灭亲，那还不如不明不白地等下去。心里有个念想，认为他还活着，活得还挺好。网上不是有很多这样的例子——作案后隐姓埋名多年，等警察找上门时，已经是著名作家、演员、大老板了。

我看过何冰父亲的照片，戴着黑边眼镜，嘴角微翘，温和地笑着，斯斯文文的一个人，一点儿也不像杀人凶手。何冰把他父亲的照片存在手机相册里，随时都可以翻出来看看。他还用电脑里的小软件PS了父亲五十岁到七十岁的相片。何冰指着修出来的图片说，父亲今年六十九岁了，这是他现在的样子。我看了一眼，一个满头白发、满脸皱纹的老头子。

何冰过不去心里的那道坎，寻找父亲是他这些年坚守的一个信念，他一直不明白当年到底发生了什么，让他一夜间成为孤儿。但他又希望永远不要找到，找到了就是死别之日，他还是有法律意识的。

不觉喝多了，何冰送我回去，我们互相搀扶着跟跟跄跄穿过步行街。街上人影幢幢，灯火闪烁，人世间这么热闹，又是这么孤单。我们是同病相怜的人，都在寻找失去的亲情。有时候明明知道没有结果，可还是要做。像两只傻猴子捞一只水中的月亮，明亮的光芒迷惑了我们的眼。

6

我父亲在部队里是一位能歌善舞的文艺兵，他转业分配到矿区后，不用到一线辛苦劳动，他的特长让他有一份让人羡慕的体面工作。父亲经常到其他矿区演出，他的二胡独奏是团里的压轴戏。他拉着《二泉映月》的时候，坐在台下面的听众感动得哭起来。文工团演出的节目频频在矿区得奖，他本人也被评为劳模。

我还记得父亲在文工团工作的地方，一间大房子，墙四面挂着巨大的镜子。文工团里面的男男女女有的拉琴，有的唱歌，有的跳舞。文工团的叔叔阿姨都很漂亮，他们也喜欢逗我玩，每次去他们都会拿出很多零食给我吃。父亲是台柱子，不仅会拉二胡，还会唱"保卫黄河，保卫家乡，保卫全中国。"父亲最耀眼的时候是我六岁那年，他穿着一身白色的西服，在俱乐部唱《年轻的朋友来相会》，伴随着清新活泼的旋律，风度翩翩的父亲惊呆了全场观众。

父亲离家出走前没有任何征兆，他准时下班，回家后便进了厨房，系上母亲的布围裙，烧了一道红烧豆腐，拌了一个凉菜，蒸了米饭。饭吃到一半，端上了煲好的冬瓜丸子汤。知道我喜欢吃肉丸，父亲舀了五个丸子在我碗里。母亲在旁边说，小孩子晚上少吃肉，吃顶食又要找韩大夫扎针。我听话地把肉丸放进小汤锅里。父亲看母亲一眼，什么话也没说。

吃过饭父亲出去值夜班，后来再也没有回来。母亲帮父亲办了停薪留职的手续，她对邻居们说我父亲到南方做煤炭生意去了，那时改革开放，很多人辞职下海。每个月底母亲便拿回一封信，大声地告诉我，你爸爸来信了，他在那边的生意越来越好，用不了多久我们就可以去广州和你爸团圆了。我把信拿过来，欢快地喊，爸爸来信了，爸爸来信了。

父亲离家后，另一个男人进入我们家，母亲让我叫他韩大夫。我一直不明白为什么不是韩叔叔。韩大夫和母亲是医院的同事。母亲是医院的主力干将，手术一台接一台，吃饭不规律，她的胃病频频发作，还有失眠。韩大夫擅长针灸，他来家里为母亲治病。我站在床边看着母亲的身上被扎上密密麻麻的针，那些针像种在田里的麦穗，随着母亲的呼吸一起一伏。这么多的针扎进肉里，母亲却不喊不叫，脸微微泛红，眼神亮亮的，特别好看。

韩大夫的家在城里，时间太晚，没有回城的公交车便留下来过夜。他睡在我小屋里，我和母亲睡。不过母亲身上的血腥味太重了，熏得我想吐。奶妈总喜欢东打听西打听的，我下学时，她在路上拦住我问，是不是韩大夫住在我家了。我说，是。奶妈难过地说，韩大夫准备给你当后爸了，可怜的孩儿。我不懂奶妈为什么难过，我觉得韩大夫当爸爸也不错，他好像挺喜欢我，经常带我下馆子，还为我买花裙子。一个家里，总得有一个人来当爸爸吧。我已经很久没有喊过爸爸这两个字了。

星期天韩大夫领着我去山里采草药。我们背着小筐，戴着草帽，如果再加上一头小毛驴，就是电影里的药神李时珍了。韩大夫教我认识各种草药，开扇状黄花的是柴胡，贝母草的叶子像韭菜叶一样，黄芪的花像一串紫色的铃铛，细辛的花和兰花长得很像……韩大夫把采回来的中草药切片、切段晒干，有的要放在锅里炒，有的要碾成药粉。平时韩大夫就用这些草药给人治病。

母亲是韩大夫最忠实的病人，她不仅针灸，隔几天还喝韩大夫配的中药。他们在屋里小声说话，我推门进去，看到韩大夫的手像一只鸟一会儿落在母亲胸上，一会儿落在腰上，过一会儿又跳在腿上。母亲说韩大夫正在给她按摩。按摩我懂，小时候母亲让我爬上床给她踩背，她胃疼发作时经常让我这样做。以前我用两只脚踩，长大点，体重增加了，只能两手撑墙用一只脚踩。母亲太瘦了，我有时候真害怕一脚把母亲踩瘪了。路上的小蚂蚁就被我的大脚丫踩死过。韩大夫轻声地问母亲，胃疼好些没有？一天便几次？昨晚上睡得可好？有没有做梦？梦到了什么？母亲趴在枕头上微闭着眼，有时回答，有时不说话。

母亲不说话，韩大夫就换一个办法，他把母亲的手拉过来，手指搭在腕上把脉看病，然后根据病情把那些草根、树皮加一些减一些。我特别佩服韩大夫这个功夫，凭着几根手指就能看病。我缠着韩大夫教我绝技。韩大夫笑着，说等我长大了，他把全部的医术都传给我。母亲不同意，她说女孩子家还是学妇产科好，那个救人命的。

我家厨房里常年飘散着中药的清苦味，母亲把熬药当成一件重要工作。看得出来，韩大夫很想帮她，但她拒绝了。不值夜班，没有手术的话，母亲吃过晚饭，把粗陶制的黑灰色药壶放在火上，她一丝不苟地守在灶前，看一会儿书，盯着火苗发一会儿呆。那些草药吸饱了水，胖大的身子在壶里咕嘟咕嘟地响。屋里都是白茫茫的水蒸气，穿着白色工作服的母亲像一位仙子穿越在屋子里。母亲习惯把旧工作服带回家当睡裙穿。韩大夫默默地看着母亲的背影，迷离的眼神跟着白汽飘动。母亲隔一会儿揭开盖子搅一搅药汁，有时还会从药吊子里挑拣一块药渣出来，放进嘴里慢慢地吃掉，她认为这样吃中药更有药性。可是药壶常常被母亲熬干，中药煎煳了有毒，韩大夫只好为她另配一服药，另买一个粗砂陶药壶。我觉得母亲是故意熬干的，她其实不喜欢喝那些苦汁子。

为了照顾母亲，韩大夫有两年干脆住在我们家。见怪不怪，向阳街的人似乎也接受了他们这种不明不白的关系，反正我爸爸也不在家。韩大夫买菜做饭，做好饭喊我们母女吃饭。那是最愉快的一段日子，我们三个人就像一个完整的三口之家。母亲苍白的脸上露出少有的笑容，心情好时还会为我织毛衣。韩大夫把医院发的橡胶手套拿回来，剪成皮筋给我玩。手套的手指也不浪费，剪成一个个小圆圈，再用彩色的毛线缠好，这样扎辫子时不会扯得头皮疼。过节时母亲为我扎一头五颜六色的小辫子，韩大夫说像新疆的小姑娘。

我来例假时吓坏了，以为自己就要死了。我肚子痛得要命，还不停地流血。我不想死，我亲眼看到一直陪我长大的奶妈死了，奶妈得了癌症，查出病三个月就死了。我那时特别害怕死。

母亲天天加班到深夜，医院里的大肚子女人太多了，她们不是来生孩子的，而是做流产手术。她们都是超生者，按照计生政策，这些多余的孩子不能来到人间。母亲每天阴沉着一张脸，脾气又坏，她已经好久没有和我说过话，我没有机会告诉她我要死了。是韩大夫发现了我不对劲，我哭着告诉他不要把我埋在土里，我怕黑。

我现在都想不明白我怎么能把一个女孩子那么私密的事告诉一个男人，韩大夫把一本生理卫生书送给我读。我从书上知道自己来了例假，这是每个女孩子都要经历的事，只是我比同龄的女孩子早一点儿。

韩大夫也为我配了中药，专门调理痛经的，他好像特别喜欢给别人吃苦药。我需要在来例假的前一个星期喝药。我的药由韩大夫熬好，用一块白纱布滤去药渣，倒在小碗里。我嫌苦不肯喝，韩大夫在小碗里放一块方糖，在小碟里放两块方糖。那些方糖是他喝咖啡专用的。

听母亲说过，韩大夫的家庭成分不好，他大哥、二哥都在美国，受到牵连，他一直没有结婚，没有那个女人愿意跟着一起挨批斗。后来有了平反政策，那边的亲戚让他出国发展，他不肯去。美国那边只好寄点咖啡、奶糖、高级饼干给他，也算是另一种诱惑。

7

终于有了一条靠谱的消息，有一个湖北人在平台上面留言，说他们村有一个年轻人的信息和寻人启事上面的人挺像，当年抱养的时间地点都差不多。两口子没孩子，十七年前从河北抱了一个男孩回来。这个事村里人都知道，那个男孩子现在长大了，也想弄明白自己的身世。他和男孩是朋友，想帮他找找亲人。我们让他传一张照片过来，第二天果真传过来一张照片。把两张照片放在一起比较，我们都以为和照片上的小男孩不像。不过我还是把照片转给老张，老张只看一眼便一口咬定这就是他当年丢失的孩子。说是眼睛、鼻子都像，神情也像。老张最后的愿望是想见一见孩子，他病得这么严重，当然不能跑那么远的路，只能安排那个男孩来一趟了。

很遗憾，DNA没有比对上。老张没有等到他的儿子，这是意料中的事，我们平台把他的名字加了黑框。再加上滚动播放。大家都难过，但没有办法，寻亲这个事，有时候完全是有劲儿使不上。民间有一种迷信的说法，说这一世的父母儿女都是来还债的，有恩报恩，有怨还怨，还完了，就各自散去。所以失散和寻找都是命中注定。

在当当网下单买了几本书，又转到58同城网投了几份简历，近来坐吃山空，手里的米面不多了。我的工作好找，不挑肥拣瘦，只要一个月能给上2000块的活儿我都接。果然求职信息刚一发上去，就接到了电话，对方想招个钟点工，新房子开荒。工程有点大，我要了一天500块的工钱，对方爽快地答应了。有钱大家赚，我又找了小张，两个人三天的时间应该能干完。

新房子属于高档小区，大门进不去。我给顾客打电话，她让我尾随别人进去。后来我们跟在一位大爷后头混了进去。进了小区进不了电梯，她还是得亲自来接我们。见了面才认出，原来是我小时候的邻居，就是当年那位和母亲告状的山东女人。这是她女儿的房子，她来盯着我们干活。看得出邻居现在过得不错，听说那位小伙伴考上了清华，再后来出了国。这么多年过去，山东阿姨当然认不出我来。这样也好，避免了熟人负面的尴尬。谈价钱时不用顾忌什么，直来直去。老阿姨明显隐瞒了房子的面积，房子是复式房，上下有三百多平方米，昨天说好的那个价当然做不下来。由小张出面，又加了200块的工钱。

运气不错，三天下来挣了近1000块。手头的小说也完稿了。校对，保存，投到编辑的邮箱，然后关机。我用了一个开放式的结尾，让读者去为主人公安排命运。心情好，一个人动手包了饺子，西葫芦鸡蛋馅的。母亲喜欢吃素馅饺子，她还喜欢放点炒过的虾皮。把饺子放在她的照片前，我哭了。我有点想她，我擀饺子皮的手艺还是她手把手教的，那时她说，以后嫁到了婆家，不会做家务，会让人笑话的。

想找个人帮我吃饺子，便给何冰打电话，这个人近来神神秘秘的，给他在微信上留言也不回。电话通了，何冰说，在云州呢，回不去。真是扫兴！他一定又去偶遇他的父亲了。

最近看了一部电影，里面的剧情是父亲杀了人后藏在有钱人的地下室里，儿子偶然发现了父亲的秘密，便努力地挣钱，希望有一天能买下那幢大房子，只有这样父子才有团聚的一天。何冰的父亲是不是也被他的亲人藏起来了？我知道乡下家家户户都有放土豆的窖子。我要不要给他个暗示呢？

何冰也是离异，有一个女儿，跟着他前妻。我们是做公益活动时认识的，大家一起去村里的一个小学校送书本和学习用品。一共有三辆车，我被分配坐他的车。坐在后面，只能看到他的侧脸，圆圆的，胖胖的。人们都说，胖子可以信任。他细心地提醒我后备箱有矿泉水，自己拿。我说，不渴。后来我们和大伙儿走散了，原因是他跟踪路边的一个老头，跟丢了。人家拐进小路，我们的车大，调不过头。车子的漆蹭掉了两块才开出来。大伙儿熟了，就开玩笑说，何冰看谁都像他爹。何冰也不生气，笑笑走开。人们只知道他父亲失踪了，并不知道其中命案的事。那个事是他有一次喝醉了告诉我的。

一个男人肯把重大秘密告诉你，两人的关系就更进一步。何冰有时会来我这里住几天，我们一起买菜做饭洗碗看电视，当然也做爱。我想母亲看到我像个正常人生活，她是开心的。

8

我读高中时，母亲已经不给女人们接生了，她发生了重大的医疗事故，一对母子因为救治不当死在她手里。死者家属抬着死人到医院大闹了几回。院长不得不让母亲停职检查。后来她离开了熟悉的妇产科，分配在药房发药。

母亲清闲下来，却不开心，她总是说，有很多小孩儿围在她身边，吵得要命。当年那些死去的女人孩子像一道阴影一直压她心里，他们阴魂不散，频频回来找她索命。

母亲拜韩大夫为师学习中医，为了尽快掌握针灸技术，她把卧室的门关起来练习针灸。我从门缝悄悄地看她给自己扎针。她把一根长针扎在左腿上的穴位上，并用拇指和食指用力地拧着针柄，让它更深地穿进肉里。

我那时已经懂了男女之情，我知道韩大夫喜欢她。母亲不接受但也没有回绝他，就那么拖着。她可能是在等父亲给她一个交代，最起码回来和她办离婚手续。其实只要她到派出所报上一个失踪人口报告，父亲就和她没有关系了。可她月月拿回父亲的来信，那些来信放在他们结婚时买的皮箱里，箱子上着锁。我们从来没拆开过父亲的信，我和母亲有一种默契。

我当年在学校里丢光了杨小娥的脸。我的成绩总是排在倒数，老师经常让我叫家长。杨小娥低着头进办公室，红着脸出来，她一定又被老师教训了。我高中毕业啥大学也没考上，杨小娥希望我补习一年考一所护校，护士找工作容易些。可无论杨小娥怎么骂，我都不肯去补习班。她没有办法时总是说要是你爸在就好了。亲爸爸也不能用绳子把我绑到学校吧，再说父亲离家十几年了，我连他长什么样儿都忘啦。

进入青春期的我特别叛逆，我那时很讨厌自己的名字，周莲，多土气的名字，还有这个名字中包藏母亲不可告人的阴谋，她希望我们母女相依为命，亲密相处像树根一样盘根错节地相连在一起。我偏不，我一定要和她的愿望格格不入，甚至是倒行逆施。我不想继续被欺骗下去。把自己的母亲归入骗子的行列，我们的关系一定很糟糕。

"匆匆忙忙的人海人潮，我抬起一双幽怨的眼打量着每一张妇人的脸。我的妈妈该有一张怎么的脸？慈祥？善良？美丽？妈妈，你知道我在找你吗？"

这是我为生母写过的字。有一段时间我把未来的一切都寄托在寻找生母的身上，我以为找到了生母，所有的问题都能解决，找回了我的幸福，我的快乐，我的一切。

可是母亲在哪里呢？茫茫人海，却看不到那个为我回头的人。

我追问杨小娥，我从哪儿来？我是谁的孩子？杨小娥骂我是喂不熟的白眼狼，她不再假装成一个慈母。我们经常争吵，母亲想以暴力来制服我，而我用绝食与她抗衡。我不是赌气，我是抱着必死的决心的。后来母亲输了，让韩大夫配了葡萄糖液给我输液，我不肯把手伸出来，母亲打了我一个耳光，我及时地晕了过去，韩大夫趁机把针头扎进血管里。

迷迷糊糊中，看到韩大夫趴在母亲耳边说话。我忽然有一个邪恶的想法，打蛇打七寸，伤一个人最厉害的做法，就是拿走她在意的东西。我虽然没有母亲漂亮，但我比她年轻。

母亲把我所有的东西都丢到门外的垃圾堆里。她骂我和父亲一样是贱种。受到牵连，韩大夫也没有好果子吃，他一样被母亲扫地出门。

韩大夫可能是彻底伤了心，他快速地调离矿区医院，到了城里工作。听说他结了婚，还从福利院收养了一个小姑娘。很奇怪这些大夫，他们为什么那么喜欢领养别人家的孩子。不过这个男人算是彻底从我们的生活中撤出去了。

9

韩大夫打电话给我，说想见一见我。还是母亲去世时，互留了电话，不过一直没有联系过。我想起那些被药香熏蒸的旧时光，有些苦又别有味道的日子。他穿着蓝条的病号服虚弱地躺在病床上，和母亲一样的病，胃癌晚期，没多少日子了。他并没有结婚，只是收养了一个孩子，那个孩子已经读大学了。女孩叫我，姐。我笑了笑，眼里湿湿的。如果我不从中捣乱，母亲和韩大夫也该享有一段平静快乐的好日子。

我以为韩大夫要讲母亲和他的事，没想到韩大夫告诉我一个名字——章妮。章妮是我的生母。说起来他终是一个善良的人，没有把那个秘密永远带走。

父亲当年和青矿小学的章妮老师有了私情，他们还有了孩子，后来父亲把这个孩子抱回来交给母亲抚养。我六岁那年母亲在照相馆发现了这个惊天秘密。父亲和章妮的相片被当作样片挂在店里的橱窗里。这个事只能怪我父亲太帅气了，照相馆私藏了他们的底片。

如果我没有记错的话，我生母家和我家只隔一条街，我小时候还去他们家玩过，她甚至当过我半年的语文老师。我知道这个迟来的消息时，哭得泣不成声。我找了那么多年的亲人，竟然就在自己的身边。

我很快便打听到章妮老师的消息，她从青矿小学退休后，搬到了同城，那个热心人还给了我电话。有了地址电话，我可以直接找上门去，但我并没有马上去做，我在等一个不得不相遇的机会。

我把几个数字默念了好几次，这串数字就像一根断掉的多年电线，经高手又连接了起来，在等待灯光亮起来的那一刻。我心里什么滋味都有，终于有了准确的消息，这根无形的线难道就是牵着我的认亲之路？我有点激动，一些陌生的人影在我的眼前晃动着，我不知该怎么称呼他们，但他们都是我牵挂了很多年的人。有了章妮的消息，可能也就有了我父亲的消息，我不相信他们这些年没有一点儿联系。

我没有见到章妮老师，我见到了她的女儿，我同母异父的妹妹。我暗暗地打量着她并和自己比较着，她比我白净，个子也比我高。她在大学里当教授。果然在亲妈身边长大是不一样的。我当年想方设法地和母亲作对，凡是她安排的，我都觉得是不怀好意。

母亲生病的那年，她打电话给我，让我回家。母亲说可以为我找一份稳定工作，她在医院工作这么多年，托托熟人还是没问题的。我摇头拒绝，我不想欠她的人情。母亲摸着我粗糙的手，问我有没有后悔当初不肯好好读书。我说，从来没有。那时我在一家超市当理货员，每天要补上千件的货，戴着手套，我的手还掉皮，脱掉一层老皮，再换一层新肉。母亲叹一口气，看着天花板不说话。

我们母女和好后，后来又发生过几次激烈的争吵，母亲骂我没有上进心，是扶不上墙的烂泥。我愤怒地摔门而去。不过在外面晃荡几年，又回到她身边。我心里还是放不下母亲，而母亲也惦记着我，总是用生病的借口找我回去。我们是彼此唯一的亲人。我没有告诉过母亲，离开家后我做过清洁工、洗衣工、熨烫工、洗碗工、菜站的搬运工，超市的理货员算是最好的工作。

章妮老师不能来见我，我也不能去见她。章妮老师病了，十年前就得了脑血栓，这么重大的事根本不敢刺激她，怕加重她的病情。我说我悄悄去看看她吧。妹妹说，不可以。

"所有的孩子最后都会离开自己的父母。"妹妹从手机上发过来这句话时，我心里顿了一下。是的，每个孩子长大后都要离开家，离开自己的父母。这是人世间的自然规律，合情合理。我只是比她离开得早一些，多忍受一些孤独罢了。不过又有什么区别呢？留下的她也不能一辈子守在母亲身边。每个人是从家族里分散出来的一颗籽，这粒籽在一个陌生的地方开枝散叶，撑起自己的天空。

10

自从知道了父亲出轨，有段时间我一直担心会在老房子的皮箱里、花盆里，或是储物间的顶柜层发现父亲的一段遗骸。好在除了陈年灰尘什么都没有。

两区改造，老房子要拆迁了。何冰帮我收拾东西准备搬家，而我也解脱了，这样我就可以心安理得地告诉母亲，我没有等到父亲，他一直没有回来。

何冰已经明察暗访了一百多座地窖子，还是没有任何的线索。这是好消息，也是坏消息。

暮年辞

1

老苏把一张银行卡悄悄交到儿子手上。看病要花钱,这个钱他们老两口出了,也算是替儿子赔礼道歉。主要是给亲家母看,真金白银地拿货出来,这认错的态度够诚恳吧!

银行卡的密码是家里的公共密码,儿子也不推让,顺手装进了儿媳妇苏甜的手提包里。老苏心里一凉,完了,这钱十有八九一分也回不来了。他也是服了这个儿子,这肉了吧唧的性格也不知像了谁,连一张小小的卡片都在兜里捂不热。一个银行卡有多沉,自己拿不动?非得交到媳妇手里才算是忠心耿耿?

老二端着给孙子蒸好的鸡蛋糕从厨房出来,看到了他的小动作,鬼鬼祟祟地把儿子叫到一边小声嘱咐,别花得太狠,眼下家里就剩下这点钱了。边说边朝苏甜那边使眼色,意思是不要让苏甜知道卡里有多少钱。老苏暗笑,教的曲儿唱不到头,还不是白说,卡都放进了人家的兜里还不由着人家性子花?再说你宝贝儿子自己的工资卡还在苏甜手里攥着呢。这笔钱原来是准备还给朋友杨头的,他母亲生病了,必须把借的钱还回去。好借好还再借不难,这是一个人的信用问题。不过,家有三件事,先从紧处来。钱的事,老苏回头再想办法,给儿媳妇看病也是大事。娶回家来,就是你家人，万一有个三长两短，怎么和人家父母交代。

教唆完儿子，老二不满地瞥了一眼老苏，她一定想说他变相地讨好儿子媳妇。昨晚上吃饭时苏斌和他们提过看病的事，明摆着就是想要钱呗。他们老两口谁也没有接话头，苏斌脸憋得通红，悄悄看看苏甜，又看看老苏。老苏碰到苏斌求救的眼神时，心里揪了一下，这孩子什么时候才能独自撑起这个家！看到没人回应，苏甜脸一变，把碗丢在饭桌上扭头回了他们房间。苏斌像一条哈巴狗赶紧屁颠屁颠跟了进去。忙着回去跪搓衣板呢还是上私刑呢？老二气得胸口疼，越来越过分，这个小女人连口顺气饭都不让你往下咽。小孙子懂得看人脸色了，立刻大哭起来，当爸当妈的心硬得连头都没有回，这孩子好像是给他们老两口生下的。

夜里他们老两口商量过，老二坚决不同意出这个钱，苏斌他们俩有工作挣钱着呢，年轻轻的不能一直这样啃老，得让他们学会自立。这就不是钱的问题，老话说，惯子如杀子，父母不能跟着一辈子，得逼着他们长大成人。老狼还懂得把小狼赶出家门去呢，难道人还不如一只狼有远见？

老苏知道老二和儿媳妇又吵架了，吵就吵了，一家人过日子哪有锅不碰碗的。碰过了，响过了，碗碎了买碗，锅裂了买锅，日子该怎么过还得怎么过。不是一家人不进一家门嘛。

说起来苏甜这孩子的心眼不坏，哪一对婆媳都有一段磨合期。看到老二的手机旧了，苏甜出去就买了一部新手机回来。老苏过生日，苏甜订了一个大蛋糕。那是第一次有人为他买生日蛋糕。他平时总是说，不爱吃那玩意，甜得要命。现在儿媳妇买回来，意义就不一样，老苏人模狗样地坐在桌中间戴了生日帽，点了生日蜡烛，唱了生日歌，老苏吃了很大一块蛋糕。虽然只喝了一点儿啤酒，却是有点醉了。

老二本来是一个不善言辞的人，可能是突然升级的婆婆身份刺激了她的某根神经，变得能言善辩起来。三个女人一台戏，两个女人是一部电视剧。儿媳妇把老二的内部潜能充分调动出来了，她们三天一大吵两天一小吵。老苏也没有办法，唯一的办法就是他们老两口搬出去住，可是搬走了，孙子跟着他们就得断奶，不跟又没有合适的人带。孩子有福气吃的是母乳，现在很少有年轻人愿意母乳喂养，她们怕身材走样，怕夜里给孩子喂奶辛苦。

　　小孙子学会坐学步车了，精力特别旺盛，一会儿也不老实，小脚丫一蹬地板，哗，跑过来，再一脚，哗，又跑过去。老二拿着小碗，满客厅追着喂饭。小家伙以为大人逗他玩呢，跑得更快，一边跑一边回头咯咯地笑。老二有点走神，想着找二姐再借点钱，把杨头的这个窟窿补上。可前两年借的钱还没有还上，再借怎么张嘴？心里不痛快，给孙子喂饭时，声音硬了点。昨天战火的余温还在，偏巧苏甜耳朵尖听到了，认为婆婆故意给她脸色看，冲过来把孩子抱到他们屋里。还说要把孩子送到她母亲那儿，不让老两口带了。

　　现在的年轻人真是不讲理，家里的老人供吃供喝帮着带孩子还要看他们的脸色，一不高兴就拿孩子来威胁。好像那是一个传世宝贝，抱一下沾一手的金粉。老苏不想大清早就让邻居听到吵吵，赔着笑脸把孩子又抱过来，你妈她和我生气呢，和你们没关系。亲孙子命根子，疼还疼不过来呢，怎么舍得骂！并让他们赶紧收拾收拾去医院，早去早回，医院那地方干啥都要排队。早饭家里来不及做了，两个人在街上随便吃点什么。老苏边说边习惯性地翻口袋，想找点零钱给他们用，翻了半天，只翻出几张一块的小钱。儿子小时候，老苏最大的成就感就是给儿子零花钱。儿子开心地拿着钱，仰起头用崇拜的眼神看着自己。那小眼神鼓励着自己努力再努力。

　　手上的几张毛票让老苏脸上有点挂不住，好在儿子还算懂事，说，爸，现在都用手机付款，不用带零钱。苏甜趿着一只脚穿鞋，人高马大的儿子背着苏甜精巧的小红包，瞅着怪怪的。现在这时代流行男人给女人背包，他当然不敢说什么。媳妇冷冰冰地说一句，爸，我们走了。和老二彻底连招呼也没打。怪不得人家说媳妇和婆婆是天敌，老二和苏甜近来也不知咋了，邪得很，见面就怼，沾火就着。

2

苏甜第一次上门时,老二和老苏对她的印象都不错。

刚过了新年,下午飘了一点雪粒子,起了风,打在脸上麻丝丝的。苏斌下班带回家一个女孩子,天气冷,女孩脸上像涂了一层红红的胭脂。苏斌介绍说是一个朋友。女朋友?老二心里一动,不由得细细端详,长得还行,皮肤白白的,眼睛大大的,算是上中等模样。不过配儿子还是差那么点意思。差在哪儿?老二也说不清。老二和天下所有的妈妈一样,护犊子,自己的儿子永远是最棒的、最优秀的。两个人在他们屋里说说笑笑,出于女人的敏感,老二坐在客厅假装看电视,其实是竖着耳朵在外面偷听。呵呵,也不用说得那么难听,这不是给儿子的终身大事把关嘛。拾了一句半句,女孩子还是学生,大四了,在外地读大学,不过家是同城的。眼看到了饭点,姑娘没有走的意思,老二赶紧打发老苏出去买菜买肉,又翻出冰箱里的存货,家里有客怎么也得弄两个像样的菜。时间有点赶,肉冻得硬邦邦,刀子砍上去只留下一道白印,只好泡在热水里慢慢消冰。老二心里埋怨苏斌这孩子越来越不懂事,带朋友来家吃饭,也不懂得提前打个招呼。

老苏买回了进口提子,说是商场搞活动,十五块一斤。搞活动还十五,不搞大概敢要三十了。这东西贵巴巴的,不过是图个名儿,还真的从外国运来?打发男人家买菜就是靠不住。这个季节南边的小叶橘刚下来,水分大酸酸甜甜的,又好吃又便宜。不过老二并没有像往常那样啰唆老苏,家里有客人不能跌了自家男人份儿。撒了一把面粉在葡萄上面,抖音上说,这样能把葡萄上面的灰尘呀农药呀洗干净。老二洗好水果,不方便直接送进去,便喊苏斌出来取。苏斌拿水果时,老二悄悄地问他,儿子,是不是搞对象了?不是,只是普通朋友,网上认识的。能聊得来,又是一个地方的,就在一起玩。苏斌大嘴咧开,笑得像高老庄的猪悟能,还取笑她是不是想儿媳妇想疯了,恨不得从大街上随便抓一个女孩子来。网友?不靠谱,不靠谱。老二一听,本来打算做三个硬菜,自动减去一个。

不过待客的饺子肯定是要吃的。冬天天短,说话间天黑了。她和好面拌好馅喊老苏来包饺子,女孩子听见出来洗洗手,主动到厨房帮忙。苏斌也破天荒地凑进来,四个人待在厨房有点挤,老苏把面板搬到客厅,大家团团围着桌子包饺子。女孩子自告奋勇要擀饺子皮,看得出人家想在苏斌面前表现一下,老二乐得有帮手,顺手把擀面棍递过去,当然也有点看笑话的意思,擀皮是个技术活,没有点功夫还真不行,当年母亲手把手教了她五六回才学会。谁知姑娘左手拿面块,右手的擀面棍飞快地旋转,一转眼的工夫一张圆圆的饺子皮就摆在案板上。老苏、小苏都夸姑娘手巧,老二不觉对她多了几分好感,看得出女孩子家教好,对家务活不生疏,最起码不是娇生惯养的娇小姐。现在肯主动下厨房的女孩子少之又少,她们的妈妈爱女心切,早早就教育自己的女儿不能下厨房干活,做饭、做家务那是伺候人的营生。老二亲耳听到大姐不让她的宝贵闺女学做饭,老二心里不服气,都不会做饭,两个人以后喝西北风呀。不过话说回来,要是让苏斌下厨房给未来的丈母娘家做饭,老二肯定也不舍得。人心啊,就是这么不公道。

女孩儿嘴甜,一口一个阿姨,叫得人心里甜滋滋的。吃过饭又帮着把盘子碗送到厨房。小手往上挽了挽袖子,还做出帮着洗碗的架势。当然不会让她干活了,哪有让客人洗碗的。不过老二心里很受用,平时家务活基本都是她一个人忙活。也不是老苏不心疼体贴,主要是她惯着他们。老二从小受的是传统教育,男主外女主内,老苏、小苏两个大男人她很少让他们进厨房,除非家里有客人。像今天,老苏就做了拿手的葱爆羊肉,那也是为了给客人面子。现在流行男人下厨房,做一两道拿手菜,能提高男主人的档次。

看着女孩儿俏丽的背影,老二心神恍惚了一下,这女子要是娶回来当儿媳妇的话,肯定不错,这样家里就有了两个女主人。好女人是盆火,两个火盆子能把家里的光景烘得红红的旺旺的。

外面下着雪,家里两个主事的男人就着女主人亲手做的小菜喝着小酒看着电视,婆婆、媳妇两个女人在厨房里洗菜择菜切肉切菜轻声说说私房话,那样的场面想想都好。老二抿嘴悄悄笑了,她这辈子是没有女儿命了,如果娶了儿媳妇一定比待亲闺女还亲。什么婆媳矛盾,将心比心,只要你对她掏心窝子地好,不相信她不和你亲。也只是这么一想,儿子大学刚毕业一年,固定工作还没有找好,娶媳妇还得再等等吧。

3

苏斌天生有女生缘,又长了一张英俊的明星脸,身边的女孩子一直不断,麻烦也不断。上初中时就因为搞对象被老师点名叫家长。老二去的,让老师劈头一顿敲打,你儿子自己不好好学习,还影响别人,女学生的家长都告到学校来了。老二的脸腾成红果子,这小兔崽子真是胆肥,人家都在备战中考,他却有闲工夫搞对象。老二向姑娘的家长保证,好好教育儿子,回去让他爸打断他的腿。心里头却说,你也应该管管你家的孩子,一个班这么多女孩子,怎么不和别人搞?说不定还是你家女儿勾引我家孩子。她当然不敢当面说,得罪了老师没有好果子吃,老师现在是决定儿子命运的老大。老二回来和老苏说学校的情况,他笑哈哈地说,这小子比他老子强,我们当年还得靠媒人介绍呢。懂得早恋的孩子,都是聪明孩子,智商比那些书呆子强多了。老二骂道,没个当家长的正经样,下次这样的家长会你去开。我可丢不起那个脸。

小苏开心早,学习嘛当然不行,一心不能二用,他心思都花在搞对象上了。老二望子成龙,报补习班、找家教,没少在他身上投资,花钱无数,效果不大。儿子初中毕业没考上重点高中,问他怎么办,小苏说想补一年,奋发图强好好学习,明年进军市一中。老二打听了一下,上补习班要一万多,还进不去。人家要中考成绩在500分以上,小苏考了不到400

分，差太多。老苏找了技校的同学，女同学，人家嫁得好，现在男人是教育局的二把手，由二把手出面，小苏顺利插班进入应届生班，按说学过一年，怎么也有点进步。小苏上半年，成绩前二十，老师说了最差也能考个三中。到了下半年，旧病复发，又掉进狐狸精洞。高中没考上，老二花大价钱让他到县里上高中。在高中马上就有了女朋友，老二看到过他们的大头贴，两个人勾肩搭背的，她和老苏两个过来人看着都臊得慌。

老苏说一句顺其自然，对这个儿子已经不抱上学的希望，能读个花钱的三本就不错了。当然技校是不能上的，他们父子俩不能掉进同一条河里。没想到小苏同志连个三本也没捞上，那只好上专科了。就是这个大专，分数还是不够，只好又花一笔钱，这孩子真不是个读书的料。一路花钱读过去，老苏两口子打工挣的钱几乎都送到了学校。

小苏唯一让他们夫妻俩省心的事，是上大学时勤工俭学在肯德基做小时工，再没有和家里要过零花钱。别人下课了回宿舍打游戏、逛街，他却在餐厅里给人家端盘子。老苏心疼儿子，悄悄地去过肯德基几回，儿子穿着店里的工作服，像个陀螺转个不停，看着心里头怪难受的。老二倒觉得做小时工挺好，人家国外的孩子都打工，早早就独立了。打工说明儿子成熟懂事了，男孩子就应该吃得了苦。吃得苦中苦，方为人上人嘛。

小苏有女人缘的优点一直在发挥着，他后来和餐厅里的一个姐姐处对象。姐姐比小苏大两岁，属羊的。回来和老苏说过一嘴，老苏开始没当回事，儿子从初中到现在，女孩子换了一个又一个，这个估计也是兔子尾巴长不了。没想到姐姐是认真的，人家和小苏提出见家长结婚的要求，别看小苏谈过几场恋爱，原来都是纸上谈兵，吃吃饭，看看电影，还没有真刀真枪地干过。小苏同志慌了，听话地把姐姐带回了家。

老苏第一眼就没看上女孩子。相貌一般，小眉小眼，一张脸只有巴掌大小。可能是减肥减得太厉害，感觉打个喷嚏都能吹倒。老话说母壮儿肥，这样的女人直接影响老苏家的第三代。说话时嘴角向下拉着，不喜庆，一副从旧社会过来的穷苦样儿。再加上是主动上门，身份自降三分。

那天是老二生日，姐姐得了消息买蛋糕讨好她。老二对这个女孩子也不满意。心机女，还没过门就要讨好未来的婆婆，可见不实诚。不光岁数比苏斌大，关键是属羊的。还是冬天的羊，十羊九不全，属羊人命苦，不是一个两个人这么说，乡下的老人都讲。老苏他们家就有很好的例子。老苏的四叔属羊，二十八岁时，四婶因难产去世。后来找了现在的四婶，半路夫妻，怎么过也隔着心。前四婶留下的两个孩子跟着没少受罪，家里的吃食都用一把大锁锁起来。四叔也没有办法，性格软弱，自己护不了孩子们。好不容易孩子长大有出息了，他又查出得了癌症，治了三个月，没了。四叔一辈子过得都不顺心。四叔不幸的一生总是被婆婆家提出来，后面都要加一句，属羊人真的命不好。

  老苏活了五十多，经过多少事，挣挣扎扎这些年，也有点信命。他希望儿子以后的生活顺风顺水，不要经历自己吃的那些苦。父母是孩子的指路灯，时时提醒儿子少出事、少犯错，这里面最大的一件事就是婚姻大事，男人落个好妻命，后半辈子都有人帮扶。紧要关口亲朋好友扶一把和背后挖一个大坑，那可是天上地下的区别。

  姐姐太有心计，吃饭时主动喊他们爸妈，这是要逼着他们认下这个儿媳妇。把老苏气得撂下筷子就走，回头告诉儿子，你要是找她，我就不认你这个儿子，房子、钱，啥也没有。两个人爱到哪儿红火到哪儿去，眼不见心不烦。小苏也坚持了几天爱情，有一个多月没有回家。后来又回来，说是取换季的衣服。老苏进厨房给儿子炒了两个拿手菜，父子俩喝了几杯。虽然谁也没提那个姑娘，不过两个人心里都明白这一篇算是翻过去了。自古都是儿子听老子的话，这理儿错不了。其实老苏那时有过最坏的打算，万一儿子硬要娶那个属羊的姑娘，他也没有办法。他不过是撂几句狠话，一辈子就这一个儿子，还能真的父子决裂？

  现在儿子带了苏甜回来替补，他和老二也松一口气，看来这小子压根儿就没闲着，他们还怕苏斌有什么想不开的抑郁了。切，什么爱情？不过是小孩玩家家酒，洒了就洒了。

4

响鼓不用重槌敲，小苏同志接二连三地带女孩子回来也是给他们当父母的提个醒，该认真考虑儿子的婚姻大事了。

家里有粮，心里才不慌，看着一米八的儿子在眼前晃来晃去，老苏心虚气短得厉害。他把家里的几张银行卡翻出来，算了算也就不到两万块，这还是准备给新房子装修用的，当然这点钱连地砖都买不回。去年老苏还不急，总觉得儿子还小，结婚的事还很远，今年参加过几个朋友孩子的婚礼，就有点急火攻心了。

苏甜这个小丫头偏偏还火上浇油，差不多每个星期都来。每次来，老二都好吃好喝地招待。饭桌上闲聊，老二趁机探了探苏甜家里的情况。家是郊区的，两个孩子，还有一个弟弟，才上初中。母亲没有工作，父亲开大车的，也就是跑长途运输。条件一般，最糟的是下边还有弟弟！那以后还不是扶弟魔！

不是老二势利眼，她就是受害者。老二母亲当年为了生儿子，一口气生下五个丫头。家穷养不起，老三和老五都送给别人养。第六个才生下小弟弟。弟弟找工作结婚买房子，都是她们几个姐姐帮衬着。没办法，父母都老了，没有精力和能力啦。从穷日子过来的老二很现实的，如果苏斌找一个家中的独生女，娘家那头最差也陪一辆车。家里有弟弟的话，基本就没有姐姐啥事了。以后家里的钱呀房子呀什么都是弟弟的。这女孩子家的条件也太一般了，她和老苏好歹还是工人呢，下岗工人也是工人，老了以后有国家的退休金可拿。农民拿谁的退休金去？但如果儿子愿意，那她没办法，总不能再棒打鸳鸯吧。这样的缺德事做一次就够够的了。

她问过苏斌，苏甜怎么不去上学。苏斌说是学校没课，大四学生这一年都在找工作实习。老二疑惑，那她怎么不去找工作？她对网上认识的还是有偏见。找了呀，就在咱家附近，在幼儿园当老师。看得出苏斌对这个女孩子挺上心，和以前那几个不一样。

苏甜家远，遇到刮风下雨天气不好，便主动留下不走了。老二思想传统，安排苏斌睡沙发，谁知道半夜里两个人就跑到一个屋去。老苏总不能扯着儿子耳朵拉出来吧。老苏不方便说，让老二嘱咐嘱咐苏斌，注意点！注意点！注意点！重要的话说三遍。老二和儿子也张不开嘴，只是从超市买了一盒安全套偷偷摸摸地放在抽屉里。药盒上面写着薄如蝉翼，两个面目模糊的人影抱在一起如胶似漆。

夜里睡不着时，她和老苏没少合计挣钱的法子，包括开一家小饭店。老二现在就在东方削面馆当服务员，私下也悄悄学了几手，包括怎么熬肉臊子，里面加什么特殊的调料。可是他们手里没有本钱，想什么也没用。开一个面馆，一年房租、厨房里的设备再加上人工费用最少也要十万多。

这期间老苏的朋友包了一项工程，工地上缺个焊工，包吃，一个月给一万多，老苏一口答应下来。他以前是电焊工，也算是技术工人，有国家颁发的正式焊工证。过了五十岁以后工作越来越不好找，不光查身份证，还要体检、查血压、查血糖、查基础病。焊工这活儿苦，国家都规定了是特繁工种，可以提前五年退休，他以前的工友们都转了行。现在他为了这个家又拾起来，熟门熟路手艺还行。老苏想着在工地苦上二年，二年下来，手里就能攒下二三十万。有钱就有了底气，儿子再带女孩子回来就不心慌了。

5

苏斌他们结婚有点草率，没办法，肚子里有货了，不办不行。

那天苏斌带着苏甜一起回来，两个人躲在屋里嘀嘀咕咕半天，一会儿苏斌这个小兔崽子出来宣布，苏甜怀孕了，他们要马上结婚。老苏的头嗡嗡乱响，比扔了原子弹的反应都大。要不是前几天干活扭了腰，老苏都想冲上去扇他两耳光。奶奶的，你个小流氓，让公安局抓走才好。才几天就把人家姑娘祸害得有了孩子，那还不是流氓。

这个雷响得太亮了，老苏完全被炸傻了。你说娶媳妇就娶媳妇，拿手指头娶呢？钱呢？房子呢？车呢？家里屁没一条，也不知这小子哪儿来的底气，这简直就是拿绳子往死勒他们两口子。

关键时候老二还比他冷静。怀孕也不是杀人掉头的事，大不了去一次医院。老二坐下来问苏斌是不是决定娶苏甜。苏斌头点得似捣蒜，嗯，嗯，我喜欢苏甜。

可你们才认识几个月，不再互相了解了解？结婚可是一辈子的大事。

我喜欢她，她也喜欢我。

这么简单？

嗯。

你把苏甜叫出来，我来问问她。

苏斌知道闯了大祸，这会儿耷拉着头，像一只斗败的公鸡。看起来人高马大的一个后生，真遇到大事时还嫩着呢。苏甜低着头从屋里出来，头发有点乱，眼睛红红的，可能刚哭过。老二有点心疼她，都是女人，出了这个事，的确是大麻烦。老二庆幸自己生的是儿子，不会有这样痛心的时候。虽然这种事处理起来很麻烦，对男孩子来说伤害还是很小，不过是得花点钱。

老二心里不愿意马上娶苏甜，也不知什么原因，就是觉得网上认识的女孩子不靠谱。老二虽然上网不多，可她知道网上乱七八糟，啥人也有。还有五十岁的老太婆装小姑娘骗婚的呢。

小苏，你们俩的事你妈知道不？

知道。

那个……那个怀孕的事呢？

我告诉她要和苏斌结婚。

现在的姑娘真是开放，说这些一点也不难为情。老二还想，出了这样的事，怎么和人家父母交代，她自己倒是全说了。

你妈的意思呢？

我妈听我的。让我自己拿主意。

那你咋想的？

我要和苏斌结婚。

老二给苏斌使眼色，让他下去买早早孕试纸。怀孕的事可不能瞎说，也许测错了呢。年轻人懂个啥！苏甜说不用，我已经试过三次了，二道红。

苏斌和苏甜手拉手坐在老二对面，像一道密不透风的墙，两个人无声地在向她示威。

老二委婉地提醒，苏甜你年纪还小，大学还没有毕业。这次只是一个意外，别害怕，阿姨可以陪着你做手术拿掉孩子。我认识的王大夫就是产科主任。咱就用最贵的那个无痛人流，只是一个小手术，十几分钟就完事了，以后也不留后遗症。

苏甜小声抽泣，哭着说，阿姨，我怕。我不敢做手术。

老二心里暗哼一声，装得倒挺像一个单纯的小姑娘，一个女孩子家家不检点，随随便便就怀孕了，也不知道臊得慌。虽然是和自己的儿子，心里也不舒服。切！现在知道怕了、疼了，早干啥去了。

按老二的想法，先把孩子做掉了，结婚的事，以后再说。苏甜现在的样子，多少有些逼婚的架势，老二不想被人威胁，何况对手还是一个黄毛丫头。但人家有苏斌做后盾，她明显处于下风。

苏甜呀，你们这事太突然了，阿姨家没有一点准备。结婚连房子也没有，你看阿姨一家还在外面租房子住呢。阿姨不想委屈了你，人一辈子就结一次婚，怎么也得风风光光把你娶进门。

阿姨，苏斌说新城房子的钥匙已经发了，只是还没有装修。

老二不满地看儿子一眼，这小子倒是啥也不隐瞒。八字还没一撇，就已经和苏甜一条心。没心没肺的东西，大概连家里有多少钱也告诉人家了吧。

对呀，装修房子是大工程，还不得一年半载的。你这肚子不等人，是不是先把手术做了，咱们也有时间准备准备。老二小心地斟酌着用词。她知道自己的嘴脸有点恶心，不过为了儿子就当一回恶人也值。人不为己，天诛地灭。

阿姨，没关系，在这里结婚也不错，反正结婚后我也要和你们住一起的。新房子慢慢装，装出来也要放一段时间的，现在甲醛呀苯呀的有害气体什么都超标。我们俩又不会做饭，我喜欢吃叔叔做的菜，比我妈做的还好吃。苏甜适时地冲他们撒个娇。这孩子就是聪明呢，一手软一手硬的。

这是狗皮膏药贴上他们家苏斌了，小样，小泥鳅还能翻出惊天大浪。老二收了脸上的笑，一本正经地说，苏甜，我们家苏斌还要考研深造的，你们年轻人，不应该这么早被这些家事缠上，还是要多学习，趁年轻奔个好前途。老二也是佩服自己头脑灵活，连考研都想出来了。

苏斌却一点也不懂得配合她，急赤白脸地说，妈，谁说要考研？我才不考研呢，我这样的学习成绩还考啥研究生。老二瞪了一眼苏斌，这是喝了多少迷魂汤！真是个猪八戒，心急成这样，没见过女人呀！

苏甜得意地冲着老二一笑，阿姨，苏斌不考研，他学习还没我好，我大学本科，他才是大专。这笑里藏着刀，刀锋冷飕飕地滑过老二的脸庞。这是告诉老二，苏斌找人家是攀高枝了。老二知道自己已经败在了这个小女子的手下，谁让儿子不跟自己一心呢。老苏也是，傻子一样坐在一边，从头到尾都没有帮她说一句话。

先入为主，从一开始，老二就把苏甜当成了一个对手，一个抢走儿子的对手。这大概是所有当婆婆的通病。

谈判结束，作为胜利者，苏甜进卫生间洗了把脸，出来时换了一张喜盈盈的笑脸帮着老二弄晚饭。老二故意的，煮面条拌凉菜，连热菜都没炒。这不是要娶媳妇呀，大事小事都得花钱，从现在起就得搞好节约。苏甜多聪明呀，看破不说破，脸上的笑意更浓。

乘胜追击，不给对手机会。等到了饭桌上，苏甜已经喊他们爸爸妈妈了。老苏大张着嘴，啊，啊地应着，真是不习惯，一个花骨朵一样的漂亮姑娘忽然喊自己爸爸，惊慌失措啊，激动得拿筷子的手都有点抖，人家姑娘都叫你爸爸了，怎么也得有点实际表示。老苏假装上厕所，装了一个改口的红包。他偷着揽了点私活，人家给的包工费。两千，有点薄，想着不像个样子，把老二叫进去又添了六百块，两千六，里面有个六字，六六大顺，好歹凑成一个吉祥数。寒碜了点，像样的人家，新媳妇的见面礼最少也是八千八。发！发！发！

6

　　肚子里的孩子不等人，两个孩子愿意，那他们两口子就得出面了。干啥去？给亲家赔礼道歉去。你儿子把人家姑娘的肚子弄大了，子不教父之过，当爹妈的还不得负荆请罪。买了烟酒，买了一些高档的礼品。亲家上门不值半文，他们夹着尾巴，准备好接受苏甜父母的狂风暴雨。路上老苏怕儿子不懂事吃亏，嘱咐小苏同志，人家父母说什么难听的话都要接着不准还嘴，就是让人家打几下也要受着，记住了，千万不要发火。这事要是放在三十年前，只要姑娘一反口，就是强奸犯流氓罪，你就等着蹲大狱吧。和老二也强调注意态度，咱们是过错方，认错的态度一定要诚恳。小苏同志倒是没有他们紧张，一路上还在和苏甜在手机上聊微信，这两个小冤家。

　　想不到苏甜家竟和他们的新房在一起，就隔了一条马路。老二挺满意的，这倒是不错，结婚以后两个年轻人不想做饭，可以来丈母娘家混饭吃。将来看孙子也方便，都在一个小区。亲家母顺手就帮着拉扯大了。现在流行姥姥看外孙，心疼自己的闺女，不就心疼了女婿、外孙子。

　　昨晚上她和老苏已经合计过了，说起来这姑娘挺不错，长得好看，又是大学生，性格看着也好。当老师的，一辈子也不会下岗失业。还有现在的小姑娘有几个愿意一结婚就生孩子的。大姐的儿子结婚六年都不肯生，媳妇说生孩子影响夫妻感情、破坏体形，两个人还没有玩够呢，生小孩儿的事过几年再说。苏甜说来还是懂事的孩子，有家教，老二那天那么刻薄地说人家都没有反驳生气。一想到他们两个马上就是要当爷爷奶奶的人，心里喜滋滋的，虽说不是值得炫耀的事，不过也挺有面子的。人活一辈子不就是图个儿孙满堂，以后他们含饴弄孙，尽享天伦之乐。

见亲家没有想象中那么尴尬，苏甜已经提前把事情安排好。老苏诚心诚意地道了歉，没教育好孩子，让亲家见笑了。苏甜的爸爸也没有埋怨，只是说小孩子们不懂事，事情出了也是喜事情。苏甜妈提出结婚的事要抓紧，虽然现在婚前有孩子是正常事，但是穿着婚纱挺着大肚子在亲戚面前不好看，能早则早。老苏一口答应，马上办，马上办。下个星期订婚，一个月后娶亲。

这是双方家长第一次正式见面，老苏在望月楼定下桌子，两家人一起吃顿饭，推杯换盏聊得不错。正气人家，特别是亲家公说话做事一看就是明事理见过世面的。货车司机走南闯北的，见识到底不一般。

回来请了双方信得过的媒人，也就算是中间人，给两家传个话。两个亲家当面谈钱谈东西，有点不好意思，互相伤脸面。老苏找了老朋友杨头，他嘴头子利落，办事也稳当。杨头去了和苏甜的爸爸谈，亲家要十六个彩礼，一个是一万。有点高，老苏准备了十二个，老二打听过这是现在的基本行情。有钱人另说，一分钱彩礼不要的也有。如今虽没有靠闺女发财的，但这彩礼是同城的老礼数，不能少。亲戚们说起来，谁家的姑娘一分钱没要，白跟着走了，显得女儿没身价没地位。男方这边也是，媳妇白来的，亲戚们听起来还以为你家捡了个便宜货。便宜没好货，这家的新媳妇是不是脑子有啥问题？

十六和十二中间差了四个，老二不同意，感觉让捉了冤大头，这不是钱的问题，是另一个家庭脸面身份的事，不能高得离谱，让他们认为这家人好欺负。女人家喜欢讨价还价，老二砍下三万，杨头带话过去，苏甜妈也不同意，两人各持己见，杨头从中间切一刀，最后要了十五个彩礼。老苏劝老二,十五万也不是太高,要得多嫁妆多,说不定人家到时候陪姑娘一辆二十万的好车呢。那样老苏家还赚了呢。

7

时间紧,任务重。小苏同志的突然袭击可把老苏两口子愁坏了。首先第一个问题就是在哪儿结婚。他们以前的旧房子拆迁了。现在一直在外面租房子住,前年有过一批安置房,老苏留了个心眼没登记。老苏有老苏的想法,已经等了一年多,也不差这一年半载,不过是多花一年的房租。老苏和内部人打听了,下一批安置房的学区在三中,市三中是重点初中。小学也不错,四十一校。老谋深算,老苏想得远,以后苏斌他们有了孩子,小学、中学都不用花择校费。孩子上学就在家门口,家长都不用接送。老苏还想着给他们置换一个大点的房子,拆迁的旧房子只有六十多平方米,多加点钱,换成三室一厅。苏斌他们这一代人肯定是要生二胎的了,三室一厅正好。苏斌读书不行没有高学历,以后也不会有大出息,现在房价这么贵,凭他自己的能力换房子是不可能的。除非中了大奖,那是意外。老苏就他这么一个孩子,房子是大事,就想着一次性给安排好以后的生活。结婚以后两个年轻人没有房贷的负担,挣得少点也不怕,基本的生活应该是没问题了。

老苏还有个私心,他们老两口把唯一的房子给儿子结婚用,自己就没地儿住,困难时期,想着先和儿子一起住几年,过渡一下,手头宽裕时再买个一室一厅。

等了两年多,去年秋天新房才发的钥匙。钥匙发下来,马上就天冷了,听说是暖气费的问题,供暖前发钥匙,开发商就能省下一笔钱。钥匙拿到手也没有急着找人装修,反正也不急这一时半会儿,主要是这房子是准备给儿子娶媳妇用的,这怎么装修还不得听未来儿媳妇的。最主要是他们手里没有钱,一家人齐心合力奋斗上几年攒上点钱,再装修。装修那可是花钱如流水的营生，墙上地下贴的铺的都是人民币。老苏要了一个一百二十平方米的大房。三室一厅，按差价又贴了十三万块钱。这十三万已经把所有的家底都贴了进去。

现在火烧眉毛了，只能一边筹备结婚的事，一边装修房子。为给儿子筹办这场婚礼，老苏把吃奶的劲儿都使出来了，他和老二都是下岗工人，手头没什么积蓄，粗粗算了一下，结婚还有装修新房买家电家具，没有四十万下不来。为了儿子，脸也不是脸了，他们几乎和所有的亲戚朋友都张嘴借了钱。一万、两万的，也有三千、五千的。只要肯借，都是他们家的大恩人，他们不嫌多怨少。做人要有良心，人家肯把钱借给你就是对你人品的肯定。老苏是个热心肠的人，平时谁家有困难只要张开嘴一定帮忙，自己手头紧出去和别人借，再不行了出人出力。老苏工人出身，有的是力气，这东西不稀罕，今儿用了明儿还长。人缘好，朋友们听说他儿子要办喜事都出了大力气，特别是分配在矿上的那些技校同学都是两万三万整整地给拿钱。

也问过苏斌他俩结婚时要不要另租房子单过，老二也害怕婆媳难处。苏甜说得好听，妈，不用。一家人还要花两份房租，不值。一年算下来多花两万多，省下钱装修新房多好。这话说得老二、老苏心里那个舒服，那个熨帖，这新媳妇真懂事，知道家底的薄厚，不打肿脸充胖子，以后肯定是过日子的一把好手。老苏家的日子，说不定就在苏甜这个小女子手里翻身了。俗话说女人红，红一家。老母亲找人看结婚日子时，捎带着合了合两个孩子的八字，金猴配金鸡，大吉。

苏甜这孩子一脸的福相，长得喜气，嘴巴又甜，亲戚谁见了都夸好。听听，苏甜、苏斌，外头人听名字还以为兄妹俩呢。这就是缘分。两家人都姓苏，亲上加亲，五百年前一家人。老苏特别高兴，这可真是天作之合，连姓都相同。孙子生下来，还分什么你家我家，都是苏家的。

钱的事到位，老苏松了一口气，才觉得这是要办一场喜事了，大喜事。老苏的儿子也要结婚娶媳妇了，苦熬了这么多年，也算是熬出了头。

他们两个下岗工人在短短的一个月内竟然办成了四十万的大事，真是想都不敢想。结婚那天看着一对新人穿红着绿穿梭在宾客中敬酒，老苏心中生出一股豪情，自己宝刀不老，还是挺厉害的。人活着的意义还不就是娶妻生子，儿孙满堂。可惜的是爹走得早，没看到孙子娶媳妇。

让老二耿耿于怀的是苏甜的娘家没有陪嫁汽车，据说是给了闺女一张十万的卡，那就是私自觅下五万，独生子和两胎果然是不一样。那五万肯定是为她小儿子截下了。老二当然希望陪一辆车，他们家苏斌还没有车。苏斌两年前就考下了驾驶本，家里却一直买不起车。现在说得好听说是陪了十万，可给两万谁能知道。你还能拿着媳妇的卡到银行细查去？

那天老苏多喝了几杯，苦尽甘来，老天爷睁眼时从眼缝儿里看到了他们一家人，这个媳妇就是老天给苏家送来的福星。这么多年老苏第一次在众人面前有了扬眉吐气的感觉，让那些瞧不起他的人看看，老苏也有打翻身仗的一天。老二笑话他没有城府，娶个儿媳妇，尾巴都翘到天上去了。

好事成双，娶过新媳妇半年，家里又添一件喜事，孙子出生了，带壶把的。啥叫心满意足，这就是。人活这一辈子还不就是这样，儿子争气，媳妇孝顺，孙子聪明，一切顺心顺意，一家人和和美美地过日子。生儿子的好处就是能把别人家的闺女招回家，然后还给自己家生孙子。虽然为儿子他借了一屁股的债，那也开心。一下子添了两口人，人可是无价之宝。国家为啥放开生二胎的政策，缺人了呗。家里有人啊，才有烟火气，日子才有盼头。同样道理，国家也是这样的，有人才能发展建设。以后苏斌还会给他生下第二个孙子，甚至是第三个孙子。老苏重男轻女，他不掩饰，男孩子顶门立户的。

老二的二姐比他们家有钱，生了个丫头片子。和苏斌同一年结的婚，过年时，闺女被人家领回婆家去了，两口子对着一桌子的饭菜大眼瞪小眼，一口也咽不下去。啥招商银行，还是建设银行厉害，什么喜事能比得上家里一下添了两个新人。

只是岁数不饶人，老苏的腰越来越不行，颈椎也不行了，在工地低头干活的时间长了，疼得像是断成了两截。不过脱皮掉肉也是高兴的，这种开心和以前不一样，他是当爷爷的人了，真正的一家之主。

8

苏斌他们结婚以后，吃在家里喝在家里，但一分钱也没有往家拿过。结婚、装修新房、买家电、生孩子、坐月子、摆满月酒、过百天，一件件一桩桩都是他们老两口出钱操办的。本来以为给小两口把结婚的大事情办完，他们便可以松一口气，可谁知比以前更艰难了。以前只要他们手头紧一紧，一个月还是能攒出两三千块。现在攒点钱特别困难。人口增加了，每个月家里开销挺大的，有了新媳妇，伙食肯定要好点。再加上媳妇还在哺乳期，营养更要跟得上，那可是两个人的营养。

虽然外面欠了人家几十万，老苏没打算给他们背饥荒，就这么一个儿子，自己苦点累点不怕，只要他们小两口过得好就行。可是苏斌和他们住在一起特别影响他们还债的计划。可能真是老了，思想跟不上时代。他一点也不懂现在年轻人的生活方式，苏斌他们手里头不留一分钱，挣多少花多少。没有呢，就借着花，网上的花呗借呗就是给他们这类人准备的。家里呢本来也不指他们，老二只希望他们不要老向他们老两口伸手要钱。过年时苏甜想买一件貂皮大衣，一万多，苏甜本人不出面，指使苏斌那个傻小子来要钱，苏甜的朋友都穿，只有她没有，出去没面子。老二半天没出声，老苏喘了口粗气，昨天他刚领了工地的工钱，正好一万一。肯定是这小兔崽子说出去的，要不，苏甜能知道家里有钱？看来以后有些事得瞒着这两个狼崽子。世上最不讲理的大概就是苏斌这一代人，父母就是他们的免费保姆，除了不给保姆工钱，还要花掉保姆手里以前的积蓄。

一边是老苏他们拆东墙补西墙还债，一边是他们小夫妻大手大脚地挥霍。老二早憋了一肚子火，时不时和老苏吐苦水抱怨。

刚买了貂皮大衣，才过了一个月，为了给孙子照相的事，苏甜又和家里闹了起来。苏甜张嘴就要三千块。老二多嘴问了一句，小毛孩子照张相就要三千块，这是镶金还是镶钻呢。再说你们两个人的工资呢？不能事事总是指着我们，我们这个月想给你杨头叔还点钱。这下捅了马蜂窝。苏甜小嘴巴巴地站在房门口一顿说，苏斌一个饭店的服务生一个月能挣几个钱？一个大男人挣的都没有我多，还好意思问我的工资。我没有和你们要生活费就不错了。娶回媳妇不想养活，门都没有！切，还以为你们的儿子在政府工作呢！说完回屋里噼里啪啦地摔东西，边摔边骂苏斌没本事，挣不回钱养不了老婆孩子，吃软饭。骂人没好嘴。老二听到了，脸色煞白，挨骂的是她儿子，她心疼得滴血。她要冲到屋里和媳妇理论，是老苏拉住了她。这个傻婆娘，人家小两口子在自己屋折腾，你冲上去当炮灰呀。为了息事宁人，老苏出去从卡里取了三千块出来，交给苏斌，才把事了了。

说来还是孩子，苏甜拿到钱又高兴了，没心没肺地主动和老二和好，妈，这个钱不白花，成长记录工作室特别合算，要连续给孩子照十二年相，等糖果圆锁时拿出来，（他们的孙子小名叫糖果，这名字起得别扭）特别有纪念意义。专业的影楼为孙子连续照十二年相，算一算一年才二百多，说来也不多。老苏想想，儿媳妇好像也没有什么错。这钱是为孩子花了，也不是她自己花的。

孙子五个月时他们有过一次搬家的机会。老苏他们租的房子到期，房东要卖掉房子，他们必须搬家。这时小苏的新房子装修好，通风散味了半年也可以住人了。苏斌他们准备先搬家，老二心里忍不住酸溜溜的，她和老苏一辈子就攒下这么点家当，新房子装起来一天没住，就白白送给了别人。一边是老娘一边是老婆，儿子夹在中间也为难，儿子小心翼翼地对媳妇说，要不让爸妈住我们家吧？苏甜头一扭，啥话也没说。听话听音，锣鼓听声，那就是不愿意呗。

老二生闷气，苏甜她凭啥不让他们住？这新房子原来就是他们老两口的。法律规定了婚前的房子是赠与关系，惹得她不高兴了，她完全可以收回来。老苏怪老二，糊涂，怎么那么爱较真呢。啥赠与不赠与的，啥关系也盖不过父子关系。赠与？还从电视上学会搬名词了。这不是娶了儿媳妇嘛，娶了媳妇房子就给了人家。和咱一点关系也没了。中国人祖祖辈辈就是这乡俗，爹妈给儿子买房置地娶媳妇，儿子给爹妈养老送终，也算是一种交换过程了。不过看现在这情形，养老就算了。

产假还没到苏甜就上班了，她闹着非要出去工作，家里人也劝不住。谁心里都明白她这是躲老二呢，婆媳两个在一起天天闹意见。年轻人玩心重，把一个刚毕业的大学生圈在家里哄孩子干家务，也不是个事，时间长了还不得憋疯了。按说新家离苏甜的娘家近，姥姥带孩子更方便些。可苏甜说，她妈身体不好，每天还要照顾上初中的弟弟。老二又暗生闷气，这明摆着就是怕劳累着自己的妈，人心真是不公道，你的妈是妈，苏斌的妈就是一个老妈子白白使唤。老苏笑她，越活越糊涂，孩子当然和自己妈亲，你儿子也和你亲。老二说，那个白眼狼。只知道和媳妇亲，标准的花喜鹊，娶了媳妇忘了娘。

为了照顾孙子，老苏刚开始想在苏斌家附近租房子，可是这边的学区房房租太贵，而且错过了暑假租房的黄金期，一直找不到合适的房子。眼见着房东限定的日子越来越近，他们老两口还没有找到合适的房子。苏甜突然大发慈悲提议两家人还是住在一起，这样照顾孩子也方便。老苏松了一口气，感谢儿子收留了他们老两口。

搬到儿子家前，老苏把家里所有的家具都卖掉了，老二真心不舍得，那些攒了二十多年的家当，就这么三块五块地处理了。可是没办法，那是儿子的家。最后老苏两口子只留下两套行李，还有一些换洗衣服。他们占了最小的一间屋子，两个人出来进去都屏声静气的，闭上嘴巴，关上耳朵。寄人篱下的滋味他们马上就体会到了，他们不自觉地开始看苏甜的脸色。苏甜大概也有了当家作主的感觉，也可能是工作不顺心，成天摆脸色给他们看。老二问过儿子，是不是嫌他们住进来，他们可以出去另找房子。苏斌说，她就是个狗脸，没有坏心眼，当初还是她提议让爸妈搬进来的。苏甜是和他置气呢，嫌他挣不回钱来。儿子餐厅的工作丢了，现在跑销售，卖饮水机，有一搭没一搭的，没有固定收入。男人手里没钱，放屁也不响。

也不怪苏甜发脾气，儿子结婚这一年多，他们天天在一起生活，老苏才发现儿子身上毛病真不少。作为男人，苏斌没主见，独立性差，耳朵根软，做事不动脑筋，不会处理问题。以前没在意儿子性格软弱，成家了，才发现儿子其实还是一个大孩子，心智不成熟。担不起家的这副担子，没有男人那股子狠劲儿、韧劲儿，撑不住台面。

儿子的性格方面老苏也有责任，儿子从小跟着爷爷奶奶长大，未免溺爱了点。那时候计生政策严格，要求晚婚晚育。老二没有达到国家规定的晚婚年龄，所以没婚假，也没有产假，生完孩子五十天不得不丢下儿子回单位上班去了。老母亲那时还在矿上住，交通不方便，他们一个月才回去看一次孩子。看一次一个样儿，没觉得怎么样，会笑了会坐了会爬了会站了会走了，儿子风一样地长大了。苏斌在城里上小学，上下学没有人接送，正好父亲退休了，老苏便把父母接到城里来住。他和老二四处忙着挣钱，孩子一直跟着爷爷奶奶生活。说白了儿子就是个留守儿童，教育专家说过没有父母陪伴的成长是畸形的，这种隔代抚养会让孩子性格上有严重的缺陷。这是老苏后来从一本书上看到的。

9

老二受了儿媳妇的气，便把所有火都冲老苏发泄出来，跟着他半辈子连个睡觉的窝也没有，狗还有个狗窝。老苏笑嘻嘻地说，没文化，咱是高级动物，怎么能和狗比呢。老苏把双手搭在胸前，做出一个狗狗拱手讨好的动作，老二笑骂几句，照着他胸口捶几拳。老苏挺身受着，老二她一个女人家有几两力气。厂子里当年有一个俏皮话，说打是亲骂是爱，不打不骂拿脚踹。两个人也有过卿卿我我的腻味，只是那样的日子离现在好远。他们现在被生活这只狼撑着，跑得气喘吁吁。

老苏安慰老二，老婆再忍忍，只要半年，半年很快就过去了，半年以后我们一定搬家，离这两个小兔崽子远远的，我们带着孙子回矿上住去。矿上还有老老苏留下的一套房，一分钱房租也不用花。那房子在父亲进城后闲下来了，快二十年了。不过以前的老楼结构结实，收拾收拾还能住人。

老二的缺点是直肠子，有了问题从来不会迂回解决。比方这学步车，老苏伸脚踩着下面的横挡，学步车卡住了，孙子就不能随便跑乱了，他一边喂鸡蛋羹，一边委婉地劝老二，你看你，大人有错，和孩子有啥关系？欺负一个不会说话的孩子，老天也不答应的。

这下可捅了马蜂窝。老二把手里给孩子擦嘴的湿巾摔在垃圾桶里，机关枪端起来对着老苏一顿"突突"，还让不让人张嘴说话？我怎么拿孩子出气了？他来回地跑，我怎么喂饭？苏甜欺负我也就罢了，现在连你也欺负我，你屁股究竟坐在哪头？这老婆子真是病得不轻，说话不过脑子，啥话也能说出口。幸亏儿媳妇不在家。老苏生气了，沉下脸不再搭理她。

老二出拳打空没找到对手，一把年纪的人竟坐在沙发上抽抽搭搭地哭起来。小孙子被奶奶的哭声吓了一跳，跟着也凑热闹。一老一小的哭声，简直是二重奏。老二瘦削的肩头一耸一耸地动，老苏又有点后悔了，耐着性子，哄了小的哄老的，手忙脚乱的。

谁知老苏不劝还好，一劝老二越思越想越委屈，哭得更凶，她哭着念叨她死去的老娘。妈呀，我让人欺负得没法活了呀。妈呀，狠心的妈呀，你狠心地丢下我一个人咋办呀！这一招真把老苏吓着了，怎么哭起丈母娘了？丈母娘已经去世七年了，老丈人又娶了新老婆进门，一个干净利落的小老太太。自从老丈人有了新老伴，他们便很少回原来那个家去了。回去别别扭扭的，人走茶凉，老丈人再也不像以前热心地留他们吃了饭再走。老苏也难过起来，老二这是抬出死人帮着说话呢。他当年信誓旦旦地答应过丈母娘，不让她闺女受委屈，给她好日子过。可是老二跟着他这二十多年，真是一点福也没有享过。老了老了，因为房子还得受儿媳妇的气。

那年老二也下岗了，两个下岗工人的日子可想有多艰难。老二在亲戚的小超市打工，一个月给两百块钱，有一回收了三张一百的假钱，亲戚铁面无私一定要老二赔上。老二一个月的工资不够赔，自己还倒贴了一百。老二回来就病倒了，老苏想找人打一架，白刀子进红刀子出。他妈的，这个世上谁怕谁，头掉了碗大个疤。

老二病好了还是出去找工作，市里大一点的超市差不多都干过。遇到超市刚开业，上下两层，十几吨商品都是老二她们这些女人搬进去，再在货架上一排排摆好。老二腰病就是这样落下的。超市夜里10点才打烊，老二饥一顿饱一顿，一顿饭能吃三个大馒头，人却瘦得一根筋。直到有一天，老二上班时晕倒了，到医院查出了糖尿病。知道老二得病的时候，老苏躲在医院的角落狠狠抽了自己几个耳光。

等苏甜看完病，过几天带着老二也去查查，老二更年期再加上糖尿病，近来心烦失眠，消瘦得厉害。让大夫看看这个更年期有什么好点的特效药没有。老这么发脾气对她身体不好，身边的人跟着也受不了。

10

和苏甜的矛盾是从她坐月子开始的。

十月怀胎一朝分娩，担心老二没经验，一个人照顾不过来苏甜母子俩，老苏便请老母亲过来指点指点，他嘱咐老母亲啥活不用干，坐在家里动动嘴皮就行。有老母亲在，大家就有主心骨。老二生孩子时，也是老母亲坐镇主持。

老苏原本是不想惊动老母亲的，他们知道现在有条件的人家都是雇月嫂，老二大着胆子打电话问了问家政公司，普通的一个月八千，金牌的要一万二。连老二都想出去当月嫂了。世道真是变了，一个伺候月子的涨上了天。老二开始打算和亲家两个人一起伺候，一个白天一个晚上，再说谁伺候也没有自己妈贴心。没想到亲家不同意，她家里还有一个上学的小儿子，每天要按时接送，还要辅导作业。老二有病，一个人肯定是顶不下来。在他们有困难时，老母亲挺身而出，亲自担起了伺候孙媳妇坐月子的重任。

老将出马，一个顶俩。老母亲强势，她在几个儿媳妇面前那都是说一不二，她老人家还把她强硬的家庭作风带到孙媳妇身上，坐月子按着老套路来，不能看电视、玩手机，不能洗澡，不能刷牙，不能吃盐，不能吃大鱼大肉，天天喝小米粥。老二买只鸡买条鱼给增加点营养，老母亲还不高兴，让我伺候就按我的办法来，吃这些大荤大腥压了奶，我可不管。老婆婆下了命令，老二也不敢乱买东西。的确孙子有口母乳不容易，现在多少产妇没奶，鸡汤鱼汤猪蹄汤喝了几桶都没用。产妇一天三顿小米稀粥，他们全家跟着也喝，喝得老苏小苏嘴里淡出鸟来，忍不住时就出去吃点烤肉串喝个啤酒。

老奶奶、婆婆各有各的一套，可能从这时候起苏甜的娘家就对自己家有了意见，觉得没把人家的姑娘放在重要位子上。让一个七十多的老奶奶伺候月子，又是长辈，心里别扭，想吃什么喝什么也不方便说出来。苏甜回了娘家肯定有一肚子苦水要倒。这也怪他们两口子考虑不周全，当时怎么没有想到这一层，老苏后来挺后悔当初的决定。老母亲这边呢，兄弟们也怨他不顾母亲的身体，这么大年纪了还得去照顾孙媳妇的月子，两边不落好。

婆媳俩关系进一步恶化是老二带着苏甜去家附近的社区医院戴了节育环。王大夫说只是个小手术，几分钟完事。苏甜戴了节育环以后，身体反应大，三天两头的肚子疼，偶尔还见红。老二带着媳妇去询问大夫，王大夫说是正常反应，谁戴都有这些反应，只是有的人反应大些。你想想，肉里头生硬地塞一个铁环进去，多少也有些难受。

为苏甜上环的事，苏甜娘家那边对他们家相当不满意。特别是苏甜的母亲，电话里说话的语气一次比一次严厉。亲家母这是挑理了，买得起马配不起鞍，看病找社区的小门诊，明明就是为了省钱，不把她闺女当人看。小医院能看得了什么病？

老苏能理解亲家的想法，谁家的孩子也是宝贝，金贵着呢。在家里星星月亮一样惯着，活蹦乱跳地嫁到你们家，忽然成了病秧子，三天两头跑医院，谁也心疼。

苏甜戴节育环身体不适应，她母亲带着她去一医院取了环。恰好这段日子，孙子病了，一家人心思全放在孩子身上。孙子的病刚好，苏甜又病了，没胃口，恶心，想睡觉，孩子的奶水也少了很多。这病一会儿好，一会儿差，在家里休息了两天也不见好。老二电话里和老婆婆一说症状，姜还是老的辣，老母亲说是怀上了。老二心里咯噔一下，忘了嘱咐儿子这几天要忌房。简单的一个安全套就行了，谁知那臭小子连个这也不懂。

老二让苏斌买个试纸查查，俩红道，果然是又怀上了。老二又高兴又生气，老苏家人丁兴旺是喜事，只是这孩子来得不是时候，怀上了也不能要，虽然现在国家有生二胎的政策。可是孙子太小了，才八个月。儿媳妇的身体受不了，她的身体也不行，一个人同时带两个孩子，那还不要了老命。

不得不做了手术，从医院回来的那天，苏甜脸色煞白，弯着腰捂着小肚子，老二看着也难过。女人受罪多，怀孩子生孩子喂孩子，苏甜为这个家真是受苦了，花一样的女孩子憔悴成这样。老二背过人，把儿子一顿臭骂，用个套子你能死，你看看你媳妇，可怜的。

苏甜又坐一次月子，小月子也是月子。一个产妇一个八个月大的小孩子，还要张罗一家人的饭食，老二的确有照顾不周的地方。亲家母上门来看女儿，脸阴沉沉的，把苏斌叫到旁边一顿数落，苏斌点头哈腰地听着。打狗看主人，亲家母这次一点脸也不给他们留。老二几次要张嘴，被老苏使眼色制止了。这个时候人家说什么难听的话都要接着，毕竟受罪的是人家的女儿。你儿子逍遥快活完了没事，你得了便宜还想卖乖，骂就让人家骂几句解解气，挨骂又不会少块肉。

苏甜母亲赌气要把女儿带回自己家，老苏出来和稀泥，觍着笑脸认错，是他们两口子错了，让苏甜受委屈了。看在小孙子的份上，亲家多体谅体谅。苏甜的爸爸也说话了，批评老婆不对，大家都是为苏甜好，只是各自的方法不对。还是男人间好沟通，老苏从心里感谢亲家公。当着苏甜面老苏也夸亲家，识大体知大礼。

好不容易过了几天安生日子，苏甜又生病了。这回有了经验，直接打车去条件最好的一医院。第一次老二陪着去的，大夫说只是普通的妇科病。第二次苏甜的母亲另找了一家专治妇科病的医院，要连续治疗三个月。

11

苏甜他们从医院看病回来，在客厅就和老二呛呛起来。老苏是听到了她们的争吵的，老二的声音细弱无力，儿媳妇的声音洪亮高亢，明显高出她几十个分贝。

儿媳妇得的是妇科病，他这个做公爹的当然不方便出面过问。苏甜做事也有点过分，近期仗着有病在家里横行霸道的，好像苏家一家人都对不起她。担心老二吃亏，老苏支着耳朵听。老二关心地问儿媳妇，病看得咋样？大夫怎么说？苏甜没好气地说，癌症，死呀，这回你们一家子称心如意了吧。老二嫌她年轻人说话没轻没重的，自己咒自己，癌症还是可以乱说的？那可是要命的病。老二的妈就是癌症，才活了六十三岁。所以老二对癌症是有忌讳的。

你们年轻人不讲究，也不能嘴上没个把门的，信口开河。老二说。

苏甜不客气地回嘴，我不过随嘴一说，还真能得了癌症？再说是死是活要你管。

不用我管，还让我出钱看病？

啧，啧，这回说出心里话了吧，我就知道你眼里只有钱，根本没有我这个人。苏甜把银行卡翻出来扔在地上，嘴里喊着苏斌，你出来，你听听你妈说啥呢，说的是人话吗？你出来，你不要当缩头乌龟。苏斌从进门就躲进了厕所里，可能他们在路上就吵嘴了，要不苏甜也不至于出口伤人。

老苏听着挺不舒服，可他不能跳出去给老二撑腰。一家人，这样吵吵也好，斗斗嘴散散火，不是说吵吵更健康嘛。家里的有些问题吵完了，讲明白了，也就没事了。婆媳俩每次吵完还不是一起给孩子洗衣服喂饭。说出来真是好笑，有了问题这个家里主事的两个大男人都躲了起来。

苏甜据说是产后抑郁，网上这方面的消息很吓人，城南那边有个产妇直接跳了楼。两个病人在一起，你还能要求有啥好结果。

这时候老苏接了母亲一个电话，说是要给他买一条裤子，记不清他的腰围是多少了。母亲七十多了，还是不放心他的日子，老想着贴补他点，手里也没有大钱，只是今天买双袜子，明天买块肉。问过了腰围，又问家里没发生啥事吧。老苏一愣忙说，没事，啥事也没有。老二在厨房做饭呢，您重孙子睡了，我一会儿出去买点水果。母亲说，她今天心慌得厉害，眼皮子老跳。老苏说，那是跳钱呢，您三儿子给送钱来呀。要不，我一会儿给您发个小红包。母亲学会了玩微信。打字聊天不会，收红包是第一个学会的。母亲听了笑起来，不用，你没钱，老三有钱，我让老三在群里发个大包。他们有家庭的微信群。

接电话的工夫，老二竟和苏甜撕巴起来。据说是苏甜失手推了老二一把，老二没撑住，后退几步一屁股坐在地上，尾巴骨撞得生疼。这一把把老二推傻了，她半天才醒悟过来，也不顾着婆婆的体面了，疯了一样冲上去扯住苏甜的一头"方便面"。老苏听着不对劲，马上跑过去。老二毕竟老了，明显处于下风头，要不是他及时出现，肯定吃亏。这两个人中了邪了，怎么还动上手了。他让老二松开手，苏甜趁机又踢老二一脚。老苏火了，没大没小，怎么还没完了。那可是你的长辈，她再怎么有错，你也不能动手呀！苏甜大概还没有见过他发火，愣在那儿。不过只愣了几秒钟，儿媳妇枪头一转，冲着他来了，长辈？长辈就可以倚老卖老？五十多岁的人赖在别人家不走是啥意思？一枪接一枪，枪枪毙命，老苏的心口一下疼起来，疼了几秒就停下来。老苏倒是希望它忽然罢工，那样就不用考虑以后的事了。

苏斌终于从厕所出来，把苏甜拉开，嚷嚷着你怎么能打人呢，怎么能打人呢？你还是大学生呢。苏斌的手劲儿大，可能拉疼了苏甜，苏甜哭爹喊娘地叫，扑上去打苏斌，连撕带咬的，你个窝囊废，你老婆被你们一家人欺负，你躲在一边看笑话。离婚，一天也不和你过了。苏斌的胳膊被咬出了血。老苏脑袋发蒙，这还是人吗，母狼啊。

打老二的儿子，还不是跟打老二一样，老二又扑了上去，一家人打成一锅粥。老苏没办法，打电话给苏甜的母亲，让她赶紧过来一趟，她女儿打人了。苏甜听到给她母亲打电话，才消停了下来。爸，你为啥给我妈打电话？我的事和我妈没关系，我妈身体不好，血压高，气病我妈谁管？老苏一个男人家，不愿意和她吵，把老二拉进屋里关上门。苏甜追上来恶狠狠地踹了几脚门，一边踹一边喊，开门，开门。赵桂兰你给我出来，我今天和你没完。赵桂兰是老二的名字。苏斌忽然大声地喊，苏甜，你到底想要干啥？你还有没有点家教？……

儿女的事都十万火急，不一会儿亲家俩来了。苏甜抱着她妈妈大哭，似乎是受了天大的委屈。幸好老二脸上还有被抓伤的血迹，她肯定是故意没有去洗。老二这一手挺聪明的，眼见为实，让亲家看看他们家姑娘的黑手。老二指了指自己的脸，亲家，你看看你家姑娘，这都动上手了，想打人就打人，想骂人就骂人。苏甜的父母看到女儿的杰作，表情挺尴尬的，说起来他们还是一对讲道理的父母。

老苏把事情的经过简单说了一遍。亲家公脸上挂不住，骂了苏甜几句，不懂事，和当家人动手是大不孝的事，这在以前是要被千人指万人骂的。亲家母咳嗽一声，亲家公急忙收了话头。

苏甜到底还是年轻，以为父母是来给自己长胆撑腰的，没想到被父亲教训了，她长这么大还没有受过这样的委屈，哭哭啼啼地说要离婚，不和苏斌过了。

离就离，天下女人多着呢，你不愁嫁，我家苏斌也不愁娶。老二直冲冲地顶上来一句。苏甜的母亲果然捞着了话把子，原来是这样，我就知道事情不是这么简单，成天地闹腾，原来是背后受了挑唆，今天说了实话，是想给儿子另找黄花大姑娘了。婚也结了，孩子也给你们老苏家生下了，年纪轻轻的还落下一身的病，这才几天就开始嫌弃我女儿。都是一群啥玩意，当初真是瞎了眼。苏甜收拾东西，抱孩子跟妈走人。

一听要抱走孙子，老苏一口黑血差点吐出来，摘心摘肝地疼。这是摆家家酒玩呢，他为他们结婚借的四十万债还没有还上，人家已经宣布要离婚了。亲家公看出他脸色不好，呵斥老婆，说话没轻没重，真是胡说呢，年轻人瞎咧咧，你跟着也瞎说。苏甜我告诉你，不许离婚，屁大点的事就张嘴闭嘴地离，真离了我家也不要你，想去哪儿去哪儿，我们苏家没你这号人。当初急着结婚是你，忙着离婚还是你。说得轻巧，离了孩子怎么办？你忍心让他缺爹少妈地成一个单亲孩子。你害了自己不算，还害孩子一辈子。告诉你，我不同意。离了婚，我连你也不认。

事情乱得收不了场，老苏只好把朋友杨头叫了来。虽说清官难断家务事，可杨头当初是两家的媒人，那时因为彩礼多少的事弄得挺不愉快，就是他从中摆平的，现在有了难事还得叫他来调解。杨头果然是解决问题的高手，不偏不向。先问了苏甜对苏斌有意见没有，苏甜低着头说，没意见。那你们是和两个老人有意见？苏斌拉一下苏甜，苏甜站起来说，不要拦着我，实话实说嘛，是有意见。主要是生活不到一块，两代人生活方式不同，想法不同。杨头心里有了主意，又问，苏甜、苏斌你们是不是真的想离婚？不想，两个人齐声说道。不用杨头调解，老苏也知道下面该怎么做，麻利点搬家吧。

12

新闻里说嫦娥四号已经登陆月球的背面，只是不知啥时候能把人也发射到上面去。地球上人稠地窄的，如果能搬迁到月亮上住着大概会宽敞些。

那个离家出走的念头又跳了出来。到哪儿去？不知道。老苏倒是想出家当和尚去，一了百了。五台山峨眉山九华山越远越好，遁入空门斩断红尘，什么儿子孙子和他一点关系也没有。也就当个气话说说，他怎么能丢下老二一个人逍遥快活去。这个女人跟着他这半辈子也没享上啥福，他再把她半路闪下，那他更不是个东西了。

二十多年前老二还是一个好看的小姑娘，在云中商场里卖服装。那可是全同城规模最大的服装商场，在商场里卖衣服的姑娘也是同城最好看的。这批服务员据说是像选妃子一样从全市的年轻姑娘中挑选上来的，都是人尖子中的尖子。老苏厂子里单身的年轻人多，干完活休息时常听他们谈论女人，说着说着便说星期天去云中商场看姑娘去。云中商场的美女多，那是人人都知道的。不过也就是看看，过过眼瘾，商场的姑娘个个如花似玉，可她们眼睛长在额头上，怎么会看上一个小工人。

老苏他们的媒人是老二的二姐，不是亲姐姐，一个本家堂姐。二姐和他们住在一个矿上，前后排，两家关系也好。更有趣的是，二姐的男人和爹的名字相同。邻居们为了区别开，称大苏亮、小苏亮。有一天母亲让他下班后早点回来，说是邻居婶子给介绍了一个姑娘，让他相看相看。老苏开始没有放在心上，借口工作忙，推脱了过去。过了几个星期，母亲又说，姑娘在云中商场工作，家里的条件不错。他便动了心，主要是好奇，云中商场的姑娘到底长啥样？他也是一个生理正常的男人。窈窕淑女，君子好逑嘛。

老苏那时是有对象的，厂里的一个技术员。技术员和她们家里人也露了几句老苏家里的情况，一听是煤矿上的，她父亲坚决反对，并加紧给女儿介绍条件好的男孩子。人比人气死人，几个回合比下来，介绍的男孩子一个比一个优秀，技校出身的老苏明显落了下风。尤其是最近的这个，医院的大夫，大夫当然比工人强了。技术员也正在犹豫中，对老苏有点不冷不热。老苏本来准备考成人大学,让技术员的家人对他另眼相看。现在看来基本没啥用,等上完大学回来,黄花菜都凉了。老苏心情不好,正好母亲让他相亲,他便听话地去了。多少有点赌气,大丈夫何患无妻。

二姐安排他们在家里见面,姑娘有点害羞,低着头,垂着眼,他只看到她的半边脸,一看就是本本分分的好姑娘,也不是长得多么漂亮,就是看上去舒服顺眼。用母亲后来的话说,看着像咱家的一个人,稳稳的,皮皮的,(皮是他们这里的方言,意思是脾气好)见人就是一面笑,对缘分,和脾气。那时还不流行请客吃饭,男女见过一面,当面也不提什么意见,便各回各家了。以后都是媒人在中间穿针引线。他先给媒人回的话,没意见,就看姑娘的意思了。老苏这么主动,是有原因的。前天亲眼看到技术员和大夫出双入对了,他现在已经死心。被人家踢了,面子上不好看,他心里想的是马上找一个漂亮姑娘,让厂里的人看看他老苏也不是吃素的。没过两天,姑娘也回过话来,答应两人处一处。这就是愿意了呗。老苏那两天七上八下的,怪自己回话也太痛快了。如果人家女孩子不同意,那多伤脸面。领着千军万马还没有出师,主帅就挂了。

有了姑娘的回话,就有了底气,老苏休息时,大胆地和煤机厂的几个朋友去了云中商场。他是有些炫耀的,也是给技术员暗中捎话。厂里就那么几个人,尤其是这种男女关系的事,有点风吹草动,所有人都知道了。

1990年,他风风光光地把老二娶进了门。没有新房子,只有爹自己盖在山坡上的两间石头房。老二也没有嫌弃家穷,不过当时说好,以后有能力了给老二他们买楼房的。其实只是一个口头的承诺罢了,人已经娶进了家门,不买楼你也没有脾气,货到站价死。老苏心里明白买楼房那是遥遥无期的事,家里还有没结婚的两个兄弟,买楼也是给兄弟买。但他喜欢老二通情达理的性格,明明知道是个空头支票也不揭穿。

结婚的当年底儿子出生,父母乐得合不拢嘴,福来了,运来了,娶个媳妇肚来了,年初娶媳妇,年底抱大孙子,双喜临门,真是一点时间也没有耽搁。那时正赶上计划生育,家家都盼生个带把儿的,苏家添丁,父母把老二当功臣待，生下儿子，说明老苏家的香火后继有人了。爹苦思冥想几夜给儿子取名苏斌，老人家希望这个孙子要文有文要武有武，将来做一个人上人……

老苏点了一根烟，家里有小孙子后他自觉地戒了烟，但今天实在憋不住，不抽根烟吐几口长气，他的肺就要炸开了。月光长着脚，老苏的影子从地上移到了墙上，薄薄的一片，似乎用力一揉就碎了。

眼下让老苏发愁的是，再过几天就是中秋节了，他不知道自己今年的这个中秋节怎么过，在哪儿过。

往年中秋节都是把母亲接到自己家过，父亲不在了，他是家里的长子，必须担起照顾母亲的责任。今年显然不行，他得找个借口不让母亲来自己家里。可咋说呢？他在母亲跟前根本撒不了谎，他的一个眼神一个动作，母亲已经把他看得透透的。

家里发生的这些事肯定不能和母亲说，那么大岁数了，怎么能让她跟着着急上火。大男人顶天立地，连眼前这点家务事都处理不好，还算啥男人！如果有下辈子，老苏投胎做一只肥猫，啥也不做，啥也不想，日日伏在窗台陪着母亲晒太阳、念米佛。

13

早上老苏把他和老二的行李捆扎好，四四方方的一块大豆腐，两个人扑腾了大半辈子就挣下这点家当。老苏把行李拿起又放下，放下又拿起，他不知是该带着行李找房子去，还是留在屋里等找到房子回来再取。想想苏甜的嘴脸。老苏决定背着行李走。苏斌他们一家三口还没有醒来，老苏不想惊动他们，主要也不想让儿子为难。当断不断，反受其乱。

两个人慢腾腾出了小区往公交站走。背着行李的老苏背有些驼了，老二在后头看着，悄悄地擦一把眼泪。

白发上的月光

1

刘英早上在手机里看到一条居家养老的新闻,便想给老母亲打个电话叮嘱叮嘱,又觉得这么复杂的事在电话里一句两句也说不清,还是中午过去当面和母亲细说好些。

冯主任安排她把值班室的床单洗一洗,顺手给了她一桶洗衣液,刘英忙说,不用,不用,主任,这点小事情顺手就做了。冯主任挺和气,小刘呀,拿去用吧,我也是公家发的,放着也是白放着。冯主任爱干净,每回值班前都要客客气气地请刘英帮忙洗床单。刘英慢慢琢磨出大机关里的一个规律,官做得越大,对下面的人越和蔼。摆架子的,永远是那些小官,手里只有芝麻大点权,恨不得耍出西瓜的派头。

保洁员没有配专门的洗衣间,她们平时洗东西都是把洗衣机推到洗手间。遇上有人正在使用厕所,虽然隔着一扇门,还是有点尴尬。没办法,就是这么个工作条件。刘英接了少半盆热水又接了多半盆冷水把床单泡上。热水洗出的衣物干净透亮,刘英干活认真,做营生从不糊弄。大楼里办公室的工作人员经常让她帮着洗床单、沙发巾什么的。虽然是私活,但刘英从来不拒绝,不过是洗衣机多转几圈的事,乐得讨个人情。机关里的人,个个都有手眼通天的本事,传言能在这里工作的背后都有处长一级的关系。再说人家也不让她白干活，多少总会给她点好处，一两个进口水果、半包高档茶叶、单位发的保温杯什么的。

除了负责二楼的楼道卫生，还有东西两面的两个洗手间也归她打扫整理。刘英没觉得打扫厕所有什么不体面，机关里的人有素质，从来不会发生不冲厕所、乱丢手纸的不文明事。刘英手又勤快，地上有点水渍污迹什么的，她马上就清理了。说得那什么点，单位的厕所比她家都收拾得干净。她白天忙工作，晚上回去还要张罗一家人的饭菜，家里的卫生就做得马马虎虎，她一个星期得空才大清理一次。

刘英是容易满足的那类人，这份工作比起以前做过的要好很多，最主要的是有合法的节假日，每个星期可以和大楼里的员工一样休息两天。正式员工发什么福利，她们临时工也有份儿。过年过节发的奖金相当于半个月的工资。活累不累不说，就是干得痛快，心里头舒畅，觉得人家把他们临时工当人看。她以前在饭店工作，一年也没有休息天，越到节假日越忙，除夕夜家家都在吃团圆饭，他们饭店却是最忙的，饭店一年前就把除夕到十五这些天的宴席预定了出去。挣的工资又少，还常常因为有顾客投诉被扣钱。

刘英失业后找工作一直不顺，没什么文化，年纪也大了，东一家西一处的，私人的单位干不长久，医保社保都没有，每年还得自己掏腰包补交七八千的养老保险钱。大姐倒是提过一嘴，让刘英去小弟的医院找个活干。可弟媳不乐意，说医院不同别的地方，不是啥人想进来就进来，二姐一没有文凭，二没有技术，去了医院不好安排。再说我们那是几家合营的，招进一个工人都是要开会研究的。刘英知趣，也不想给小弟添麻烦。小弟慷慨地说，二姐，你不要找工作了，我每月给你一千块钱。就当是给咱妈找一个保姆，自己人用着也放心。"保姆"两个字真的伤了刘英的心，活了四十多她竟在兄弟姐妹们中混成一个保姆的身份。刘英再没出息，也不可能平白无故拿人家的钱，就是亲弟弟也不行。她要脸，人人都长着两只手，凭劳动挣钱吃饭，靠别人同情施舍还活什么劲儿。嘴里硬邦邦地回过去，不用，照顾自己的妈应该的，一家人还提什么钱不钱的。刘英后来想打自己一个嘴巴，给钱不要的二傻子，面子能值几个钱。有了刘英的口头保证，弟弟乐得顺坡下驴。刘英后来才明白过味儿，他们你一言我一语那是在演双簧，最后白白落了一个免费的保姆。老实人永远吃亏，同胞的兄弟姐妹们也是这样的，偷奸取巧、能言善语的那个孩子总是最会讨父母的欢心。

她很珍惜这份工作，好赖也是在机关里，待遇又好，在亲戚们面前说出来也有面子。问，现在在哪儿上班呢？回答，大阳宫。嘎巴脆的三个字。前几天物业小组长开收班会时说有好几个人盯着这份工作，她把这话当成一个危险信号，干活比平时更舍得卖力气，一点也不敢偷懒耍滑，厕所便池天天刷得雪亮，一块抹布从不离手，看到哪个犄角旮旯积有灰尘，手马上就伸过去了。爸从小就教育她，人一辈子干啥都是给自己干，做好做坏，大家都长着眼睛呢。

手一抖，洗衣液倒多了，机子翻滚出满满一桶的雪花沫。刘英瞅着裹在衣物上的雪花，想想还是应该先给母亲打了一个电话，告诉她中午自己要过去。这样冒冒失失地去，万一母亲没在家，自己岂不是白跑一趟。

2

电话通了却没有人接，再打还是不接，连续几次，刘英便推测母亲一定在理疗店学习呢。生活条件好了，老人们怕老怕死怕生病怕给儿女添负担。恨不得吃一口唐僧肉人人活成长生不老的老妖精。为了迎合老年人心理，社会上的有心人专门针对老年人开办起理疗店。理疗店什么都卖，藏红花、羊奶粉、保健器械、枕头、床垫、袜子、拖鞋、远红外裤等等，什么物品都能和长寿健康挂上钩搭上边。他们还从外面请专家教授开讲座、办学习班，把一群老年人召集在一起学习保健养生知识。有需求就有供给，一夜间同城的理疗学习班遍地开花。不过啥东西一多，就产生了竞争意识，学习班也是，为了留住这些老顽童、老财神，保健老师们想办法动脑筋。他们抓住老年人爱小贪便宜的特点，很快就找到了聚拢人气的好办法，给老人们发免费小礼品。有的班发牙膏，有的班发香皂，有的班发牛奶，有的班发面巾纸，五花八门什么都给，不过都是块儿八毛的小物件，但对于从苦日子熬出来的老人来说，虱子腿再小也是肉，来者不拒，哪怕是厕所里塞满了这些小玩意，他们还是屁颠屁颠跑去领取。

生活经验丰富的老人们很快总结出规律，运用统筹学科学合理地安排时间。老人们像赶场子一样地参加各种学习班，这个班散了，领上小礼品，又赶往下一个班。刘英的母亲就参加了四五个学习班，领回的小东西大概下辈子也够用了，但母亲还是一节课不落地去学习班，从来不会发生旷课的事情。

老年人大多耳背，课堂上接电话时声音比打雷还响。一个人接电话，老师和全班同学都陪着听电话，有的人在旁边还跟着着急，不时地提醒补充点什么，一个电话搅乱一个班的纪律。为了不影响其他学生上课，保健老师规定，上课时不能接听电话。规矩定下了，没有人听，还是废纸一张。现在的老人怕谁，天大地大我最大，根本没把老师的话当回事。电话里该吼还得吼。不吼对方怎么听得见！老师管理学生有的是办法，学生不听老师的话，那还能行？还有没有组织纪律性？老师稍稍动点脑筋，重新规定发放礼品的顺序，上课时先签到，下课后领礼品。开始是为了防止有的学生拿了礼品提前溜号，这帮任性的老小孩儿又奸又滑真的不好管理。现在纪律里面又加一条规定，如果谁上课时接听电话，就把当天的小礼品罚没了。规定一执行，课堂纪律果然好了很多。

母亲为了拿到小礼品上课时间从来不接听电话，无论是谁打来的一律不接，这是母亲有一次无意中说漏嘴的小秘密。母亲当时的神情很得意，因为她听话遵守课堂纪律，没有接听过电话，领到一小撮藏红朵。和她一起去的张姨就没有，张姨上课时接了一个电话。在老师的嘴里藏红花可以治一切病，什么高血压、高血脂、糖尿病、心脑血管病、头疼感冒、咳嗽气喘，连对癌症都有疗效，简直是包治百病起死回生的神药。刘英告诉母亲现在藏红花几乎都是人工培育了，和菊花茶的价差不了多少，但母亲却把这东西当成救命的宝贝。专门拿出一个小瓷瓶，据说是姥姥留下的传家宝。母亲把藏红花放在瓷瓶里面，还说如果当年你爸有这么一撮藏红花就不会走得那么早。刘英点点头，尽量不刺激她。父亲得的是胰腺癌，癌中之王，就是太上老君的仙丹也救不了他。

刚知道母亲故意不接电话，刘英心里什么滋味都有，伤心难过，愤怒生气，责怪母亲无情无义，吝啬贪财，为了一点小礼品竟可以拒接儿女们的电话。

刘英开始想纠正母亲的这个毛病，苦口婆心地劝她接电话。刘英自认为还算是通情达理的儿女，她不反对母亲去学习班，一群老人聚在一起可以说说话散散心，交流交流养生知识挺不错的。但是电话一定要接啊，万一孩子们找她有急事呢。信息社会，习惯了马上听声见人，电话不通会吓死人的。老妈听到刘英同意她参加学习班挺高兴的，班里的老人有些都是偷偷摸摸地背着儿女来上课，孩子们担心他们上当受骗，武断地不让父母参加这些乱七八糟的理疗机构。这些机构说白了都是盯上了老人手里那点可怜的养老钱。儿女们现在特别怀疑爸妈的智力，仿佛他们还不如五岁的儿童。当了一辈子家长怎么能忍受这样的羞辱，犟劲上来了，你不让我去，我偏去。有的老人为了买保健品和子女反目成仇。这里边当然有那些老师敲边鼓的作用，他们教育老人为自己活一回，自私一点，不要总是为孩子们无私奉献。这些话他们以前从来没有想到，但是老师讲了以后，他们也慢慢开始琢磨。果然是有些道理的。钱，自己不花，以后还不是留给了小兔崽子们。哼，我的钱我想花多少花多少。父母老了竟然变得这样叛逆，出乎孩子们的意料，他们更把理疗店学习班当成洪水猛兽，似乎沾上就会倾家荡产。

老妈当着刘英的面答应得不错，进了学习班就不由她指挥了，电话还是不接。刘英退一步只好请求老妈下了课，好歹给回个电话过来。母亲理直气壮地说，我的电话没有来电显示，不知道是谁打来的。我也不敢随便接陌生人的电话，万一是诈骗电话呢。你们不是一天到晚说现在专门针对老年人的诈骗手段可多呢。真有重要的事你们还会打来的。我又记不住手机上那些小按钮怎么用。手机上统共两个键，一个绿键一个红键，刘英教了一百遍，老太太还是说不会使用。刘英知道母亲是故意这么说，她要装糊涂，别人也没有办法。不过她可真是了解她的孩子。可不，刘英心急，会一直打下去，直到打通为止。

虽然母亲照样不接听电话，不过，刘英现在心里有了底，不接电话说明老太太身体健康精神饱满，正和一群老太太老大爷坐在一间小屋子里认真学习。刘英看过母亲的上课笔记，每一页都写得整整齐齐，比学生的作业还齐整。

快十点时估摸到了课间休息的时间，刘英又打电话，这回母亲终于接了。刘英故意问她，妈，在哪儿呢？怎么不接电话？母亲说是街上呢，逛街，人多听不见。母亲从来不爱逛街，刘英知道她说谎，也不去揭穿她。刘英告诉她中午要回家一趟。母亲迟疑了一分钟，问她是不是有啥事？刘英说没事，中午有空了，过去看看她。母亲没搭话，过了一会儿，才哦了一声。刘英猜测母亲下面一定还有一节课，她在心疼损失掉的一管牙膏。

3

比下班时间早走了一个小时，算是脱岗。运气不好被抓住的话，要扣五十块钱。不过刘英已经侦查过了，组长好像也提前溜了。

公交车上的人不多，她把手里的东西放在旁边的空位子上。她的前边坐着一个和母亲年龄相仿的老太太，老人身材矮胖，从后面越过去能看到她头皮顶。她的头发根露出两片刺眼的雪白，显然是不久前染过发，又没有及时补发根。其实这种黑白的反差效果更强，还不如满头白发呢。刘英忽然想起一个问题，母亲是从什么时候开始染发的，五十岁还是六十岁？

他们做儿女的那时谁都没有发现，父亲母亲在他们的眼里一直是黑发如墨。母亲是在父亲去世后才不染发的。他们也是突然发现母亲的头发几乎全白了，零星的几根黑头发成了点缀。以前大概都是父亲帮着她染吧。他们那时一定是互相给对方染，想到两个老人拿着发梳给对方染发的场面，刘英心里酸酸的。大概是父亲过世百天时，那一天有亲戚朋友来祭拜，刘英还不习惯一头花白头发的母亲，她对母亲说帮她染一下头发，母亲照了照镜子说，算了，不染了，没有心情。母亲这是想父亲了吧。老伴，老伴，老来是伴，母亲的伴儿丢下她提前走了。

参加学习班后母亲又开始染发，她当然不舍得把钱花在理发店，就把刘英叫过去帮着染。第一次帮母亲染发，她乖乖地坐在凳子上，像个听话的小学生。刘英把一块深色的毛巾披在脖子窝，母亲又往里塞了塞，她怕弄脏了衣领。染发料弄到衣服上不好洗。拆开施华蔻的盒子，取出里面的染发剂，顺手把两只塑料耳套给她戴上，母亲笑了，说像小兔子。按着说明书，把1剂和2剂两管染料挤在小碗里混匀，乳白色的药膏遇了空气发生化学变化，慢慢变成浅褐色。母亲满脸怀疑，一直问能不能用，怎么和以前不一样。染料是刘英从网上买的，她也没有用过。戴了一次性手套用小梳子把表层的头发撩起来，母亲柔软的白发小刀子一样刺进刘英的眼里。怕染得不均匀，刘英做得细致，掀起一层头发，抹一层染发膏，足足用了半个多钟头。没有理发店加热的电烫帽子，刘英在浴帽的外面包了两条热毛巾，也算是一项刘氏发明。染出来的效果不错，母亲一下子年轻了十岁。以后差不多每个月刘英都要帮母亲补染一下发根。人们都说染发剂里有致癌物，刘英也劝她还是少染的好，可是母亲很在乎自己在同学们眼中的形象，时时惦记着补发根。她还喜欢穿红衣服，她的皮肤白，穿红衣服挺好看的。

下了车，还要走几分钟才能到母亲家。走西门路过削面店，上面写着大碗六元，小碗五元。刘英有点饿，可是已经到了母亲家楼下，在外面吃似乎有点不妥，万一被邻居看到会误会什么的。可肉潲子的味道太诱人了，香气钻进鼻子里不肯出来，也许母亲根本没有做饭，她学习那么忙。想到这里，刘英进了面店。原木色的桌椅，里面的食客挺多的，有一个小姑娘招呼着，前台点餐。刘英看了看挂在上面的灯牌，要了一碗最便宜的猪肉面，小服务员问她要不要加鸡蛋。刘英笑笑，不要，我血脂高，大夫说不能吃胆固醇高的东西。刘英找一张桌子坐下来，和以前一样，店里提供免费的咸菜，有两种，一种黑咸菜，还有一种店里自己腌制的酸白菜。刘英拿小碗两样都夹一些，加了香菜，加了辣椒油，再倒上醋，一碟美味的小菜就拌好了。

免费的面汤装在老式的大铝壶里，刘英倒上一碗热乎乎的面汤，真的有点渴了。面汤烫嘴，她转着碗沿小口小口地吸溜着。这家面店父亲活着时常来吃，坐东北角的那个位置，咸菜里加很多的辣椒，还有醋。一个小碟放卤好的豆腐干，另一小碟里是油炸尖椒，再买一个二两装的老白干，一个人慢慢地吃，慢慢地喝。刘英下班回来时看到父亲一个人坐在那里喝酒，并不会叫他回家。一个男人总是有一些心事，要对着面前的酒杯说出来。

时间过得真快，父亲已经走了六年，店面的主人换了一次，不过一直还是卖刀削面。刘英回家看母亲时，赶上饭点总要坐下来吃一碗。吃着吃着望着东北角发一会儿呆，似乎父亲还坐在那里喝酒。唉，阳间的饭阳间的酒他这辈子是吃完喝完了，爸到了那边也喜欢喝酒吧。下次上坟时，记着带一瓶老白干过去。父亲一定馋酒了，

面上得挺快的，她另加了香菜、葱花，雪白青绿，看着入眼，闻着更香。几分钟不到半碗面已经进肚，刘英犹豫要不要给母亲也带一碗面。想到她下课后根本没有时间做饭，便打包了一小碗面，加了油炸豆腐、鸡蛋、肉丸。母亲的豪华套餐比她的那碗面贵了一倍。另用小袋夹了酸菜和香菜，刘英知道母亲爱吃酸菜。

中午小区里没什么人，刘英暗暗松一口气，好像是过站逃了安检。敲了敲门果然里面没有人。刘英用备用钥匙开了门，一股不好闻的气味冲出

来，看来母亲离家时太匆忙，早上连日常的通风都没有来得及做。刘英真佩服老人家，学习得竟这么热火朝天，比考大学的高中生都用功。刘英把顺路买的白菜、茄子、豆角放进冰箱，母亲一个人常常懒得买菜。冰箱里面胡乱地塞着几个剩菜盘，一些面目不清的食物凝在盘底。刘英能猜到母亲要用这些剩菜汤煮面条吃。他们小时候母亲经常这样做，那时在他们眼里可是美味。有半碗米饭上面都有了霉点，刘英把剩菜剩饭倒掉了。她要是不处理，母亲会把霉点挑掉煮粥喝。刘英有时候很奇怪母亲的行为，一天到晚参加养生学习班吃保健品，似乎是惜命如金，可在对待半碗剩饭上，完全就不把自己的命当回事。

把窗户打开，通了风，阳台上几盆花开得正好。一盆穿心莲沿着窗台垂下来，又拖在地上，泼泼洒洒，像一挂绿色的瀑布。粉色的小花，珠子一样镶在上面，很是漂亮。这个花皮实好活，走的时候要让母亲剪一枝下来。家里的一个花盆正好空了，那里原来种着一株米兰，不知什么原因枯死了。花盆空着不吉利，要快些种点什么在里头，这是一个仙家说过的话。

去年老周生了一场大病，花了不少钱，吃了不少药，病情时好时坏的。婆婆迷信找了一个仙家来问病，仙家的来头很大，说是跟着一位十世的狐爷。仙家责怪刘英家慢待了家神，要她把佛供起来。婆婆问到哪儿去请佛？仙家说，就在家里，佛被藏了起来，还说是一尊开口笑的弥勒佛。香火，香火，吃了供养，日子才能火起来，佛家也讲究人情往来的。刘英心里咯噔一下，她想起自己的确请过一尊弥勒佛。那是父亲和她在顺城街买的，卖家说是晚清的，当时花了一千多。在他们眼里算是大价钱，爸平时都是十块八块买点小玩意儿。一串手串，一个菩提把件，两个文玩核桃等等。铜佛请回来后并没有供起来，父亲喜欢便一直摆在床头，闲了放在手里摩挲着盘一盘，时间长了，佛头金光闪闪的。父亲去世后，小佛便不见了，刘英想可能是母亲收了起来。

刘英还没老糊涂，并不迷信什么狐爷。只是世上很多事情就是这样，不挑明的话没关系，如果有人刻意指出来，心里越想越觉得里头藏有什么玄机。仙家说，佛像经了她的手，就是和她有缘的。和人结缘易，和佛结缘难。她曾经问过母亲小铜佛的去处，母亲说办丧事那些天人多手杂的找不到了。刘英明白这是母亲不愿意给她，找的借口。母亲大概以为佛像是金子的吧。这么贵重的东西当然不能随便给了女儿。现在既然被仙家挑了理，她就想把佛像供起来，要不心里膈应。她不贪财，不是要独吞父亲留下的财物，只是想供佛，供佛是善行吧。趁着这个没人的机会，她进了母亲的卧室，打开柜子抽屉，翻找父亲以前的东西。虽然屋里没人，刘英还是轻手轻脚，不发出一点声音，拉动抽屉时发出巨大的声响，她自己都吃了一惊。回头看一眼门口，幸好没人。刘英觉得自己偷偷摸摸的有点像是做贼，不过她又笑了，哪有在自己家偷东西的贼。

果然没有白下功夫，在箱子底她找到了那尊小铜佛，很小，只有二寸高点，黄澄澄的，怪不得母亲误会。刘英把小铜佛拿一块黄绸子包起来放在包里。反正母亲也不供，不如她供养起来。佛享受了人间的香火，吃了供奉才有灵性。如果她家的日子发达起来，母亲也是可以跟着沾光的。

一不做二不休，刘英又翻了翻母亲平时放贵重物品的小盒。母亲的梳妆盒是她的陪嫁，樟木的，有淡淡的香味。二嫂和母亲张嘴要过，母亲没给。刘英在盒子里找到了父亲送给母亲的几件首饰，两只玉手镯，一个金戒指。梳妆盒子的下层有几张借条，竟是小舅舅打的。刘英算了一下，大概有一万多，也不知他借这些钱做什么用了。这分明就是死账坏账，舅舅是没有偿还能力的，说白了就是把钱白送给了小舅舅。

刘英的这个小舅舅，是姥姥四十八岁那年生的，就是人们嘴里说的垫窝子。脑子不怎么灵光，三岁才会喊爹叫娘。添丁进口历来是富人家的喜事，对穷人家来说老来得子，并不一定是福。果然没有等老儿子长大成人，姥姥姥爷便先后去世了。小舅舅是哥哥姐姐众人带大的，心疼他没爹没妈，身体又有毛病，未免娇惯些。那个年代的兄弟姐妹手足情深，他们宁可自己不吃不喝也要让弟弟活得舒舒服服的。小舅三十八岁时才娶了一个媳妇，媳妇左腿有点残疾，不走路的话看不出。新媳妇张口就要一万块的彩礼，那时的一万块是大钱，哥哥姐姐们凑了几天才凑起来。好不容易把新媳妇娶进门，才发现麻烦事在后头，小舅舅没有工作，娶了媳妇拿什么养活人家。众人帮着先后找了几份工作，都被人家辞掉了。弟媳妇发飙要离婚，闹几场，也就真离了，只是白白贴了近两万块。接受深刻的教训，这回哥哥姐姐们踏实了，知道亲弟弟没有养家养老婆的能力，他们也不再给他张罗媳妇。老婆没了，他们全面接管弟弟的生活。

  小舅舅现在快六十了，在一家水果货站当下夜工，一个月挣一千五百多块。一个人吃饱，全家不饿，倒也省心。长姐如母，母亲一直很照顾这个小弟弟，即使现在七十六的高龄，还会过城南给他收拾收拾屋子，洗洗涮涮。这也是让刘英不放心的事，母亲年纪大了，体力明显跟不上，从城北到城南相当于穿越了一座城。公交车上人那么多，摇摇晃晃免不了磕碰，母亲血压还高，万一摔倒了怎么办？刘英委婉地提醒她要注意身体，毕竟是七十多岁的人了。谁知不说还好，说过之后母亲以前一月去二次，现在一个星期一次。母亲说了，反正有免费的老年乘车卡，不用白不用，她要充分地享受国家给她的福利。有时家里包点饺子炖点肉，老母亲也要拎着保温饭盒跑到城南给弟弟送一趟。刘英说，妈，你可以打电话让小舅舅来家里吃嘛。他比你年轻，腿脚好。母亲却说，你舅舅他来还要花两块车费，来回四块钱。我坐车不花钱，就当是旅游去了，同城一日游。刘英被怼得无话可说，怪不得网上很多人建议国家取消老年卡。

  搓着那几张借条，刘英心里特别不舒服。母亲的这些钱多一半都是刘英他们兄妹给的。母亲没有工作，也就没有退休金，父亲去世后，母亲基本没有什么收入，只有父亲单位一个月给的三百块养老金。刘英他们兄妹把母亲养了起来，一个人每月三百。大姐当时提了一嘴说，小妹没工作了，给上二百吧。没等其他人表态，刘英自己就不同意。给父母尽孝心人人都是一样的，她不占弟兄们的便宜。幸好她自己先提出来，后面谁也没有跟着大姐说话。她不愿意他们同情可怜她。都是人，披上人皮就要活出人的样子。失业呀，没工作呀，公婆得病呀，孩子上学呀这些困难都是你自己家里的事，别人没有必要跟着你一起操心。

这个钱刘英每个月都会按时给母亲送过来，其他兄弟姐妹在外地的，把钱打在一张固定的银行卡上。刘英有时和老周嘀咕，他们是不是也按月把钱打过去。老周说，你别管人家给不给，你给了就行了，那是你的孝心。刘英嘴上不说，心里喜欢老周这点性格，虽然没大本事，也挣不了大钱，但做人做事比那些有钱人强多了。

刘英还找到一张建行的卡，这张卡是她帮着办的。父亲活着的时候靠跑运输挣了一些钱，母亲拿来买了一套二手房。老两口打算靠吃租子补贴日子的，可惜买的地段不是学区房，又不是繁华商业区，房租一直很低。父亲生病的时候，母亲做主把房子卖掉了，准备用来治病。没想到父亲忽然走了，这笔钱也没花上。办完丧事，对这笔钱的安排母亲的意思是放在银行里，分给他们，一个人也就三四万块，办不了啥大事。母亲明显是害怕以后儿女们不管她，给自己留后路，万一有一天要用钱了，也不用求着这个巴结着那个。老人们都有钱不能轻易撒手的经验，人有不如己有，己有不如怀揣嘛。母亲说，放在银行，吃利息还是不错的。这笔钱只是暂时我管管，我走了以后也是你们的，放心，人人有份，儿子女儿一样，一人四万。刘英觉得这是母亲做事最公道的一回。

那张卡刘英办好后当着兄弟姊妹的面交给母亲收着，后来她再没有碰过，平时母亲所有的事都归刘英打理，唯独这张卡，藏了起来。卡里的利息每年过年时由大哥取出来，母亲给几个孙子孙女重孙们发红包。说来还是母亲对自己不放心，出嫁的女儿历来是外姓人。她相信儿子，相信孙子，唯独不相信自己的女儿。似乎刘英一口能把她的银行卡吃掉。

钱总是诱惑人，明明知道不属于自己也心动。再加上小舅舅借条的刺激，刘英把那张卡顺手放在了自己包里。密码当时是她设定的，怕母亲忘了，是家里的房号。她给自己的解释是帮母亲查一下里面有多少利息钱，其实有多少钱和刘英有什么关系呢，反正母亲也不会给她一分。最主要的就是想看看母亲是不是偏心眼，拿钱贴了哥哥弟弟们。刘英肯定自己绝没有私吞那笔钱的想法。

她把东西按原来的顺序放好，把抽屉关好。箱子有些日子没有擦了，上面落了一层灰，母亲年轻时是有名的干净利落，可见真是老了。刘英看见箱子顶留着几个她的灰手印，她急忙拿起抹布擦了一遍。只擦干净一只箱子，显得另几件家具上面的灰更厚了。她便把所有家具擦了一遍，又擦了一下地板，这样看起来似乎没什么痕迹了，她只是好心帮母亲打扫了一下卫生。

4

听到门外钥匙响，刘英吓了一跳，毕竟刚刚偷拿了东西。又想想是拿自己家里的，便端起水杯，装模作样地喝了一口。母亲进来手里提着一些小礼品，果然是去了学习班。

看到刘英独自在家，母亲警觉地四处看看，嘟囔着说，还以为家里进贼了。刘英解释说，不是提前打了电话嘛，你又不在家，只好自己进来了，反正我有家里的钥匙。刘英看到母亲的眼角瞟了一眼她的提包，有点心虚。这老太太简直是只老狐狸，好在她只是看了一眼。母亲今天看上去挺高兴，急忙把她的学习成果展示给刘英看。她今天领到了两个小面镜，就是街上发广告免费送的那种，背面写着无痛人流的小广告。母亲表现很大方，一定要刘英拿一个回去用。刘英推让一下，也就收下了，这也算是母亲送给自己的礼物吧。看到她收下了，母亲去储藏室又拿出几件东西，粉色的塑料梳子，小管的护手霜，还有假中华牙膏，大大方方地说，拿去用，拿去用，我这里多的是，用完了，我明天再去领。母亲的神情特别豪爽，似乎送给了刘英万贯家财。刘英也不嫌弃，一件一件都收了起来，其实她是怕母亲硬塞进放在旁边的包里，万一看到她兜里的东西，多没脸。出嫁的闺女，回娘家偷东西来了。

母亲果然还没有吃饭。刀削面有些凉了，她倒在锅里热了端给母亲。刘英发现母亲把油烟机的插头拔了。这老太太真是小气，一个油烟机能费几度电。刘英赶紧打开，嘱咐她不能随便关机器。这个油烟机花了大价钱，有自动报警的功能，就怕她烧水煮粥时万一忘了关煤气。面条放得时间久了，涨得又粗又大，还有点发黏。母亲不嫌弃说正好她牙口不好，不过她自己吃不了，让刘英再吃点，面条晚上剩下不能吃了，倒掉可惜。刘英坚决不吃，她又不是饭桶。

趁着母亲吃饭的时间，刘英把在网上看到的居家养老上当的事详细讲了一遍，那些人很会钻空子，前段时间国家提出了以房养老的试点，这些人便利用起这个政策，和中介联手骗着老人签养老合同，其实是卖房合同，还一再嘱咐他们，千万不要相信人，儿女也不能告诉。那些老年人果然是听话，等孩子们知道消息房子已经卖掉了。母亲一边吃面，一边点头，也不知听进去多少。

刘英还想说说母亲不能为了上课耽误吃饭，你看看十二点多才回来，冰箱里连一点新鲜的绿菜也没有，你平时肯定是老糊弄。吃饭是大事情，一顿也不能将就。吃不好，生病了还要花钱治。再说大家工作又忙，根本没时间陪你跑医院。母亲抬头问了一句，你是不是特别害怕我生病呀？怕我给你添麻烦。半截面条贴在母亲的嘴边，看着有点脏。这老太太真是不讲理，刘英抽一张纸巾，让她擦擦嘴。母亲的牙不好，嘴里只剩下前边的几个门牙，吃东西时咬不烂。刘英两个月前刚带着母亲把左边两颗补上，右边又掉了三颗，嘴里已经没有几颗自己的牙，下一回要考虑把上半边的牙都镶上假牙。老太太果然多心了，刘英忙说妈，没有，不是那个意思，只是让你平时注意身体嘛，你身体好大家才高兴吧。老妈放下碗，我知道，我活着是个累赘。

刘英赶紧转移话题，说点让母亲高兴的事，当然说她的理疗学习班，她敬佩的老师专家。妈，你们最近考试没有？你这回考了第几呀？老太太果然高兴起来，从沙发上拿起一个素花的枕头，说是得到的奖品，保健按摩枕头，能治失眠、头疼、血压高等病，店里卖二百多。我考了九十八分，第二名，第一名被化工厂的一个老太太领走了，是一个电热宝。我下回争取也考第一名，这回错了两个小题，扣了二分。刘英母亲说话的语气越来越像糖果，糖果是大姐的孙女，七岁，上小学二年级。

　　吃过饭，刘英洗了碗，再把买回的东西一样一样指给她看，告诉她快点吃，不要存在冰箱里。东西都有保质期，过期就不能吃了。母亲说，屁道理。我们小时候哪有什么食品保鲜期，长了霉的东西没少吃，还不个个都长得人高马大的。母亲掰了一口无糖月饼，放进嘴里，说一点月饼味也没有。以前的月饼多香，一家打饼子，一条街都是麻油香味，现在趴在油锅边也没有味儿了。刘英知道下回不能买木糖醇的月饼了。

　　由木糖醇想到母亲的血糖，便问她近期的血糖是多少。母亲支支吾吾地说，忘了测，每天忙得没时间。刘英气得翻白眼，一个没工作没家小拖累的老太太，忙得连五分钟测血糖的时间都没有？没辙呀，只能是她帮着测了。刘英找出血糖仪，把母亲的手指扎破，扎针的时候母亲像小孩子一样躲了一下针头，刘英看着有点心疼她。母亲一定是怕疼，才不想测血糖吧。人瘦，血管也老化了，没有血立刻涌出来，刘英用力挤了挤，血珠子圆圆的。她拿了试纸，测了下，餐后八点多，还行，说明血糖控制得挺好。刘英自然又是一番说教，血糖这个要隔一天测一次。母亲说，根本不用机器测。血糖高不高她自己能感觉出来，血糖高了，身体发软，头也不舒服。再说买测试纸还不得花钱。刘英笑着说，妈，你的感觉比机器还厉害，干脆把你请去医院当大夫得了。别心疼那点试纸钱，用完了我再给你买。

　　自从进门就没有停过手，有点累了。刘英躺在沙发上休息一会儿，母亲不睡，她说，中午睡了，晚上睡不着，人老了觉越来越少。母亲一个人唠叨，她说学习班里前天发电饭锅，收了学员一百块钱，下课时，又把钱还给学员。学员白领了一个锅，没买的后悔死了，白给的东西没有拿到手比丢了几百块钱都难受。昨天下午，又发锅，很多学员都买，老师们一再问叔叔阿姨想好了是不是真要买,今天买了不退,厂家没有优惠活动了。好像前一天也是这样说过的,老人们坚决地点头,一定要买。然后下课真的没有退钱。便宜没占上,老人们傻眼了,围着老师想退锅。老师变了脸公事公办,当时一再地问是不是要,再三强调今天不退钱的。老人们只好吃了个哑巴亏。有个和母亲一起听课的老人,都急哭了,她怕儿子回去骂,只好便宜处理,三十块卖。可三十块也没有人买。刘英听了挺生气的,这完全是骗人的把戏嘛。母亲却说,一个愿打一个愿挨,人家明明说了不退钱,他们还要买。说起来那些买锅人还是贪心,你看我就没买,也不会上当。母亲的神情很得意,大概是想向刘英表明,自己很聪明,不会上当。

买锅事件,让刘英觉得这些人手段太卑鄙了。老人们就像待宰的羔羊,一点也不会保护自己,太容易受骗。想起那个居家养老的事,刘英的心又提了起来。于是又把那件事的严重性讲了一遍。房本、身份证谁都不给,看也不能给看,有种机器看一眼就能把房本信息复制下来。真的有这种机器?不知道,也许有吧。她只是想把事情说得严重些,这样母亲就会重视起来。

母亲隔一会儿看一眼墙上的表,刘英故意磨蹭,上上厕所,洗洗脸,慢腾腾地收拾东西,然后又一屁股坐在沙发上拿起手机翻看。刘英有点恶作剧,冷眼看着母亲一个人在屋里转来转去。

刘英问,妈,你是不是有啥事?

母亲说,没有,没有。你几点上班走呀?

我两点走。现在才一点多,不着急。

看母亲心慌意乱的样子,刘英又问,妈,你下午是不是要去上课呀?

哦,不去,不去。

母亲的谎越说越溜了。呵,这学习班真是教得好学生,打死也不说。刘英暗笑,妈,那你躺下来休息一会儿嘛。睡不着,缓一缓腰也好。母亲不情愿地躺下来,不知从什么时候起,刘英不愿意睡在母亲身边,她每次来都睡沙发。母亲说8栋的刘老太太死去两天都没人知道，邻居发现她家大白天开灯，敲门敲不开，才通知她儿子。儿子开了门，老太太的身子都臭了。刘英最怕听到这种事，可母亲似乎是为了报复，专门挑这样的话头膈应她。最后再补一句，我这个孤老婆子有一天肯定也是这样的结局。这分明是在暗中指责他们不孝顺，不能陪伴在她身边。母亲真是越老越不讲道理，各家有各家的难处，大家都忙着挣钱养家，买房买车孩子上学，娶媳妇聘闺女，哪一件事不需要钱来办。天天过来陪着她，大家吊起嘴喝西北风？

玩了十分钟手机，刘英站起来说，想起来下午有检查卫生的，得早走一会儿。母亲的表情一下子变了，像小孩子一样兴高采烈。

母亲给她拿了一些腌鸡蛋。刘英推让说不要，留着她自己吃。母亲说是人人都有份，小舅舅那份他自己昨天拿走了。母亲什么时候心血来潮学起腌鸡蛋了？她以前可是反对吃腌制品的。老周平时爱喝一口，这鸡蛋正好拿回去下酒。

临走刘英剪了一枝穿心莲用塑料袋包好放在兜子里，母女俩相跟下楼，刘英在旁边不时地扶她一把，叮嘱她出门一定记着拿钥匙。母亲晃了晃脖子，她把钥匙挂在脖子下，一扭头哗啦哗啦地响。刘英他们小时候也是这样拿家门钥匙。妈，你已经七十多了，自己要注意身体呀。我们都不在跟前，你一个人住，要吃好，喝好，休息好，我们做孩子的才放心。小舅舅那边有些活儿让他自己学着做，他比你年轻。母亲嗯嗯答应得特别好，估计又是当面一套，背后一套。母亲现在有强大的后盾，学习班的老师教授们经常出主意教他们怎么对付这些不孝的儿女们。

母亲朝东，刘英向西，方向相反。她顺手帮母亲整理一下衣服，发现下面的一个扣子掉了，衣服敞着，后悔刚才没有看到，应该帮她缝上的。妈，扣子掉了一颗，要不回去换一件衣服吧。母亲扯了扯衣襟，说是上课要迟到了。急急忙忙地走了。呵！她还是说漏了嘴。

5

　　看着母亲走远了，刘英溜进小区附近的建设银行，把那张偷拿的卡插进去，按着当初的密码输进去，显示密码错误。母亲居然背着她把密码改了。一定是大哥取利息时帮她改的，母亲只相信儿子们。没有密码啥也查不出，刘英不死心，又输了一次家里共用的密码，还是错误，再错一次，这卡就会被锁，那只能母亲本人拿着她的身份证来开。刘英犹豫一下，输了母亲和父亲的生日，屏上显示出了取款提醒。刘英按了查询键，卡里竟然只有十五万多点，多出来的是利息，钱整整少了五万。刘英清楚地记着当时存了二十万，零头不够，她还给添了一百。刘英点查询明细，打单子出来，发现那笔钱是最近半年取走的，分四次。母亲近期没办啥大事，一个人要那么多钱做什么用呢？最大的可能是借给别人用了。

　　少了五万，一想到钱少了，刘英就生气。母亲说过，等她百年以后，五个孩子才可以动这个钱。也就是说这二十万里面有刘英的四万，现在缩水成了三万。母亲偏心，果然是偷偷摸摸地提前给了儿子，说到底还是自己吃亏。刘英回想近期他们谁家办了大事，大哥二哥在青岛那边，不知道。最近只有小弟用钱，他又换了一台新车。

　　到了单位，小组长责问她上午是不是提前走了。刘英只好撒谎，我妈不舒服，我过去看看。上午的卫生情况不好，卫生间的地上有水渍，有人下台阶时差点摔倒，要扣她五十块钱。刘英知道，"有人"一定是领导反映了。人倒霉真是喝凉水都塞牙，扣就扣吧，自己就是个穷苦命。母亲把五万钱轻轻松松地就给了别人，五十块和五万比起来就是九牛一毛。说起来五个孩子中刘英对母亲照顾最多、付出最多。洗衣服，收拾家，陪着洗澡，陪着说话。明明知道她家的日子紧，母亲从来没有大方给她拿点钱用。世上的事真是太不公平，连自己的母亲都是这样，外人更可以随便欺负你了。

刘英一下午都不开心，有工友和她说话，她也只是敷衍一句。钱的问题想多了，头疼得厉害，和她相处得好的张姐，看她脸色不好，劝她早点回去休息。刘英一想，反正钱已经扣了，休息就休息吧，老实人永远吃亏。

回得有些早，老周的晚饭还没有做好，绿豆粥已经熬好，只差炒菜了。刘英把从母亲家带回来的穿心莲栽上，喝了一碗粥就躺下了。老周和她说话，她也是爱搭不理的。老周以为她病了，刘英前天就有点感冒，他拿了药，拿了水过来。刘英心里憋着一股气的，看到老周这样细心照顾更想哭，一哭就刹不住闸。刘英开始不想和老周讲娘家发生的事，不是什么好事，平白让老周挑理。母亲家里有活儿的时候事事都是老周，有钱的时候马上撇到一边。刘英还是想不明白母亲把钱给了兄弟姐妹中的哪一个。那个拿钱的人，脸皮真厚，他不知道这是大家共有的钱？又寻思母亲会不会又想给小舅说媳妇，这个也有可能。说到底小舅也是一个男人，也有男女那方面的需求。如果小舅拿了，这钱肯定是打水漂了，再加上写了借条的那一万多，就是六万多了。老妈真是有钱，给别人钱时特别舍得。给自己女儿的时候却是特别吝啬。刘英按月给母亲送生活费，母亲只是嘴上推让一句，这个月不要给了，你没有正式工作，周兵单位也不挣钱，你们又要供上学的孩子，负担重，手却已经把钱揣进口袋。刘英还笑，见钱眼开，老太太手脚挺麻利的。当时觉得老小孩儿挺可爱的，现在就不觉得可爱了，而是耍滑头。

刘英还是没忍住，就把卡里少了五万块钱的事告诉了老周。老周挠着头发啧啧了好几声，怪她不该私自拿卡，万一被发现了，有嘴也说不清。刘英说幸亏我拿了卡，要不能知道少了五万？今天五万，明天五万，到最后老太太手里一分钱也没有了，吃亏的还不是我们？老周说，给你的才是你的，不给，占在眼珠子里也没用。老周就会说这种没用的屁话。吃了这么大的亏，一点心计也不长。刘英很想立即打电话责问母亲，拿钱干了什么？给谁了？可那样就暴露她偷卡的事。不行，这事还要从长计议。她明天上午先找个借口去母亲家把卡悄悄放回去，钱的事慢慢再调查，她肯定能找到蛛丝马迹的。哼，要想人不知，除非己莫为。

刘英想起母亲今年的社保卡还没办。对，就说是回家取社保卡。银行卡必须马上还回去，如果母亲发现卡丢了，嚷嚷起来，报了警，那就麻烦了。网上这样的事例多了。

母亲没工作，医保只能走城镇居民社会保险这块。老人年纪大了，生病吃药是家常便饭。这医保费年年涨，一开始是一百六十八块现在涨到了二百二。其实办了卡平时也没什么用处，只有生大病住院才能报销，平时门诊看病买药什么的没有一点优惠。母亲为了办这个医保和刘英弄过很多回别扭，年年白交二百多块钱，吃饱了撑的？母亲不办，刘英只好拿着个人材料代她去办，贴钱贴人。母亲不懂事可以倚老卖老，刘英不能，母亲这么大年纪了，万一有个什么大病，国家还给报销百分七十呢。如果个人承担的话，那可是一笔大钱。刘英并不傻，她算的是以后的账。每年办卡续费时，刘英都要被母亲啰唆一顿，各种难听的话，似乎是刘英故意压着不给报销医药费似的。

老太太现在完全就是不讲理，甚至是胡搅蛮缠。刘英一肚子苦水没处倒，唉！国家政策规定，她小小的刘英有什么办法。再说像母亲这种情况的人多了，国家也照顾不过来。刘英解释不了，只好闭嘴，但她坚持每年办卡，病这个东西就是个无影无踪的恶鬼，不知道什么时候就会沾着人。她身边的例子很多，同事老张她婆婆住院了，才知道没有医保住院费不能报销。现办是来不及啦，住了不到一个月花出去六万多，都是掏个人腰包。小百姓的日子经不起折腾，六七万块钱相当一个家几年的存款，老张后悔得肠子都青了。交社保眼跟前看着似乎吃了亏，可到了关键时候还是顶大事的。这种话不能和母亲讲，一讲她就炸了，你这是咒我生病呢。是啊，健健康康谁愿意住医院。刘英情愿年年白交钱，也不想让母亲万一用上。

刘英给母亲打电话，问她今年的医保费交了没有。母亲说，没有。不打算交了，年年白交，一点优惠也享受不到。还是老一套！刘英说交了医保能办理"慢病"卡，有了这个卡，买降压药、降糖药能便宜些。母亲果然相信了，让她明天过去取卡。刘英心里暗喜，妈，你明天该上课上课去，把卡放在桌子上吧，我抽空过去取上办完事就走了，也就不等你回家了。

刘英给老周一个眼色，事情办成了。老周让她以后少办这种糊涂事，一分钱也拿不到，还惹一身的不自在，白白生一肚子气。那是老太太的钱，想给谁给谁，和你半毛钱的关系也没有，明儿个老太太高兴了还可以捐给国家。生气不如养气，想开了不气。

老周这点是刘英最佩服的地方，心态好，啥事都能想得开。周兵在761厂上班，听名字就知道是以前的军工厂，当年可是国家保密机构，厂子的前身给坦克生产电机。随着改革开放，市场经济放开，现在改为生产民用产品。那时候的761厂的待遇不错，发白面、发大米、发油、发肉，分配福利房，所有人都眼红厂里的好福利，想进厂当工人需要市长的条子。现在厂里的日子已经是江河日下，老太太过年一年不如一年，基本工资都不能按月发放，每个月在同城贴吧里都会看到有人问，761厂这个月能不能按时开支？厂里已经拖欠了工人半年的工资，现在只能半死不活地拖着。每个月都是从银行借钱给工人发工资，那利息越滚越多，听说卖掉整个厂都还不了债。厂里有技术有能力的都跳槽到别的厂子拿大钱去了。刘英的男人只是一个受笨苦的工人，走不掉，又不甘心把那这份长期工作丢掉，那只能死守着。穷则思变，老周又找一份在酒厂当保安的工作，说白了就是看大门的，一个月有一千八百块的额外收入，这个算是兼职。老周很满意现在的生活，一个人挣两份工资，谁还有他这样的本事。得空了喝几口，老周喝酒不花钱，厂里的质检部天天有不合格的产品，老周那边有朋友，把那些不合格的酒就拿回家了。周兵说都是好酒，所谓的不合格就是小毛病，灌注时液体的高低面不够，里面有一两个气泡，肯定喝不坏人。老周他们家庭聚餐时，酒水他一个人全包了，老周抱着两箱特级雪花啤酒在家人们面前很有面子，当然他不会把里面的秘密讲出来。特级酒超市里一瓶卖十几块钱呢。

老周自己一个人在家里也喝，拍一根黄瓜拌两块豆腐干就是一道下酒菜。再奢侈点动动油锅，炸一盘花生米，香菜、白糖、醋调好汁子，浇在花生上，几分钟就是一盘老醋花生。老周喝酒有度，从来没在刘英面前喝醉过，刘英在喝酒上也没有管过他。老周也就那么点爱好了，人活着总得有点喜欢干的事。今天有了丈母娘专供的下酒菜，就着咸鸡蛋老周又开了一瓶啤酒。

女儿楠楠和他们聊微信，说是电脑坏了，想买个新的。快毕业了，要写论文，电脑离不开。老周答应过两天发了工资，把钱打给她。刘英不由自主地就想到母亲卡里的钱，明天给楠楠取上五千，就说是给她外孙女买电脑了。别人能花，她刘英为啥不能花，她是老太太的亲女儿。想到这里刘英的心情好起来，主动钻进了老周的被窝。老周一副受宠若惊的样子，表现得特别积极。

6

睡得不好，断断续续地做梦。刘英梦到了父亲，父亲还年轻，四十多岁，而她也只是一个七八岁的小孩子。父亲带着她去公园，他们租了一只脚踏船玩，刘英用力踩着脚蹬，不小心掉到水里时她醒了。是不是父亲知道她偷拿了母亲的银行卡，才托梦警告她。刘英也觉得自己这事做得不光彩，她当初答应过父亲，要好好照顾母亲的。

刘英记着父亲去世的那天，嗓子眼提着一口气不肯咽下。他看看母亲，又看看刘英，然后拉着她和母亲的手，嘶声竭力地喊了一句英儿。刘英便懂了父亲是放心不下母亲一个人生活。刘英趴在父亲的耳朵说，爸，你放心，妈有我们了，我一定照顾好她。父亲喉咙里一声响，最后的一口气终于落下去了。爸这算是把妈后面的日子交到了刘英手里。按说这么重大的任务不该交给刘英，怎么算也轮不上她呀。养儿防老，她上面有两个哥哥，下面有个弟弟，中间还有一个姐姐。可父亲闭眼前就是拉着她的手把事情办了，愿意不愿意都得双手接着。

后来想想父亲一点也不糊涂，兄弟姐妹五个，刘英是最没出息的那个孩子，两个哥哥上完大学，娶妻生子留在了外面，姐姐出嫁到了外地，弟弟是家里最有本事的那个，自己开了两家医院。虽然就在本市，可一年也没有时间回家几趟。常年守在老人身边还就是刘英这个没本事的孩子，她当年学习不好，毕业后进了棉纺厂，后来厂子倒闭，刘英成了下岗工人。

老父亲走了，剩下老母亲一个人，大家众口一词说，英儿，你离咱妈近，辛苦点，多过去看看老太太，陪陪老妈。小弟更厉害，完全就是命令的口气，二姐，你又没有工作，一个星期保证去看咱妈两次。刘英苦笑，饱汉子不知饿汉子饥，没工作的人更得忙着到处刨食去。他以为刘英他们一家老小都是仙儿，靠喝西风北活着。

翻来覆去也睡不着，天亮后刘英得出一个惊人的结论，钱不是母亲取走的，也许她本人根本不知道钱没了。这张卡他们兄妹五个人包括小舅舅都知道，可能其他人也有刘英同样的想法，回家时偷拿了母亲的卡。只是那个人没有刘英的良好品德，私自取走了五万块。刘英下床把银行的那张明细单拿出来，果然有猫腻，钱不是一次取出，而是分四次取的。两次五千，两次二万。这是个惯犯，连续作案，先少后多，慢慢试探着母亲的反应。母亲果然是完全不知道。如果不是刘英及时发现，这蚂蚁搬家的方式，用不了一年就把大家的钱都偷走了。这个可耻的小偷，明明知道钱是大家的，还偷！刘英迫不及待地把老周推醒，把自己的新发现告诉他。老周也觉得里面有问题。发现是发现，但不能由他们两口子说出来，那样有嘴也说不清。现在那张卡就是一个烫手的山芋，手心都被烫起了泡。这下子真成了人家偷驴她拔橛子，刘英现在就是想赶快把那张卡放回去。

出门拿钥匙时才看到兜子里偷拿的弥勒佛，刘英赶紧取出来供上，家里没有水果，她供了几个核桃和红枣。干果也算是水果吧。她让老周买点苹果、橘子回来，取平安吉利的谐音。还有香烛香炉也要请上，供佛就要有供佛的样子，最起码心要诚。

刘英去了单位便和组长请假,还是以母亲病了为理由。人吃五谷杂粮的还能不生病。组长让打扫完卫生可以提前走。刘英点头哈腰说着感谢话。请了假就不用鬼鬼祟祟的,刘英九点多就去了北街,为了保险起见,她还给母亲打了一个电话,当然是没人接。这一回刘英倒是挺高兴的,不接电话说明母亲没在家。

小区里静悄悄的,那些多嘴多舌的大爷大妈大概都去上课了。说起来理疗站还是做了好事,让老人们有了扎堆学习交流养生经验的好地方。刘英在楼拐角遇到了二楼的郑大娘两口子,他们正准备去学习班上课,郑大爷说恒安大药房前一百名送鸡蛋呢,他们刚刚领回来,让刘英抓紧时间也去领。刘英笑着拒绝他们的好意,她明白了母亲鸡蛋的来源。郑大娘侧着脸喊刘英看她的新耳环,二姑娘孝顺的,花了三千多。刘英赶紧夸了一句,黄澄澄的真好看,您戴着年轻了十岁。

刘英有时候特别不理解母亲他们这代人,花两个小时排队领一些没什么用处的东西,似乎是只要把东西拿回家属于自己了就是一件高兴的事。

恋恋不舍地把银行卡放回盒子时,刘英特别的不甘心。这种不甘心让她更想弄明白是谁把钱花了。刘英已经想好了,卡送回去以后,要找个借口,让母亲查一下卡,让她发现钱少了,尽快把那个三只手捉住。只是捉住又有什么用呢,都是当儿女的,花了也就花了。没听过儿子花了妈的钱还能还回来。

母亲把医保卡放在写字桌上。只有卡,没有缴费的钱,这个钱肯定是刘英垫付了。现在刘英已经不把这点小钱放在眼里。她要做的重要的事是查出那五万块钱的去处,像一个大侦探一样,把那个伸黑手的人揪出来。兄弟姐妹五个会是谁呢。现在好像人人都有嫌疑。小舅舅呢?小舅舅也有问题,憨是憨,但认识钱是好东西。反正母亲身边的亲人都有可能。

到中国银行给母亲把医保的钱交了,卡又送回家去。看看时间还早,刘英就改了主意,想着给母亲做顿午饭。吃饭的时候顺嘴提一提卡的事,反正老周今天中午不回来,她一个人回家吃也没有意思。这么想着,就去附近的市场买菜。上班下班，天天忙，有些日子没有吃饺子了，刘英馋手工包的饺子。

买了一块梅花肉，两个小西葫芦，准备做西葫芦馅饺子。和好面，开始做馅，刘英没有用机器绞肉，机器绞过的肉有一股铁腥味。这也是母亲说的。刘英自己剁馅，切片切丝切丁，然后剁成肉泥。母亲的嘴被父亲伺候得很刁。把肉馅先用麻油花椒粉葱花生油拌好，这样才能入味。然后再切菜馅，弯着腰干活时间长了，刘英有点腰疼。想起有一回母亲问她，英儿，你今年三十几了？刘英还笑话她连自己孩子多大都忘了。妈，我四十四，过了年四十五岁啦，刘英大声说。母亲不相信，你都四十五了？我四十四那年就当奶奶了。哎，人活着好像做了一场梦。

可不就像做梦一样，一场又一场，转眼就老了。过两年自己也该当姥姥了吧。刘英捶着后腰骨看看表，十一点了，母亲还没有回来，看来是等着吃现成饭了。一个人擀皮，一个人包，慢了些，不过也不着急，刘英估计母亲大概和昨天一样要十二点以后才能回家。包了两样，一种捏成麦穗形的花边，一种捏成水波纹的花边。刘英包饺子都是和母亲学的，母亲那时手把手地教她擀饺子皮，说，一个女孩子不会做家务，嫁出去会让婆家人看不起的。她二十二岁那年嫁到了老周家，也是母亲说，女大不中留，留来留去留成仇。第一次带老周回家，母亲包饺子给他吃，母亲一本正经地说，英儿是我们家老姑娘，不怎么会干家务活，你以后要多帮着做点。老周嘴里答应得好，妈，我一定不会让她受委屈。刘英红了脸，母亲怎么能说自己不会做家务呢。饭桌上老周偷偷把一个饺子放在刘英的碗里，眼里都是笑。后来知道那是母亲说话的一种技巧，暗中袒护着她，你样样能干，结婚以后家务活就得多干点。

白白胖胖的饺子，整齐地排列在案板上。"从南来了一群羊，扑通扑通跳下河。"大姐让他们猜谜语，他们七嘴八舌地说一堆好吃的。后来家里每回包饺子时都要猜一次这个谜语，几乎成了吃饺子的程序。刘英一下子想起在这个家里发生过的很多事，大哥参加工作早，老偷偷给她零花钱，一块两块的，让她买书买本；有一年二哥在她过生日时买了一条红围巾给她；大姐对她也好，她那时老穿姐的新衣服，姐不舍得穿，她穿旧了才还给她；小弟弟就是她的跟屁虫，走哪儿跟哪儿，有一回她把他丢在街上独自跑了，弟弟一个人哭着回家，也没有和母亲告她的黑账。那些小时候的日子真好，他们兄弟姐妹五个亲亲热热的，没有一点隔阂。

不知不觉竟包了两盖帘，两个人根本吃不了。刘英把冰箱腾出一格来，把饺子一个个摆好冻上。这样母亲一个人时也可以吃上饺子。摊了两张蛋皮，用粉条菠菜豆皮拌了大凉菜，再炒一个西兰花热菜。都准备好了，就等着母亲进门煮饺子了。

刘英今天一定要把母亲哄高兴了。不过她还没想出来好办法，找什么借口才能让母亲查一下银行卡。这么说不行，那么说也不行。实话实说，那不是把自己卖了进去，你怎么知道卡里少了钱？不会是你拿了吧？贼喊捉贼，刘英有一百张嘴也说不清。

忍着饿，把饺子用一块湿笼布盖上，刘英在母亲的床上躺了一会儿。闻着床铺熟悉的气味，好像回到了以前的旧房子，母亲坐在院子里洗衣服，父亲劈生火的木柴，他们几个孩子在父母的身边跑来跑去。小舅舅提了一袋小红金鱼进来。刘英在梦里还想，梦到金鱼是吉兆，红色的鱼更是大吉。

刘英被母亲的开门声惊醒，她看一眼手机，母亲比昨天回得还晚。放下手里的东西母亲说，二楼郑老太太的二姑娘给她妈买了金耳环。七克多，花了三千多块。这郑老太太也是有意思，新闻联播呢，不光广播得全小区人知道，连学习班的同学也知道耳环的事。刘英知道母亲不爱戴那些金呀玉呀，爸活着时，给她买过一个鹅蛋面的金戒指，她也只是戴一个星期，就收起来了，说是怕把金子磨没了。刘英怼老太太，我也想给您买来着，可一想您没有耳朵眼呀，买了这往哪儿戴？总不能套手指头上。老太太看一眼刘英回道，别以为我不知道，现在有激光打耳朵眼的。一枪一个，连一秒钟都不用。刘英笑了，呵，老太太懂得还挺多的。还知道激光枪。老太太脸往起一扬，想欺负我没文化，没门！李教授说了我们现在正是学习的年龄。母亲自从上了理疗店的学习班，学问大了，张嘴闭嘴就是我们老师说。妈，要不，我下星期带你去打个耳洞，有了耳朵眼我才好买金耳环嘛。对了，妈，银星金店就有这个服务，免费打洞，现打眼，现买耳环。母亲这才露出笑容，不稀罕戴那玩意，七十岁的老太太打耳朵眼让人听了笑话，活活一个老妖精。

老人们在一起时最喜欢互相攀比儿女们给自己买了什么东西，衣服首饰吃食，嘴里说着不稀罕，浪费钱，嫌弃儿女们不会过日子，心里却是美滋滋的。老太太们扁着嘴说，这些金呀银呀，只是暂时替孩子们保管一会儿，死了还不是留给他们。一样也带不走。这么一说，听的人不由难受起来。的确，他们任性的好日子还有几天？到了这样的年纪，生死隔着一道门板，夜里睡着，那边的小黑手一伸，这边的人就跟着过去了。

刘英小时候特别惦记出差回来的父亲，扳着指头数日子，到了日子眼巴巴地瞅着巷子口，只要看到父亲的影子，立刻飞奔过去。父亲从兜里摸出几块水果糖，有时是几块饼干。母亲现在的心理年龄是多少呢？八岁，还是九岁？也许更小吧。

父亲去世后，失去了另一半依靠的母亲，性子越来越像个小孩儿，动不动就会在刘英面前抹眼泪。你问为啥哭，谁招惹她了？也说不出什么原因，反正就是心里不痛快，堵得慌，想哭，哭起来还没个完，似乎是受了天大的委屈，而这委屈还是刘英给的。你说冤不冤。

刘英饿得前心贴后背，急忙开火煮饺子。大肚子的饺子浮在锅里像一锭锭的元宝，刘英笑自己真是掉进钱眼了，看啥都像钱。卡的事怎么办呢？要不，一会儿张嘴和母亲借五千块钱，就说给楠楠买电脑用。这样她就会发现钱少了。只是自己从来没和母亲借过钱，母亲会不会借呢？要是被母亲回绝了，那多伤脸，弄得两个人都没有脸。母亲吃得挺香，夸刘英饺子馅调得有味儿，还说有些日子没吃饺子了，平时一个人懒得作弄。刘英说，冰箱里还有包好冻下的，想吃了，自己煮着吃。

一顿饭吃得心心事事的，借钱的事，刘英始终没有张开嘴，万一母亲多心呢，觉得刘英是故意在她面前哭穷，为不想给生活费找借口。罢了，还是另想办法吧。

7

刘英第一个怀疑对象是小弟，既然在母亲这边找不到线索，就去他那里看看，也许能发现蛛丝马迹。第二天正好休息，刘英这几天小肚子又不舒服，她有子宫肌瘤，已经四厘米大了，但她不想手术。很多过来人告诉她，肌瘤这个东西多半是良性，只要不发作，就不要管它。绝经以后，雌激素减少肌瘤自己会变小萎缩。大夫嘱咐她最好半年查一次身体，观察肌瘤的大小，万一发现长大了，要马上手术。刘英便让老周陪她去小弟的医院做个B超看看。她吩咐老周带好他的医保卡，刘英不想让弟媳妇觉得要占他们的便宜。刘英自己的医保卡和母亲的一样，只有生大病住院时才能用。

刘英还是第一次来小弟的医院，医院开在御东新城，独占了三层楼，外面看着挺气派的，里面的环境也不错，进进出出的病人也挺多。医院说白了也是做生意的地方，病人多才能挣到钱。小弟这几年干得不错，这已经是他开的第二家医院了。刚才她故意在停车场多待了几分钟，果然看到弟弟的新车。宝马，据说得五六十万。刘英分明有点眼红。人和人活的差距咋就这么大呢，都是一个爹妈生的，自己辛苦一辈子也没有见过这么多钱，人家随便开一辆车，就是几十万。六十万块钱有多少呢，大概能塞满一车厢吧。那还是钱？纸吧！更可气的是这么有钱的人，还惦记着亲妈的那点养老钱，真是不要脸。

心里不痛快，刘英一路沉着脸，导医台的小护士笑盈盈地问她挂哪个科，想挂哪位大夫的号。刘英说找他们刘院长。小护士不认识刘英，不知道里面的关系，一脸认真地说，院长没在。可能是平时培训时教她们这样说。刘英来的时候已经给刘兵打过电话,现在听她这样说,心里更来气,看人下菜的东西。她一个电话给刘兵拨过去,阴阳怪气地说,刘院长,你们医院的护士说你不在。你到底在还是不在?边说边剜一眼护士。小护士的脸"哗"地红到耳朵根。刘兵大声地笑着说,二姐你来了,直接上我的办公室。我安排人带你去做检查,和下面的人置啥气。

小护士急忙把他们领入二楼的办公室,穿着白大褂的刘兵人模狗样儿地坐在桌子后,倒也有点院长的派儿,看到刘英关心地问她哪儿不舒服。刘英说,你姐快死呀,浑身都是病。说完自己也笑了,这赌气的样子像个小孩子,哪还有做姐姐的样儿。刘英带着上次在三医院做B超的报告单,刘兵接过来看了。二姐,别看三医院的牌子大,论起实力来,不一定比我们民营医院强。这种妇科手术在我们这里是小菜一碟,我们这里能请来北京301的专家大夫。刘英急忙说,不,不,我不想做手术,我只是来复查一下。我的身体我个人知道。刘兵指了指图上肌瘤的位置,二姐,我劝你还是做了好,你这个肌瘤有点大,不手术的话,怕有不好结果。同样的话,三医院的大夫早对她讲过。刘英一来心疼钱,二来也不想请假,她的工作,一个萝卜一个坑,她不去,人家马上安排别人。刘英慢悠悠回了一句,刘兵不要吓唬你姐,我知道你们医院的套路,没病说成有病,小病说成大病,大病就是不治之症了……旁边的老周悄悄地拉了拉她衣袖,但刘英邪火太大。刘兵转过脸问,姐夫,你是不是在家欺负我姐了,我姐这是揣着原子弹来炸医院的。大家都笑了。

刘英让自己克制一点,她不是来逞口舌之快的。刘英话头一转,开始夸他的新车好,人家轻描淡写地说一句代步工具就过去了。刘英后来几次把话题带到他的新车上,刘兵都没有接茬。闲聊了一会儿,刘兵催着她去检查,他手里还有一堆儿事。果然是做贼心虚。

一楼等着做B超的病人挺多,不过刘英不用排队,直接被护士带了过去。有刘兵的关系,大夫给刘英做得很仔细,不光做了子宫肌瘤,还查了肝胆脾肾和乳房。子宫没问题,刘英就放心了。依刘兵的意思还要给她做个全面的体检，现在国家提倡四十岁以后每年做一次全面体检。刘英心里说，那是给你们有钱人定的，我们这种三无人员哪个舍得年年花那笔钱。

刘英借口单位里有卫生检查，赶紧溜走了。刘兵走了后门，划的老周的医保卡，现在医院管理严格，医保卡只能个人使用。一转眼的工夫花去了一千多，医院这种地方还是少来。老周笑话她，偷鸡不成反丢了米。刘英也后悔，啥也没有问出来，还白白贴了一千多。刚才她出来时，狠狠地瞪了一眼那辆宝马。哼，要想人不知，除非己莫为，她刘英一定会找到证据的，到时候看他在兄弟姊妹面前怎么下台。

一个人孤军作战太累，刘英想把大姐拉过来，姐妹俩齐心合力地抓小偷。刘英下了班躲进屋里打电话，她不想让老周听到，老周不喜欢她背后搞这种小动作。再加上是自己家里的私事，一家人不团结，会让外人看笑话的。姐果然不知道钱少了的事，她还天真地说，是不是谁家急用，临时借了去？刘英把银行明细单拍照发给她，这个钱是分四次取走的。我保证咱妈不知道。可耻的小偷。大姐就是大姐，啥时候都有分寸，她责怪刘英说话难听，自家兄弟姐妹，怎么能是偷呢？不过她也生气，那可是五万块钱。刘英怀疑是刘兵拿的，姐比她冷静，她认为他们四个都有可能。钱是好东西，谁也爱。大姐的意思是，先不要声张，过些时间再查查看，如果只是借用，过几天会主动还上的。人都要脸，不要伤了对方的脸面。这事千万不能让老妈知道，她要是知道钱丢了，受了惊吓，那就是天下的大事了。还有一种可能如果是她亲手借出的话，我们更没权利说三道四的。刘英觉得大姐分析得对，这个事还是缓一缓好。

晚上大姐在微信上和她聊天，英儿，咱妈会不会被人骗了，比方找了老伴。现在有一些中介利用相亲，专门针对单身的老人骗婚。问题越来越复杂化。天要下雨，娘要嫁人，婚姻自由，真有那样的事，他们做孩子的更没有发言权。

8

又到了给母亲送生活费的日子,为了讨母亲开心,刘英去附近的超市买了些她喜欢吃的东西。母亲现在像小孩子一样,会特别在意孩子们回来时拿没拿东西,拿了什么。有时还会暗示你电视广告里什么牌子的保健品挺好。有一段时间脑白金特别受关注,今年过年不收礼,收礼只收脑白金嘛。后来是鸿茅药酒,再后来是刘惠芳的钙片,老大姐一脚把毽子踢上了天。电视上这些专门针对老年人的广告很有效果,他们别的记不清楚,广告里的那些可都记得真真的。

刘英一开始觉得母亲矫情,爱挑理,都是自家的孩子,讲那些虚头巴脑的表面东西干啥。难道买东西就是孝顺,不买就是不孝?纯粹是歪理。直到有一回她回来看母亲,楼下一群老太太老头儿坐着小板凳晒太阳,二楼的郑老太太看到刘英问她,回来看你妈了?又给你妈买啥稀罕东西了?刘英买了牛奶和鸡蛋,最普通的营养品。手里拎着呢,她明明看见了还是要问。刘英讪讪地说,您老儿晒太阳呢。郑老太太撇一撇嘴,手搭凉棚看看天说,晒一晒眼窝,人老先老眼睛。没觉得这话有什么好笑的,郑老太太却张嘴大笑起来,嘴张得太大,露出肉粉色的假牙床。

刘英想到她一定也对母亲这样撇嘴。郑老太太有钱,她男人是退休的老干部,一个月有七八千的退休金。知道了母亲的心病,刘英回家的时候便买一些包装精美的东西,花花绿绿的拎在手里体面也好看。

母亲血糖高、血压高,在超市里转来转去,真不知道买点什么好。稻香村的点心做得精巧好看,可惜母亲没有福气享受了。很多美食母亲都不能吃,刘英心里常常遗憾,这些吃食年轻时想买给父母,可惜那时挣得少。现在能买得起了,母亲却不能吃甜食吃糖,而父亲更是彻底吃不上了。

只好去专卖无糖食品的专柜,挑了无糖的麦片和豆奶。买了鸡蛋、鸡肉，还有香菇木耳。还买了点杨梅，杨梅属于南边的水果，北方见得少。刘英想的是，在她的能力范围内，把母亲没有吃过的水果都买来给她尝尝鲜。她还想下回买一点榴莲，少买一点，装在保鲜盒包装好的那种，巴掌大的那么一小块，就要几十块。听说榴莲闻着臭，吃着香。刘英也没吃过，一整个榴莲要一百多块呢。为了吸引顾客，水果堆头上摆着几个切开的西瓜，粉红的瓤包着一兜水，水灵灵的，看着挺诱人的。不过母亲的病不能吃西瓜。

　　刘英每次买东西都控制在一百以内，她刘英不是富婆，自己家里的小日子也要过下去。说起来兄妹中真正的大款是小弟，但弟弟小气，从来不舍得给家里人花钱，简直是铁公鸡。小气还不能说，如果刘英批评弟弟，母亲很不高兴，总是说兄弟姐妹要团结，不应该为一点小事斤斤计较。什么团结，说白了还是重男轻女，女儿做什么贡献都是应该的，儿子啥也不做也是好的。母亲一辈子偏心眼，用在儿子身上的心思永远比女儿多。

　　还在预算中，总共花了九十八块一，在收银台结账时，穿着黄色工作马甲的小姑娘公事公办找出一把一毛的硬币，刘英心里的火不由窜出来。死心眼，一点也不灵活，一毛钱还当个账要。超市的老总知不知道，很多顾客就是被一把硬币恶心着的。

　　前一天晚上提前打了电话，母亲做了她爱吃的土豆饼。刘英近来回来得很勤，她暗暗观察老妈的一举一动，身边没有陌生的老头出现，手机里也没有频繁接打的陌生号码（刘英悄悄开通了来电显示）。母亲和以前一样按时按点上课下课，不接电话，领一些没什么用处的小礼品。刘英含含糊糊问过小舅舅的事，还在水果站当下夜工，没听到有娶亲的打算。大哥二哥那边刘英一反常态，时不时地打个电话，聊聊妈的身体，问问他们最近过得咋样，忙啥呢。

　　这两个多月，刘英和大姐一直保持联系，及时地把她的新发现通报给大姐，又被大姐一一否定推翻。刘英又把卡偷拿出来，查了一下，少了的那五万钱并没有主动存进去。看来那个人并不准备把钱还上，他这是把别人都当傻子看。依刘英的火暴性子，干脆把这层纸捅破，人家不要脸，你还给留啥面子。只是大姐不同意，她总是让刘英再等等。难道钱还会自己长翅膀飞回去？刘英有点等不及了。

阴历八月十九是父亲的忌日，他们五个孩子年年都要从各地赶回来。刘英便想趁这个机会，把那个秘密说出来。当着爸的面，把话说得明明白白的，谁也不是傻子。

除了鲜花、纸钱，刘英还带了父亲喜欢喝的老白干。刘英把酒洒在地上，心里默默祈求父亲原谅她，这个哑巴亏她不能吃。大家给父亲鞠躬，然后就要离开了。大姐走过来悄悄在她耳边说，那五万块钱是她拿了，她最近手头紧，母亲的钱白白在银行放着，就想着先挪用一下，有了马上再还回去。她本来想和大家打招呼的，又怕兄弟们误会她，所以连母亲也瞒着。刘英怔在那里，半天说不出话来，原来内奸就在身边。

以往都是先到公墓看过父亲，然后就是二十几口人一年一次的家庭大聚餐，AA制，没有花多花少的闲话。今年母亲破天荒地要请大家到昆仑饭店吃饭，那可是市里有名的饭店。普通消费都在两千以上。刘英还逗老太太是不是捡了钱包，老妈笑而不答。大家都夸奖老太太终于活明白了，舍得花钱了。本来钱财都是身外之物，这东西生不带来死不带去的。

9

一、三、四楼的清洁工换了好几个，只有刘英长期坚持干了下来，工资里加工龄钱，她每个月比其他的清洁工多领三十块钱。一年还有五天的年休假，天数逐年增加，年休假也是跟着工龄走。刘英工作三年了，从来没有休过年休假，一个临时工哪有闲钱出去旅游。大楼的管理很人性化，不休的话可以折算成工资，一年有五百多块钱呢，一家人半个月的生活费。

正擦着卫生间的台面，刘英的手机响了，看一眼来电显示，真是不敢相信，居然是母亲打来的。这可是破天荒的事，她不是说不认识红绿键，不会回电话吗？刘英接电话时，还想着要表扬一下老太太学会回电话了，不怕花钱了。

电话是母亲学习班的同学打来的，他们说母亲刚才晕倒了，已经送到了总医院。刘英的心急剧地跳了几下，她担心的事还是发生了。母亲有高血压，从查出病时她天天都提心吊胆的，似乎头上顶了个雷。现在这个雷炸了！刘英急忙打车往医院赶，并给老周打电话让他也去医院。大哥二哥离得远，去医院看情况再说，小弟在本地，可是电话一直接不通。大姐的电话通了，她也正在往这里赶。自从知道是大姐偷拿了钱，刘英心里别别扭扭的，她们很长时间没有通电话了。

刘英到了医院，母亲已经被送进了手术室，是老周交的费签的手术单，老周的单位近，比她早到医院几分钟。刘英问母亲的同学，出了啥事？怎么会忽然晕倒了？那个同学支支吾吾的不说，刘英便想一定是学习班有猫腻，难道也是贪便宜买了锅，不给退钱？不退就不退吧，难道钱比命还重要？可看到母亲同学那一把年纪，刘英也不敢再追问，万一再躺倒一个呢。老人的身体到了这个年纪那可是比玻璃都脆，不小心碰一下就碎了。

刘英给大哥、二哥、弟弟都打了电话，告诉他们母亲生病了，正在抢救，让他们赶快回来。他们异口同声地问刘英，母亲得了啥病？咋会晕倒？她当时干什么去了？晕倒时她怎么不在跟前？刘英说，她也不知道，她在上班。她的头都要炸了，好事从来没有她的份，坏事都得她一个人担着。她能听出来，他们分明在责怪她照顾母亲不周。难道母亲生病了是她的过错？

谢天谢地，母亲抢救过来，手术完暂时安排在ICU。刘英昨天交的钱已经用完，幸亏弟弟带了钱过去，补交了住院押金。小弟还在追问，母亲为什么会晕倒。

刘英也不知道到底发生了什么。直到警察上门来才知道母亲把钱拿去办了一种养老储蓄，人家当时承诺得特别好，公司派人一个星期来家里打扫一次卫生，帮着买米面粮油，会员每个月聚一次餐，大家一起动手包饺子炸油糕，体会大家庭的温暖。会员生病住院了，公司派专人看护，不用麻烦自己的儿女。最重要的这个储蓄还有高额的利息，比银行高好几倍。母亲开始也不相信，可看到小区里其他会员领上了利息，她就动心了，开始存了五千，到月底竟有二百的利息，真金白银打在上面，第二个月又是二百。吃了甜头母亲又存了五千块在里面，下一个月就是四百块的利息。母亲下狠心存了两万块，算下来一个月有一千二百块的利息，比那些领退休金的人都强。里面的工作人员告诉母亲，存得越多，利息越高。母亲完全放下心来，存了五万，她就成了小股东，占了千分之一的股份，到年底还有分红。母亲把钱存进去，美滋滋地领了几个月的利息——上个月查的时候发现利息钱没有上账，打电话问，人家解释这个月的分红还没有算下来，过几天就打上卡了。到了月底还是没有见到钱，母亲他们几个老人那天去办公点发现人去楼空。母亲急火攻心，昏了过去。大家这时明白过来，母亲上次请客的钱就是用的分红。

刘英他们到派出所配合警察调查取证工作，发现上当受骗的不是母亲一个人，而是一群老人。他们请求警察马上破案，那可是他们一辈子的养老钱。但只能是立案侦查，破案的日子遥遥无期。刘英不能把这个不好结果告诉母亲，那还不要了老太太的命。

刘英知道那笔钱是不可能要回来了，她回去和老周商量，只能是他们把钱先垫上，谁让她没有照管好母亲呢。大哥他们可是说过，把妈交给她了，人家当时给照顾钱，是她刘英不要。刘英把自己家的钱取出来，又和老周的亲戚们七拼八凑借点，好不容易凑够五万。她心里不愿吃这么大的亏，可是没办法，母亲如果知道钱要不回来，那血压肯定嗖就上去了。楠楠那儿，只能委屈委屈先买一台二手的电脑用着。

刘英已经编好谎话，就说追回了一部分钱，让母亲不要对外面声张，追回来的钱，不够全部还给大家。警察知道你住院了，情况特殊才把钱先还了。没想到大哥他们已经走到她前头，提前把钱还给母亲了。编的谎话差不多。母亲果然是相信了,口齿不清地问,你周姨的钱还上了没有?刘英怕露馅,叮嘱她不要问周姨,警察说了,这是内部秘密。

医保卡发挥了大用处,报销了一多半的住院费。母亲出院回家后,刘英把机关的那份好工作辞了。母亲身边不能没人,兄弟们出钱了,她没有钱,那就出一份力。脑血栓,母亲的左半边身子瘫了,恢复了两个多月,能一个人靠墙站三分钟,医生说有可能恢复到走路,走不稳当,但能走。刘英下班后便过去陪她练习走路,她现在做钟点工,时间上自由一点儿。小舅舅下了班会过来替她半天。刘英第一次觉出这个小舅舅的好,他虽然不怎么聪明,但善良。

母亲恢复得不错,丢开拐独自能走几步。她说挺长时间没有见那些理疗班里的老师同学了,挺想他们的。刘英在锻炼走路时答应过她,自己能走了,就带她去学习班。

理疗店的教室在一幢居民楼的底层,屋子里坐满了老人,刘英扶着母亲坐下来听课。周围的几个老人和她打招呼,她笑着点头。一个老师在推销一款黑山羊奶粉,他把这款奶粉的功能夸成了仙丹。最神奇的是老师管下面的这些老学生叫爸爸妈妈。刘英觉得真是荒唐,天下还有这种人,随随便便喊别人爸爸妈妈,为了钱真是一点脸皮也不要了。

课间休息时,有几位老熟人过来围在母亲身边问长问短。母亲重返学习班后,笑容多了,吃饭香了,练习走路的劲头更足了。学习班给母亲带来很多快乐,母亲隔几天就让刘英买一点他们推销的产品,十块八块的小东西,不买的话不好意思来占座听课。刘英似乎懂了老人们,他们其实是心甘情愿上当受骗。所谓的学习不是一个互相欺骗的过程,老师骗学生,学生骗老师。

又尿在裤子上了,母亲低下头,像个做错事的孩子。刘英笑着安慰她,妈没事,没事,放在水盆里投一投就好,衣服天天洗,不脏,也没味儿。刘英在家时坚持不给母亲戴尿不湿,自己辛苦点多换几次衣服多洗几块尿布。大夫说过,戴尿不湿会干扰排尿意识的恢复。洗干净衣服,已经七点多了，刘英带着母亲到小区的院里练习走路，邻居们看到她们母女俩都说，母亲好福气，有个好女儿。母亲抽动着嘴角，含糊不清地说着谢谢。母亲现在说"外国话"，需要刘英现场翻译，除了她，一般人听不懂。

母亲的拐杖就是折叠板凳，走累了，把凳子打开，让母亲坐下休息。刘英站在母亲身后用手指帮她梳头按摩，医生说这样可以促进病人头部的血液循环。很长时间没有给母亲染发了，银白的发丝缠在手指上，柔柔的，软软的，像一块旧绸子。刘英心里有一块地方也是软软的，湿湿的，她说，妈，抽空给您染染头发吧。母亲摇头再摇头，月光下，满头白发的母亲像一尊雍容华贵的佛。

六月栖栖

1

徐玉是偶然发现那个密道的。那天晚上洗漱完，她照着镜子往脸上拍嫩肤营养水。离孩子高考的日子越近心火越大，脸色发黄发暗，左脸颊上还长出几个痘痘。有一个顶头发白，里面包着让人恶心的脓头，看着不舒服，她手欠想灭了这个小东西。为了看得真切些，近视眼的她前半个身子探着往镜子前凑，左手无意中搭在镜子的边缘上。想不到的事发生了，眼前普普通通的镜子变成了一扇隐在墙里的暗门，随手一推就开了。

地道里面黑漆漆的，她打开手机的电筒功能举起来往里照了照，一条又黑又长的通道，看不清里面有什么，一股泛着霉味的潮气凉丝丝扑面而来。徐玉又惊又怕，万一从里面窜出一群红发绿眼的鬼怪，那可咋办呀。屋里又没有个壮胆的男人。这屋子当初租的时候没有通过中介，她在58网上看到出租信息，打电话和对方联系。看过房子，看过证件，谈好价钱，双方都满意，便写了租房协议，交了一年的房租。房东具体是做什么的，什么来路，一点也不知。为了省下中介费，平城一中的家长们都这样租房子，也没有觉得有啥不对头。

可是什么样的人竟然会在家里建有暗室？她脑子里马上跳出很多电影电视剧里的八卦镜头，以前那些财主老爷有钱人为了储藏金银珠宝在家里修暗道建密室。现在会不会是一个大贪官呢，一只大老虎，最近网上这样的新闻很多。徐玉很想进去探探"宝"，不过还是忍住了。好奇害死猫，万一里面设下道道机关、重重关卡，毒气冷箭滚木礌石，那她的小命还不玩完了。再说房子是租来的，就是发现百万大钞也是属于人家的，她不可能私吞那些财物。最后她很不情愿地关上那扇门。但她也没有把这个秘密马上告诉老钟。说不清啥原因，反正就是不想让第二个人知道。

2

红旗街早市的物品总是非常丰富，鲜活的鸡鸭鱼肉，时令的蔬菜水果，各路的南北干货，都是最好最新鲜的，当然价钱也有点小贵。小贩们早摸准了家长的心理，价钱贵点没问题，但东西一定要绿色环保干净卫生。手工馒头柴鸡蛋不上化肥农药的农家蔬菜水果家养的黑猪肉老母鸡都是最抢手的。家长们恪尽职守严把食物的最后一道关口，这些东西可是要吃进准大学生嘴里的，而且说不定其中的几个学生就是因为吃了他们店供应的水果蔬菜才考上清华北大的。

前面有几个一中的家长结伴在买菜，一边挑茄子一边谈论自家孩子的学习情况，徐玉匆匆和她们打过招呼，故意落在人群后面，她不想加入家长们的讨论群。

小远爱吃樱桃，徐玉问了问价，竟要五十五块一斤。水果贩子说，这是今年刚摘下的头茬樱桃，远路来的，打飞的，运费贵，当然卖得也贵。徐玉想开玩笑说，坐火箭更快些，不过后来还是啥也没说。这二年小心翼翼的陪读生活，把她磨成了闷葫芦，在孩子面前，多说一句都不行，只要一张嘴，小远就皱着眉一脸的不耐烦。

五十五块的樱桃对于工薪收入的徐玉来说有点接受不了，但小远还最爱这一口鲜。樱桃上市也就短短的二十几天，过了这季节，只能等下一年了。那些进口的，大棚培育出来的反季水果不算，味道上差了好多。徐玉嫌贵让小贩先称上半斤给小远解解馋，水果这东西一天一个价，说不定明天就便宜成了三十。贩子可能嫌生意小，耷拉着眼皮坐在驾驶台上一副爱搭不理的样子。徐玉自己动手从三轮车的侧面摘下一个塑料袋，弯腰在筐里挑拣。小贩似乎被蝎子蜇了一下，从车上跳起来在旁边急赤白脸地喊着，别动，别动手，大姐，樱桃这东西娇贵，皮薄肉嫩的，你摸一把我抓一把，三翻两翻那还不是大姑娘被破了相。徐玉理解生意不好做，再说人家说得也有道理，水果可不个个水嫩得像十七八的小姑娘。粉嫩胭红的樱桃让徐玉想到了女儿小远，十七岁的小远脸蛋可没有这么水灵鲜艳的颜色，成天埋在书堆里，都快沤成七十的黄脸婆了。她从心里疼惜孩子，但又没有一点办法。

徐玉就由着那人抓了一大捧。水灵灵的樱桃在男人粗黑的大手里像是遭到了一群坏人的猥亵。徐玉眼尖，瞅见里面有几个果子磕碰伤了表皮。小远有强迫症，果子有一点果伤甚至果形不圆都不肯入嘴。要在平时，徐玉也不计较，可这贩子态度太差，再说花这么贵的价儿，小小一个果子差不多有两块钱了。两块钱能买块豆腐，扔一个樱桃相当于"啪嗒"一块豆腐掉地上没了。徐玉想把那几个坏果子挑出来，可是小贩挡着还不让她动手。徐玉就生气了，这分明就是强买强卖，做生意再怎么霸道，也不能把已经坏了的水果卖给顾客，简直是一点理儿也不讲。徐玉的拗劲儿上来了，坚持要拣出烂果子。小贩把称好的樱桃"哗"地倒回小筐，您有钱，上别处买去，庙小神圣大，咱不卖了还不行？徐玉挑拣果子的手还伸在半空，讪讪的，半天没回过神来。她先悄悄瞅瞅四周，身边来来往往的人挺多，但并没有人注意这边。得，大清早的，樱桃没买着，倒生了一肚子闲气。

看着空空的秤盘，徐玉也来了火，不卖就不卖吧，一个卖水果的牛什么牛，天底下又不是就你一家卖樱桃。徐玉好教养，不想和那个小贩计较，真吵起来，双方都没有好嘴，万一被小远同学的爸妈看到，多丢脸。她可不能让小远的形象在同学面前打了折扣。

谁知整个早市逛下来，真的没有第二家卖樱桃的。返回去买是不可能的，万一那个小贩记仇呢。她现在知道那位为啥那么牛气了，人家做的是独家买卖。想想小远爱吃只好又折去超市，买了点进口的车厘子。大超市的包装好，却不怎么新鲜。果子红得发紫，似乎是偷加了色素。看到有现拌小菜，徐玉拌了藕片、甘蓝和面筋，并告诉师傅少放辣椒，淋少半勺辣椒油，稍稍有那么点辣味儿，没有味儿也不行，小祖宗不吃。小远平时爱吃辣，但徐玉怕上火，很少让她吃辛辣的食物。空气干燥，小远这几天嗓子有点疼，高三的学生病不起，她这个后勤部长要把各种病症掐灭在萌芽状态。其实徐玉的凉菜拌得也不错，可家里的拌菜怎么也调不出人家的那个味儿。也是超市的调料多齐备，光拌菜的油就有香油麻油花椒油辣椒油红葱油。生鲜肉的柜台有自制的烤肠刚出来，扑鼻的香气，看着不错。听到服务员喊现做现卖不放防腐剂，来了两根。酸奶，拿了两盒蒙牛的老酸奶，那种半固体的，放在冷藏冰镇着，小远心情好时像吃雪糕一样用小勺舀着吃。小远从小不爱吃奶制品，什么牌子的牛奶都不喝，人人都说牛奶最有营养，高中生的营养更要跟上，可家里的小祖宗就是不喝，徐玉哄着央求着都恨不得掰开嘴喂了，人家咬紧牙关，纹丝不动。高中这三年为了小远吃啥喝啥徐玉常常一个人生闷气，凡是她认为有营养有利于健康补脑子的食品，小远一概不喜欢吃，似乎那些都是要人命的毒药，人家时刻提防她这个"后妈"图财害命呢。徐玉一边抱怨小远不懂事，不明白她当妈的一片苦心，一边不断地买来各种营养品给她补身体。徐玉恨不得把自己的肉割下来炖汤，人家却嫌腥，闻都不闻。徐玉觉得小远有时候是故意的，暗中和她作对，你认为好，那我一定否认。她有时也反思这种矛盾的母女关系，自己到底错在哪儿，可是一团乱麻，感情这事根本说不清谁对谁错。只好祈祷快点考吧，高考完一切都归为正常。他们现在完全过着一种非人类的生活。

　　推着购物车等结账的空儿，徐玉鬼使神差地在货架上拿了一个高亮度的充电式手电筒。只有她的巴掌大小，携带方便。

手里拎着满满的两袋子东西往回赶，路上接到母亲的电话，说是父亲这几天一直感觉不舒服，吃了药也不见好。徐玉问了血压、血糖，都不是太高，在正常控制的范围数值内。说实话徐玉现在看到娘家的电话头皮就是一紧，无事不登三宝殿，平时母亲很少来电话，打来电话，一定是家里出事了。这事一出还是劳心劳神的大事，不是徐玉乌鸦嘴，事实确实是这样。前些日子母亲来电话说，下楼时把脚扭了，脚踝肿得赛面包，伤筋动骨只能卧床休息。徐玉的爸爸前年做了一个心脏手术，身体不行，老爷子当了一辈子数学老师，什么样的难题都会做，但不会做家务，除了会煮碗面条，别的都做不了。关键时候看儿女的表现，徐玉一肩担了下来，自己家娘家两头跑，忙成个自转陀螺。早上伺候小远吃完喝完，等小公主出了门，她小跑着赶到早市买好了菜和水果，搭公交车去给父母做好一天的饭菜，吃的时候他们放在微波炉里热一下就行，水果呢洗干净放在果盘里。不想让老爸一个男人家洗锅抹碗的，嘱咐他们吃完饭把碗留着，等她第二天来时再洗。

从娘家出来，冲上公交车，赶到市场买自家的菜。高中生的生活都是军事化管理安排，每天准时准点吃饭睡觉学习。中午十二点开饭，小远吃过饭，看半个小时的书，还要抓紧时间睡四十分钟午觉。家长会上老师一再强调午觉特别重要，学生用了一上午脑子，全靠这一觉补充能量呢。这就像是给手机充电呢，中午休息不好，下午的学习都不在状态中。只要是为了孩子学习，家里所有的事都可以丢下不做，徐玉天天都是掐着钟点做饭。绿叶的青菜不能提前炒出来，必须在小远进家门前两分钟出锅，早了青菜发蔫，失了水分，原本绿油油的青菜叶变成暗绿色。那一个多月，徐玉两头跑，两边操劳，累得腿都跑细了。

父母那边其实可以请个专门做饭的钟点工，但是老妈不乐意，心疼钱是一回事，还有一层就是在关键时候看孩子的表现。妈嘴上不说，心里会埋怨，辛辛苦苦地把你们带大了，现在老了病了，你塞一个钟点工过来是啥意思。徐玉明白老妈的那点心思，再说她也担心老两口吃不好，钟点工再怎么说也是外人，怎么知道老两口的口味儿，吃饭的咸淡软硬。

徐玉倒是有个弟弟可以搭把手，只是弟媳妇有点难缠，爱较真，成天说的闲话比吃的饭还多。说难听点，纯粹就是一个悍妇，一点道理也不讲，成天拉着一张脸，似乎徐家所有人都欠着她。

你忙不忙？你爸最近脸色差，要不，带着他到医院查查？母亲试探着问。母亲也知道她这两年忙孩子，为了孩子，连工作都丢下了。

徐玉不喜欢母亲这种拐弯抹角的问话方式，心里着急，忙问我爸怎么了？

母亲的声音很低，后背心疼，吃得也少，精神头差……正说着话爸抢过电话，连声说，没事，没事，人老了浑身上下的小毛病也多。没啥事，你忙你的。等小远高考完再说。

爸，我带你去医院看看吧，有病没病让大夫检查一下放心，省得自己一天到晚瞎琢磨。徐玉听不得父母说话时那种小心翼翼试探的口气，所以无论什么事，哪怕是上刀山下火海呢，徐玉当时都会一口答应下来。

答应是答应了，不过看看时间快到中午，小远要放学了，在关键时候天塌下来也没有小远吃饭重要。高三的家长后勤工作一定得做好，让孩子吃好休息好是她的首要任务。

徐玉说，妈，你看，现在肯定是过不去了，小远要回来吃饭，时间来不及，下午再说好不好？

也不急这一时半会儿，下午就下午吧。玉啊，你来的时候再买点蜂胶，上次那个蜂胶吃完了。我又找不着卖的地方，也怕买上假货。去年冬天徐玉听人们说老年人吃蜂胶好，就给他们两位买过，父亲不肯吃，说是骗人的，当老师的人就这毛病，爱较真，不肯轻易相信外面的广告宣传。母亲一个人吃了，说是效果挺好，半年没有生病，小感冒也没有。平时吃得香，睡得好。

哦，我下午去的时候给你拿上。

那个蜂胶贵不贵？多少钱？回头我把钱给你。

徐玉说，妈，说啥话呢，啥钱不钱的，不用。再说也不贵，我还能为你花得起那点钱。

我知道你手头也不宽裕，小远这三年高中下来没少花钱。

再花也不缺你的那几个。我有钱。放心吧，哦。

那就再买上两瓶吧，我吃了几个月觉得挺好。

好，那下午见。

嗯，下午见。

蜂胶一瓶要三百多，母亲知道了价钱，自己肯定舍不得花钱买。母亲那个人就是这样子，一提花钱的事就往后撤，给自己也不舍得花。他们那代人穷了一辈子，老想着把钱存下来攒起来。存着干啥呢，给儿子媳妇呗。弟弟买房时，母亲大方地给拿过去十万块，装修时又是五万，就是这样弟媳的脸也是阴晴不定。母亲说了，就这么一个儿子，不给他花给谁花。老妈一碗水端不平，做小辈的还不能计较，如果定要说个明明白白，分明就是她窥视娘家的家产。说出来，平白地让外人听了笑话。哪里有出嫁的姑娘和自家兄弟争娘家那点家产的。

3

从超市回住的地方挺远的，徐玉没舍得打车，拎着重东西走一段路后腰两边又酸又困，这种酸疼慢慢蔓延到整个后背，不一会儿出了一头的虚汗，算算日子是"亲戚"要来了。徐玉有妇科病，这亲戚不安生，来时总是要折腾她几天，徐玉也吃了不少中药治疗，好一阵坏一阵。想着等小远高考完细细检查检查，现在却是不敢轻举妄动。在高考来临之前，只要不是死人的大事，所有的问题都要往后放一放。

徐玉把购物袋放在地上歇一歇。绿化带里的海棠花开得如火如荼，一树一树粉红的花朵挤得满满当当。

想想再有一个多月就要高考了，徐玉长长吐出一口气，真的是感慨万千,既觉得日子过得太快孩子还没有准备好,还有许多复习不到位的知识点,却又有了苦日子有了盼头的喜悦,万里长征只差最后一步,这最后的一步一定要走好走稳走出一条金光大道。

高考结束后,他们也要搬家了。那个密道里面到底藏着啥呢?不会真的是某个贪官的小金库吧,要是那样拿了也白拿,来路不正的东西,丢了也不敢报警的,只能吃哑巴亏。网上这样的案例太多了,警察明明已经破了案,小偷也招了,失主却不承认丢过东西,这剧情特狗血。搬家了,那个密道就成了永远的秘密。徐玉心里多少还是不甘心,好像到手的鸭子飞了。徐玉也笑自己太贪心,可是谁又能不见钱眼开。

花丛里闪出一张女人脸,笑着和她打招呼,徐玉愣了一下,随后认出来是小远同学李佳的妈妈。两个高考生家长站在路边聊了几句,都是围绕着孩子的学习。李佳这回二模考得挺好,达到了市教育局自定的预测一本线。李佳妈妈的脸上是藏不住的笑,当家长都是这样,只要听到孩子学习进步了,比中了百万大奖都高兴。受了对方的感染,徐玉心情也好起来,徐玉知道李佳平时学习不如小远,学校也比不上小远。李佳在二中,二中学生的总体成绩明显比一中差一截。李佳和小远初中是同学,她们以前是邻居,关系不错,中考时,李佳发挥失常没有考进一中,花三万块扩招费才去了二中。

李佳妈妈问小远的二模成绩,徐玉有点心虚,笑笑说,他们,他们学校的成绩还没出来了。一中的学生多,出来得慢些。不过也就这一两天的事。

放心吧,你家小远学习好,肯定考得不错。李佳妈妈尽力地掩起脸上的笑。徐玉知道人家这是在安慰自己。惺惺相惜,高考生的家长们都有这点同情心。

李佳的母亲买了条鲈鱼,时间久了怕不新鲜,紧走慢赶地回去蒸鱼去了。临走丢下一句,吃鱼补脑子,高三学生最费脑子,你也要给孩子多吃鱼。

徐玉"哎哎"地答应着,也往家里赶。中午打算做个虾仁滑蛋,活虾一只只收拾起来挺费时间的。徐玉知道二模考试的成绩下来了,她租住的这个小区，出来进去脸对脸的几乎都是陪读的家长，学校里稍稍有点风吹草动，家长们立刻就会闻风而动。这一组看似简单的数字就是一只看不见的大手，用魔法操纵着学生和家长的喜怒哀乐。

近一两天家长们利用买菜的这点间隙，三五个一群交流着这次二模自家孩子的成绩，在班里的排名，在全年级的名次。探没探到一本、二本的预测线。上线的，成绩好的，家长一脸喜色；差的呢，挂着一层愁云，似乎是处处矮人一截。有的孩子明明在班里排名前几名，可家长还是不满意，说什么离北大清华的分数差好几十分。徐玉最看不上这类人，那位家长分明就是一种炫耀了。小远要是有人家一半的成绩，徐玉也要到钟家祖坟前磕长头烧高香了。徐玉承认自己心胸不够宽广，那些好学生的成绩对她的打击很大。她妒忌人家的孩子，她的小心脏受不了那些刺激。

人人都知道这回二模的成绩很重要，二模是高考的一个风向标，有经验的家长老师们从二模能推出一本的分数线，还有自家的孩子处在哪个水平段，甚至还能分析出高考的题型。徐玉不是不食人间烟火的圣人，她也很想预测一下小远到底在几本的线上。这就像是农民种庄稼，忙碌了一个春天，辛苦了一个夏天，到了秋天都想知道最后的收成咋样。

徐玉心里着急，但小远回来一直不说成绩，她也不方便问。当然她可以找学校的老师，徐玉却不想这样做，私下找老师询问成绩分明就是不相信自己的孩子嘛。一来老师对孩子会有偏见，二来小远对她也会有看法。徐玉告诉自己再坚持一下，她觉得小远会告诉她，她也有心理准备，这次成绩会很差，差到什么水平，她就不敢想了。难道会连420分都不够？按照往年的分数线划分，420分以下的话只能走三本了。从二本退到三本超过了徐玉的底线。

当初小远考入一中时，亲戚朋友们来祝贺都说一只脚迈进了大学。徐玉嘴上不说什么，但心里头特别舒畅，比捡了十万块钱还高兴。可不，一中每年的二本录取率都在百分之九十五以上。

上过两年高中，再有亲戚朋友问到小远的成绩，她只是笑着说，还行，好呢，成绩一般般。人们就说你这是谦虚呢哇，一中的学生个个都是重点大学的苗苗。对方再逼问得急了，徐玉极不情愿地答一句一本没希望，二本应该没问题的。这话不是谦虚，是老师给她的原话。为了撑面子，她后面再加一句解释，一中的学生太厉害了，强中自有强中手。全市的尖子生碰尖子生，显不出咱家孩子学习好。心高气盛的徐玉真是不甘心，可又没办法。

中午做了小远爱吃的大虾。为了节省吃饭的时间，她要提前把虾仁一只只剥出来，尖尖的虾枪扎了她的手，手疼心也疼。吃饭时，徐玉和小远说今天遇到了李佳的妈妈，李佳这次二模考得不错，考了500多分，超过了预估的一本线。小远低头专心地吃着一条鸡腿，没有接这个话茬。徐玉悄悄看一眼小远的表情，夹了一筷子干煸豆角在小远的碗里，不要光吃肉，多吃蔬菜才健康。小远皱一下眉，放下筷子站起来，说是吃饱了。碗里的米饭几乎没动。徐玉低头看到手指又有血流出来。

小远拉动椅子的声音，用力的翻书声从里屋传出来。这些刺耳的声音把原来稀薄的空气压制得更紧张。徐玉一个人看着面前的剩菜剩饭责怪自己不该在吃饭时提什么二模，阎王爷还让小鬼吃口饱饭呢。考都考完了，还想它干什么。狗屁的预测，要是真能预测准了，那还要什么高考呢。

似乎是为了弥补自己刚才的失言，徐玉把樱桃洗干净，摆在一张荷叶边的白盘里给小远送过去。红果子躺在白瓷盘里看着很养眼，小远笑嘻嘻地拿起一个大樱桃塞进她嘴里，徐玉真有点舍不得吃，不过还是狠心吃了。老钟说得对，孩子不能惯着她一个人吃独食。徐玉读书，也知道那个妈妈永远爱吃鱼头的故事。

徐玉没有午休，打开电脑给编辑发了几个邮件，最近她忽然心血来潮，想重新拾起笔写点东西。她以前在报上副刊发表过一些豆腐块，后来就在单位专门写公文了。也不管写得好赖，指头一点就发到副刊编辑的邮箱，反正现在投稿也不用当面见编辑。当然用的是笔名，她可不敢把徐玉的大名晾在报纸上，如果熟人们知道她还有这点酸腐的嗜好那还不笑话死她，野心勃勃地想当作家了。徐玉没野心，只是觉得日子过得有点无聊罢了。自从辞职当了陪读家长，徐玉心里空落落的，老觉得日子里缺了一些什么东西。

　　她一边打字一边看着时间，正在写一个关于高考的小说，小说开头起得太平，后面写散了，想重新开始都没法下手。简直是一团乱麻，和她现在的心情一样。她平时提前十分钟叫醒孩子，喝点水上个厕所，擦把脸，时间也就差不多了。小远贪睡，争分夺秒地睡，她还有点起床气，冷不丁被叫醒了，每次都要发脾气和徐玉闹别扭。一开始是嫌叫得早了，后妈，心不好，不让她好好睡觉。在床上磨蹭几分钟后，又怪徐玉叫晚了，上课要迟到了。急急忙忙地爬起来，穿上外衣，夹着两本书就跑。头发乱糟糟翘着，徐玉在后面递过梳子喊，头发，头发。小远用手扒拉了两下。冲着她喊，都怪你，你怎么不早点叫我。迟了，要迟到了，第一节是老班的政治课，迟到能要了我的小命。小远出门时把防盗门摔得巨响。徐玉又好气又好笑，她能体谅孩子学习太辛苦了，学习压力这么大，怎么也得找个发泄口吧。她就临时当一个垃圾桶吧，只要小远心情愉快，学习进步，当什么都心甘情愿。

　　等小远下楼走了，才看到放在她桌边晾好的白开水，后悔没有让她喝点水再走。刚入夏，北方的5月气候干，这段时间嗓子容易发炎。学校里的学生多，开水房的热水水龙头少，打水要排长队，很多学生宁愿渴着，也不舍得浪费时间打开水喝。身体是革命的本钱，花花草草还要靠水养着，何况是人。徐玉为小远准备了大水瓶，每次都是从家里拿温开水。徐玉打算把水瓶送到学校去，想起一中门岗那两位大神，心里发怵，想想还是算了。

　　她第一次到学校找女儿，是忘了拿家门钥匙。她很懂规矩，上课时间也没敢打扰，一直听到下课的铃声响了，学生们出了教室才进了一中的门卫室。赔着笑脸和那个保安说，要进去找女儿拿一下钥匙，很快的，最多两分钟就出来。保安穿一身挺括的制服，也真把自己当成了一名警察，一脸公事公办的样子，从桌子上拿出一摞表格，让她先在来客登记簿上写下姓名，工作单位，身份证证号，手机号，再登记小远的班级，班主任老师的电话。最后保安给小远的班主任老师打电话，两个人通过电话，老师确认小远是自己班上的学生，保安才放她进去。徐玉的脸红一阵青一阵，真是丢脸丢到家了。开家长会时，都不好意思抬头看小远的老师。经验教训，以后为了挂钥匙还买了一个牛皮裤钩。裤子在，钥匙就在。

擦一把脸，记挂着和母亲的约定，她出门往公交车站走。边走边在路上和母亲约好在医院见面，这样就能省下不少时间。下午看病有下午的好处，病人少点，大夫有耐心多和病人说几句话。徐玉挂了专家号，果然是人少，见了大夫，才知道下午不能做血和尿的这两项关键的化验，那只好等明天一早再来。

陪他们从医院出来，徐玉把买好的蜂胶还有水果让他们带回去。妈推推搡搡不肯拿，说，家里有呢，你上次买的香蕉还有，苹果带回去给小远吃吧。徐玉说，不用，小远吃我再买嘛，这是给你们买的。徐玉从心底烦母亲这点，怎么说呢，有点假惺惺的，也不知和自己家的孩子客气啥。把父母送上出租车，想起香蕉的事，徐玉大声对母亲说，那些香蕉买回去有些日子了，皮都黑了吧，该扔就扔了吧。母亲则说，没事，里面瓤不黑还能吃。我晚上打成香蕉泥做几个香蕉饼，小远爱吃这个，明天你来的时候正好给她拿上。看着车开了，徐玉回头找自己要坐的公交车。当初母亲死活不同意她嫁在外地，看来老人家当年的决断是英明的，如果她嫁在外地，照顾他们真是不方便。哪能早上熬好粥，他们半个小时后就能喝上闺女亲手做的热乎乎的粥。

4

小远晚饭在学校吃，从放学到上晚自习中间只有五十分钟的休息时间，来来回回跑着折腾太浪费时间。小远不回家吃饭，老钟又不在，徐玉一个人的晚饭特别简单，一碗剩粥，半碗面条就能凑合一顿。也不是成心要对自己不好，是没有心情做，一个人面对一桌子菜，心里长了野草一般一片荒凉，怎么能拿起筷子。

老钟调到外地工作有六七年了，那时小远才上六年级。老钟调工作时，他们俩的关系有点僵，也不知哪儿出了问题，两个人冷战了很久，徐玉都想好了离婚后一个人带着小远怎么生活。没想到，随着老钟调动，两个人的距离远了，感情倒近了，他们的矛盾不再那么尖锐，关系渐渐缓和下来。老钟也会时不时给徐玉一点小惊喜，生日时包个红包，结婚纪念日带把玫瑰回来，两个人一起看看电影什么的。回家了，也不再抱着电视看通宵，而是扎起围裙，泡在厨房给小远做几个拿手菜。小远吃得眉开眼笑，一个劲儿夸爸爸好。徐玉在旁边冷眼看着，女儿是爸爸的小情人这话真是对的，平日里一日三餐都是她一个人在照顾料理，小远可是从来没给过好评。最多从嘴边飘出一句，还行，好呢。

当家三年狗也嫌，为了学习为了高考，徐玉就像一个铁面无私的监工，不停地挥着手里的鞭子逼迫小远向前，向前走！徐玉明白小远这几年对她怨气大着呢，她们在一起简直有点水火不容，她无论做什么事小远都觉得是居心叵测，内里藏着一个巨大的阴谋。

就说当初在学校附近租房子这事，小远刚升高中时，徐玉并没有打算租房子，学校里有宿舍，住校更方便些。徐玉还有点看不起那些急急慌慌在学校附近租房子的陪读家长，成天把孩子攥在手心，以后还能有个出息？小鹰长大了，就要让他自己出去飞，哪怕摔得鼻青脸肿呢。

谁知小远摔得挺惨，学习成绩一路下滑。家长会后，徐玉急得整夜整夜睡不着，她做梦都是孩子学校里的事，自己跪在讲台上用一块布子给老师擦皮鞋。老师的身材异常的高大，鞋子也巨大无比，她则是一脸讨好巴结的笑容，手里拿着布子一点一点用心地擦着，心里还希望自己表现再好点，给老师留下好印象。老师心情好，也许就会在小远的学习上多帮助一些。徐玉醒来后难过了好几天，真是无药可救了，为了孩子的学习她可以卑躬屈膝地做任何事情。

学校里每一次小考月考都让她纠结万分，患得患失。得病乱求医，她和几个高中家长在QQ群里聊了聊，原来人家都在陪读。她们总结的经验更现实，学习是个苦差事，谁也不想受苦受累，孩子们贪玩都不自觉，能自觉主动学习的毕竟不多。咱也当过学生，咱当年不是也不爱学习。孩子天性爱玩自己根本管不了自己。以前孩子一直都是在你眼皮底下，一举一动都逃不出你眼睛。现在忽然没有了管束，孩子一个人在学校还不得玩得昏天黑地？小鸟是要飞的，只是选择的时机不对，高中三年是最重要的三年，学习任务那么重，他一个孩子根本对付不了那么多。徐玉一想，可不是嘛，小远在家里时，也算听话的孩子，电视电脑基本不碰。上高中住校后，她倒是抽空把欧美大片看了一部又一部。学校有多媒体教室，一中的教育方式又是散养式，学习全凭学生的自觉。不自律的学生，成绩马上就掉了下来。徐玉和别的家长取了经回来，便打算在学校附近租房子。

小远和老钟都反对租房，小远更不领情，认为她这么做，别有用心，属于黄鼠狼给鸡拜年。租房子是为了日日夜夜地监视她，盯着她的一举一动，间接地剥夺她的人身自由。为了照顾好她的生活，说得好听，切！其实不过是为了能更好地监视她。特务！间谍！小远的书桌角有一段时间一直贴着一个便签：自由是个好东西。在小远眼里她的妈妈大概就是一个不通人情的法西斯吧。

和老钟也沟通不了，他认为徐玉是小题大做，不就是上个高中嘛，他们当年不都是自己挑着一卷行李去学校报到。徐玉问，你那是啥年代，家家一窝孩子，哪个家长管过孩子的学习。可是现在呢，家家把教育看得比天还大，学前班时就开始抓教育了，美术舞蹈钢琴英语各种培训班轮流着上。

对在校外租房子，父女俩拧成一股绳坚决反对，二比一。从数字上看好像是他们赢了，徐玉却不认输，以迅雷不及掩耳之势搬家。等老钟下星期从外地回来，那边自家的房子都租出去换了新租客。徐玉不想解释太多，分秒必争，高中生的学习紧张根本没有留下多少时间给她和孩子沟通的机会。陪读，是无数高中家长总结出的经验教训，这教训简直可以说是金玉良言。所有经历过高考的高中家长都说如果高一松了劲，那好大学就没什么戏了。和时间赛跑，高中一天都不敢耽搁了，误一天就是误一年、误一生。

小远一再声明不回家来住，房子租了也白租，让徐玉一个人住，她反正还要住在学校的宿舍。胳膊还能扭过大腿？徐玉采取缓兵之计，也没有硬来，想住校就住呗。她只是在饭菜上做文章，学校的那些大锅菜哪能比得过徐玉手艺，没有三天，小远就乖乖地回来了，谁让她是一只小馋猫。徐玉暗笑，小样，孙悟空还能翻出如来佛的手心，凭老娘我多年的道行还降伏不住你这只小妖。

背水一战，徐玉租房的同时还辞掉了工作。她辞职时没有告诉家里人，直到小远发现她一连几个星期不去上班，她才淡淡地说辞职了。小远吃了一惊，老娘你唱的这是哪一出呀，先斩后奏，准备下海当老板呀，还是当专业作家呀。徐玉能听出小远这是拿话刺她呢。她表情平淡地说，想休息几年。小远还威胁她说，我可没让你陪读，不要到时候说是为了我才辞职的，说什么牺牲了自己的事业，我可不背这个黑锅。老钟当天也在家，在旁边啥话也没说，屁都没放一个，他觉得徐玉这个事做得太偏激，半夜朝南坐，想一出是一出。其实徐玉心里很想听老钟一句安慰，说一句老婆辛苦了，哪怕是说一句假话呢，可惜没有。那她只能孤军奋战了。

丢掉工作，也就是失去了自己大部分的生活圈子，以前和朋友同事多年编织的友情网一下子破了，她成了一条跳到岸上的鱼，大家都在水里活得自由自在，她一个人苦苦地挣扎在岸上。徐玉离开单位后以前的生活经历都成为一片空白了，没有了。她游离在大家的圈子外，开始她们有什么活动还会想起她，她因为和孩子下学的时间冲突推脱了几次，后来大家便彻底忘了她这个人。而她渐渐也不愿意再和她们多来往，自己现在就是一个落后分子。女人们坐在一起讨论吃什么穿什么最近流行啥包包啥牌子的面膜，单位里关于某些人和某些事的新闻八卦徐玉完全不知道。她像个傻子似的坐在那儿听人家说，插不进一句话。就是偶尔通了个电话，也没有什么新鲜的话题，她说着说着不由自主就会拐到孩子的身上，考试，成绩，学校，老师，排名……话说三遍淡如水，对方明显是敷衍。徐玉识趣地刹住车，自己大概也犯了高考病。最近网上说真的有这种病，后面跟帖的家长会讲出各种各样的症状。

徐玉感到失落的时候，努力想一想自己有一个在一中读重点高中的女儿，小远将来是要读重点大学，考研，考博，出国留学。望梅止渴，这样想一想就觉得为了孩子的前途自己这几年的付出也是值得的。

徐玉手里拿着一本书，心不在焉地瞅一行。她忍不住瞟一眼对面的镜子，镜子里的那个人女人贼眉鼠眼的。相由心生，一看就是准备要干什么坏事。心跳忍不住加快几个拍子，又觉得好笑，这样的心态怎么能当得了江洋大盗。今贝为贪，明明知道不是自己的东西，还想三想四地要独自占有。徐玉不由得笑了。

写了一节小说，盯着镜子开始做一日暴富的美梦。密道里会藏着什么呢？一捆一捆像砖头一样的百元大钞，还是码放得齐齐整整的金条，听说现在有钱人喜欢收藏黄金，连跳广场舞的大妈们都懂得黄金能保值。徐玉不贪，有那么几块就行了。那样小远就不用受这些苦了，也可以走出国留学的捷径。美国英国法国，到哪个国家好呢？

这些美好的想法挑逗得徐玉站起来想立刻进密道里探个究竟，她又去推镜子，竟是纹丝不动。真是奇怪，她试了各种方法都没有推开。难道那天只是幻觉？可是明明记得暗道里的暗光，还有湿湿的空气，她还拿着手机朝里面照了照。

这件怪事，越想越有意思，这密道还会像《鬼吹灯》里讲的那样要在某年某月某日某个时辰，天时地利人和才能打开？只是这样的故事情节谁会相信。这些话呢，如果她和老钟讲了，他一定会嘲笑她想钱想疯了。镜子后面会有扇门？里面有条秘密通道？而这扇门在特定的时间才能打开，简直就是疯话。

5

　　早上要陪着父亲去检查身体，担心他们上了年纪把事情忘了，打电话过去又嘱咐他不要吃饭喝水。妈吞吞吐吐地说，你爸今早上起来吐了。徐玉问，是不是晚上又吃了剩饭，跟你们说了一百遍，剩菜不能吃，剩菜有亚硝酸盐，那个东西致癌。

　　没有，没有，昨晚上吃的是粥，我自己现拌了小菜。

　　那是不是吃了什么不干净的东西？

　　自己家做的小菜，都是热水余过的。

　　那他晚上还吃什么了？

　　只喝了半碗小米粥。没胃口，好几天这样的。

　　你们也真是的，病了这么久才和我说。

　　还不是不想麻烦你，怕拖累你。他想自己先喝点治胃病的药扛过去，谁知越喝越厉害。

　　呵，本事挺大的，自己当大夫呀。徐玉想说个笑话，她也能觉出自己口气生硬。

　　你爸说你一个人带孩子也不容易。钟明阳又在外地工作。

　　一提钟明阳徐玉鼻子发酸，无名的委屈，家里啥事也指不上。扛，扛，你们就这样扛吧。小病不治，拖成大病就后悔了。

　　玉儿，我没事，别听你妈诈唬，你别着急，小毛病了，人吃五谷杂粮，哪有不生病的。父亲拿过母亲的手机说。

　　越老越不听话，一大把年纪了比小孩子还难管。徐玉努力让口气温和下来，她觉得自己近来真是犯了高考焦虑症，一遇事就容易和人犯急眼。

　　徐玉没吃早饭，打车接了母亲和父亲往医院赶。早些过去，去医院能早点挂个专家号。三个人打车，也合算些。大概是刚起来，父亲微闭着眼靠在后背上，精神不好，脸色苍白，消瘦了很多。不知为啥，徐玉心里有不好的感觉。她赶紧悄悄唾了一口，呸，呸，哪有孩子咒自己爹妈的。

出租车司机是位女司机，人挺热情话也多，当知道徐玉家有一位高考生，孩子还在一中上学时，把她当明星一样的崇拜。不停地夸徐玉会教育孩子，是一个成功的妈妈，把孩子培养得都送到一中了。读一中的孩子个个都厉害，都是天才。还让徐玉传授一下教育经验。徐玉表现得很谦虚，嘴上说着没有，没有，一般，我家孩子不爱学习，小聪明，运气好罢了。心里却比吃了蜜还甜。当爹妈都是虚荣的，听到有人夸赞自己的孩子，感觉全世界都悄悄乐开了花。徐玉的话不由得多起来，问那位大姐，家里也有考生？司机师傅告诉她，儿子今年中考，二胎，大女儿都参加工作了。

大姐不错呀，有儿有女，好福气。徐玉很羡慕有两个孩子的妈妈，小远三岁时她怀过一胎，不幸的是胎儿五十天时去医院流掉了。当年的计生政策太严厉，超生的话会被开除工作，孩子和工作只能选一个。徐玉有时会想起当年医院那摊暗红的血污，也不知是男孩还是女孩，只是那个孩子长大的话，现在也该考高中了。

福气啥呢，受罪的命，当年要是不生这个老二，现在老了老了还用出来开出租受罪？

你不知道我们这些独生子的妈妈都羡慕你们呢，胆子大，步子快。现在受苦以后甜，心里有盼头。

好什么好呀！孩子多了各种的麻烦事，学费、生活费、补课费天天逼命一样地要钱，我和他爸都快抢银行去呀。

现在生活紧一点，以后的日子甜。徐玉安慰她。

都是考生家长，徐玉觉得自己作为一个经历过中考的家长，有义务把以前的考试经验传授给下一届家长。

两个陌生人，因为孩子考试一下子有了共同的话题。大姐一边开车一边讲自家孩子中考的事。她儿子今年中考，在十中读书，成绩还行，在班里排名前五，年级排前五十名，有起伏，波动不大。十中不是市重点中学，可比普通中学强，每年考入市一中的达线生并不多。但是普通中学有普通中学的优势，那就是教育局给的定向指标多些，定向的录取分数会比其他中学低几分。别小看这几分，一分就可以决定是进一中还是二中。孩子的学习成绩不错，大姐不知是该报一中还是二中，报一中有风险，报二中又怕亏了孩子。万一呢，万一发挥好，分数超过了一中线，那不是活活气死。世上没有卖后悔药的，孩子的前途事关重大。

徐玉明白司机师傅遇到了和自己当年一样的难题，同城教育局有这规定，一中、二中两所重点高中不能同时兼报，两难的纠结。徐玉开始讲自己当年的经过。小远初三那年病了一场，成绩掉了不少。为了稳妥，徐玉打算让她报二中。怕自己的判断失误，徐玉私下里和小远的班主任老师沟通了几回，老师应该最了解学生的学习情况。老师也说挺遗憾的，虽然以前都是前三名，可是病了一个多月，落下不少功课，从中考的一模、二模成绩就可以看出她差点火候，有些跟不上人家。但老师私下给了她一个建议，为了争夺优秀的生源，各个中学都使出招生手段，二中有一场本校举行的提前批次考试，实验班，面向全市招一百名学生。这些学生如果被招中，不用参加中考，直接升二中。徐玉和老师要了报名表，并为小远报了名。这报名表也不容易争取，小远的老师在二中托了好几个人才闹到手。徐玉感激不尽，给老师拿信封包了个红包。考试那天，二中把食堂让出来供陪考的家长们休息，中午还有十块钱一份的午餐。二中的伙食真不错，有肉有菜有水果，这也是学校的宣传手段，可哪个家长吃得下去。考完下午最后一场，徐玉站在黄色的警戒线外，瞅着女儿远远地走过来，心跳有一分钟停了下来，也不敢问考试的结果，只是说丫头辛苦了，喝点水，喝点水。和小远一个学校的一个男同学，因为太紧张，出了考场竟晕倒了。看着被救护车接走的学生，家长们眼里都隐隐有泪光。

小远没有考中二中，差三分。徐玉感觉挺遗憾的，那就只能全力以赴地准备中考。徐玉后来才知道考试那天小远故意把英语选择题的答案倒着写，生怕被二中提前录取了。她自己做主报了三个"一"，就是统考、定向、扩招三项都报了一中，这种填报法没有一点退路，万一考不上一中，二中也不会录取。小远主意硬，等报完名表也交上去了，才让徐玉知道。徐玉的肺都快气炸了，万一考不中，那她只能上三中这种一般高中。三中的升学率与二中差得不是一星半点。可是人家已经填报完了，她回天无力。

徐玉两腿发软，她仿佛已经看到小远没有高中可上的那一刻，第一时间在电话里向老钟哭诉小远的种种劣迹，老钟倒是不急，在电话中哼哈应付着她，她怀疑他们父女俩串通好了来骗她。反正老钟一点也没有责备小远的意思，口口声声要相信孩子，她既然敢作出这样的选择，说明心里有底。不就是一次考试嘛，你太敏感了，小题大做。最差的结果进民办高中，这几年怀仁的高中不比一中差，不过就是多花点择校费。徐玉有点口不择言，她有屁的底。一个小孩子知道什么！人家老师不比她懂？几个老师都认为她现在的成绩就在二中的线上。不要太迷信老师，老师懂啥，再懂还能有自己了解自己？老钟在电话里轻描淡写地说。钟明阳你就一个劲儿地惯你那宝贝女儿吧，有你后悔的那天，到时候让你哭都哭不出来。后面的话徐玉几乎是吼出来的。

当然后来的考试结果让他们一家人笑得合不拢嘴，小远比一中的定向分超了六分。老钟说，小远是个福将，关键的时候有天照顾。徐玉也承认小远的运气好，那年很多比她分数高的学生因为报志愿的问题，没有进一中。小远那丫头轻松地进了全市最好的高中。听说有一分十万的黑市价，还有价无市，多少家长可怜巴巴地拿着钱找不到烧香的庙门。

徐玉凭借过来人的经验告诉司机师傅，只要孩子有信心报一中，做家长就要支持他，他敢报，说明自己心里有底。最差的结果还有怀仁中学的宏志班，也不比二中差多少，每年的达线率都很高。一本、二本加起来也接近百分之六七十的录取率。宏志班有宏志班的好处，我姑娘有一个同学当初差五分没有进一中，人家去了宏志班，高中三年成绩一直遥遥领先。一中资源好，但也有缺点，人人都是尖子生，老师就不怎么看重。一中的差学生在宏志班可是好学生,就像月亮一样被供着,宏志班老师会把你孩子当重点对象来培养。全学校的好老师好资源都配给你的孩子,你的孩子又怎么会不进步。徐玉滔滔不绝地讲完了,觉得自己完全是一位久经战场的军事专家。

等出租车到了医院门口,她们已经成了朋友,师傅还留了她的电话。如果她的孩子考进一中,也要在学校附近租房。怕开学的时候房子不好租,正好把徐玉现在的房子租下来,为了孩子不惜一切。徐玉下车时紧紧握着大姐的手,完全像是一个战壕的生死战友。徐玉把打车钱给她,轻声对她说一句,保重!

做一名高中生的家长太不容易了。高中就是一张烧得炽热的铁鏊,徐玉他们这一批前辈早已经被烤得皮焦骨烂,好在她再有一个月就可以从鏊子上下来,而这位大姐马上就要上去接受下一轮日夜的煎熬。

6

挂了一位姓董的专家的号,看上面的介绍,北京医科大毕业,副主任医师,能耐应该不小。谁想大夫只简单地询问几句,手下的电脑啪啪一阵响,照例开出一长串的检查单子。母亲出门嘟囔着啥病也没看出来,先花一大笔检查费。徐玉和老妈解释,现在到医院看病,有病没病都要先在机器上走一圈,拿上检查结果,然后大夫才给看病。人家大夫也一肚子委屈,你没看到那些患者家属气势汹汹地把医院瞬间布置成灵堂。大夫成了高危职业,网上弑医案频频发生。真的出了人命案,关键时候谁也帮不了他们,只有从那些机器出去的单子才能救医生的命,那才是铁的证据。

为了做检查父亲没有吃饭,徐玉想着能快点检查完,这样就能早点吃饭。她几乎是一路小跑着交费。她这边交钱,那边指挥母亲带着父亲在检验科排队。乌泱乌泱到处都是人,抽血化验也是要排队的。

等着叫号的工夫,徐玉问起母亲以前小舅舅讲过在姥姥家碾坊发现一罐银圆是真的假的。母亲笑起来，说小舅舅当年哄你们玩呢，你们也相信。姥姥家真发现一罐银圆，那咱家也能跟着沾沾光，我还不分给你们姐弟几块？银圆罐，尿罐还差不多。母亲喝口热水笑，徐玉跟着也笑起来。自己近来真是魔怔了，竟然相信小时候听过的那些故事是真的。不觉有点口干舌燥，徐玉舔舔嘴唇，虚火旺，接过母亲的杯子狠狠地喝了几口水。

　　光顾着说话了，回过神来，盯着大屏幕看，已经叫过好几个名字。问父亲叫了他没，父亲说刚才打了个盹。真会找睡觉的时间。担心叫过号，白耽误工夫，徐玉赶紧到诊台问护士，赔着笑脸让人家给查查叫号了没有。护士冷着脸，这么大的人，连自己的名字都不知道。徐玉说刚才出去了，怕错过了叫号，麻烦你帮我查查。护士不耐烦了，告诉你没叫呢。真的没叫？护士转过脸不再搭理她。徐玉讪讪的，没叫就好，没叫就好。

　　好不容易等到叫父亲的名字，父亲坐到凳子上，卷起袖子，护士娴熟地把针头扎进血管，徐玉看到黑红的血瞬即注进玻璃管，浑身发冷。她从小有晕血的毛病，不晕别人的晕自己家人的。护士麻利地拔出针头，用棉棒压住针眼。嘴里说着压紧别动，父亲的手已经松开了。一股鲜血涌出来，徐玉赶紧用指头压住，又和护士要了几根棉棒。旁边有一位病人询问快速出化验单怎么收费的事。为了化验结果快些出来，徐玉又补交二十块快取的手续费。下午拿单子的话，明天一天又得泡在医院了。

　　抽完血，取了尿样，又去那边的等着做B超。让他们先休息着，徐玉拿着交过费的B超单子跑步冲向影像科，还是先把单子在电脑上登记了，然后等着叫名字。抽完血，能吃点东西了，徐玉拿出提前准备好的紫薯泥馅的面包，让父亲先垫几口，又打来两杯热水。父亲还真饿了，三口两口把点心吃了下去。徐玉说慢点，慢点，喝口水，喝点水顺一顺。现在父母就是两个小孩子，吃吃喝喝这些小事都不能照顾好自己。

　　有一个女人做妇科检查因为没有憋好尿，现买了两瓶纯净水，坐在那儿就喝起来。徐玉扫一下大厅里黑压压都是人，大概有二三百人等着做B超。徐玉心里琢磨，这么多人都需要做B超？以前没有B超的时候，也不见死人嘛，还是医院为了利益做祟。候诊大厅的屏幕上滚动着病人的名字，等到十半点，徐玉坐不住了，再晚就来不及给小远做饭了。母亲也看出来徐玉的着急，让徐玉先回去做饭，她一个人能照顾老徐。徐玉还是不放心，便给徐兵打个电话，看他有时间没，过来陪爸做检查。徐兵说他在外地呢，让她给他媳妇打电话。徐玉一听，放了电话。让他媳妇来，还不是自讨没趣。

不过徐玉还是得回家，小远的事更大。她叮嘱妈，听着广播，又到候诊台和小护士打招呼，让多叫几次名字。父母年岁大了，耳朵不好。护士告诉她，只要病人没有进去检查，大屏上会一直叫名字。徐玉这才放了心。

从医院出来打车回去，进门赶紧做饭。烧了豆腐，烧了青菜，来不及做肉菜，买了半只熟鸡，把鸡肉撕下来，拌一个麻酱小料汁，小远回来浇上去就成了。小远不爱吃馒头，徐玉把馒头切片蘸上蛋液，慢慢煎得两面焦黄，再撒上烧烤料，主食就得了。

做好了汤，小远已经进门。徐玉把饭菜摆上桌子，告诉她自己吃，吃完了别玩手机，好好休息，她还要去医院看姥爷。去了医院，B超还没做呢。不过大厅里的人已经走了一多半。徐玉把带来的饭菜拿出来，三个人在医院里吃了午饭。好不容易听到喊父亲的名字，在四号诊室。本来已经轮到他们，忽然从外面又来一个老太太，老太太嗓门大，口口声声是王主任让她来的，徐玉明白这是遇上关系户了。果然大夫让他们在外面再等一会儿。徐玉争辩是他们先来的，大夫翻了一个白眼，人家是住院部的，医院里有规定先给他们做。住进院里的都是危重病人，出了事你负责？母亲老好人，和和气气地说让他们先做，自己再等会儿也没关系。她有病先让她看。徐玉心里冒火，就你会做好人，明明他们插队加塞儿，这种人就不能惯着。天下还有讲理的地方没？干啥都走后门，看个病也是这样。大夫的脸拉得比驴脸都长，母亲在旁边拉着她不让说，徐玉甩手挣脱开。好几天憋了一肚子火，终于找到个发泄的机会。

做完B超，安排父母先回去休息。徐玉一个人去拿着单子去找上午挂号的那位专家,她有意这样安排,万一有问题,也好瞒着二位老人。父母年纪大了,经不起大事了。徐玉拿着单子到了三楼的诊室。专家不在,她问了其他大夫,护士说在后面的住院处。徐玉又去了后面住院楼,在值班室找到上午的大夫。前面有一个病人,问大夫诊断书上面写的是啥。大夫很不高兴地说,我写啥,你不需要认识。徐玉把父亲的检查单子递过去,大夫只扫一眼就说,看上去没啥问题。徐玉便把父亲的症状讲了一遍,医生开了吗丁啉、消食片一类的药。只是小胃病,徐玉的心也放下来了。

7

徐玉也佩服自己真是好耐性,硬是等到了小远主动开口。晚上,小远下晚自习回来没有像往常那样讨价还价地要玩一会儿新手机,而是拿出一本英语书翻着。知女莫如母,这更坐实了这次没有考好。以往小远会抓紧这几分钟上一会儿网,听听歌追追星,最近喜欢看浙江卫视的跑男节目,李晨、黄小明、邓超等几个明星玩撕名牌的游戏,看到这些明星傻乎乎的表演,小远笑得咯咯的。徐玉通常也让一步,已经在学校学习了一天,回家就放松一会儿吧。

小远主动拿出成绩单,上面有家长意见签字这项,明天是最后的期限。徐玉自己长出一口气,还好,没有把小远逼得找个代理爸妈出来。

妈,二模成绩出来了,这回没考好。

没考好是多少?

没考好就是没考好。哎呀,别问了,麻烦死了。

徐玉的脸阴沉沉的。真是逆了天,现在的孩子打不得骂不得,连问一句成绩都不行,当学生的考试考不好,一点愧疚感也没有,还这么理直气壮,似乎考得不好还怪徐玉呢。徐玉压压火,她拿过成绩单,只有426分,她觉得一口黑血堵在嗓子眼里。如果真的有吐血而亡这种事就好了,她两眼一闭，两腿一蹬，一了百了，也算是从此清静了。

这成绩简直就是寒冬腊月当头一盆冷水。没想到小远退步得这么厉害，一模完老师还和徐玉交流过，要家长配合学校的工作，找原因想办法，在最后冲刺的阶段把学生状态调整到最佳。以小远现在的成绩二本A类没有问题，小远聪明，努努力，冲一冲，也许能探上一本线，重点大学和二本比起来，差得可不是一星半点。重本的学生以后找工作、考研呀什么的都顺利，老师的话让徐玉美了好几天，给老钟打电话，都想哼几句歌。

现在居然连二本都泡汤了。徐玉痛定思痛，反思自己是什么地方出了问题。第一个反应就是手机坏事了，自从有了这台智能手机，小远放学回来就惦记着用手机上一会儿网，说是查学习资料呢，可这资料一查就是半个多小时。找到这个罪魁祸首，她心里把老钟骂了一万遍，恨不得把他碎尸万段。现在只要是阻碍高考的人，都是她的仇人，老钟也不行。排除万难，直面高考，是所有高考家长的口号。

上个月小远过十八岁的生日，中午只有两个小时的休息时间，去饭店来来回回一折腾几个小时没了。作为一中的学生，没有听过哪个学生为了过生日请假的例子。十八岁？十八岁也不行。不是老师不批准、不放行，是他们自觉把这些节日精简了，考大学才是唯一的人生大事。

徐玉也觉得有点委屈小远，一个人的十八岁只有一回。这些青春的美好回忆以后是怎么也补不回来的。可高考也只有这一次，而且一辈子的关键一步就在这里。她在家里做了几个小远爱吃的拿手菜，又订了一个黑森林慕斯蛋糕。一家三口，也没有请别的亲戚，连爷爷奶奶都没叫，人多嘴杂，一人说一句祝福的话，短短的一个多小时怎么够。所以这生日的场面显得有些寒碜，十八岁毕竟是成人礼的大生日。怕小远心里不痛快，她大方给小远许诺，高考完咱再补办一个十八岁的生日，叫上同学和朋友好好热闹热闹。你们想怎么玩就怎么玩，想去哪儿旅游就去哪儿旅游。小远叹口气说，如果考砸了，到时候哪还有啥心情过生日。徐玉无来由地紧张，怕小远觉出来，她傻笑着说，在高考分数下来前补过生日。

把蛋糕摆在桌中央，点着蜡烛，徐玉满怀希望地让小远许个愿，小远拿把小勺把蛋糕上的一颗葡萄塞进嘴里。许什么许，小孩子的玩意，不就是高考顺利，考个好大学，你们家长成天嘴上就挂着高考，没意思，真没意思。我们这些可怜的孩儿就是为了高考活着的。世界如此繁华，钟小远是如此潦倒。可怜呀，可怜！人生啊，寂寞如雪。徐玉和老钟都笑，小远每天都会发几句牢骚，他们早已经习惯了。

老钟拿出一个精致的白盒子说是给小远买了一台三星手机做礼物。徐玉当时脑子有些短路，手机？买手机做什么？为了方便考试作弊吗？徐玉也听过，前几年有学生买了高档手机，专为考试作弊用。不过现在监考这么严格，手机根本带不进去。去年国家还把高考作弊列入刑法。徐玉愣了几秒钟，才明白这手机就是个手机，送给小远玩的，是自己想多了。明白了这个理儿，徐玉头大了，老钟怎么在关键时候给自己使绊子，那可是他的亲闺女呀，心疼孩儿也不是这么个心疼法儿。

老钟买手机用的是自己的私房钱，事先没有和她商量。当然商量的结果肯定是不让买，哪有给马上要高考的学生买新手机的，这不是成心在关键时候添乱嘛！徐玉看到手机时心里对老钟一百个不满意，只不过在小远跟前没有发作罢了。这是要干啥呀，分明就是挑事呢。美其名曰生日礼物，在这关键时显摆你浓浓的父爱呢，就你会当爹、会心疼孩子理解孩子。徐玉有时候觉得老钟这人有点奸诈，在对待小远的教育方面扮一个善解人意的、通情达理的知心好父亲，而徐玉永远是那个黑着脸让人讨厌的大恶人。

小远拿到新手机后特别开心，先玩一会儿微信，又刷微博看搞笑的小视频，然后就是拍照拍视频。小远手里摆弄着手机，故意在徐玉面前晃来晃去，一会儿拍桌子上的水果，一会儿拍厨房，一会儿拍徐玉刷碗的样子，又站在镜子前摆着各种搞怪的样子玩自拍。徐玉也跟着假笑了几声，心里还是特别不舒服。在徐玉眼里任何阻碍高考的物件，都是敌人，手机更是一个隐形的敌人，这个敌人比所有的敌人都复杂、难搞。对于明面的敌人你可以想办法解决，唯独手机没有办法对付，因为它和小远是一条心的。手机是她的心肝宝贝。

哈哈，还是亲爹对我好，小远心花怒放。徐玉拿眼睛斜了老钟一眼。老钟嘿嘿地笑着说，小远，上学时不能拿手机呀，再给爸坚持一个月，考上大学爸给你买台苹果电脑。徐玉恨得牙痒痒，这不是句屁话，不让带到学校你买什么，难道就不能等一个月后再买？你给买上了不让拿，这可能吗？再怎么说小远还是个孩子，爱玩是他们的天性。天天和小远在一起相处的是徐玉，他这不是故意在她们娘俩中间制造矛盾嘛。嘴里忍不住冒出一句狼狈为奸，老钟拍一下徐玉的肩一本正经地说，老婆你不要妒忌，下回我给你也换个新手机，苹果的，比小远那个高级。

屁，我才不稀罕。

呀，还真不高兴了。

下个月，发了工资，我就给你拿一个苹果机回来。

听听，苹果，还鸭梨呢！和这路人真是没法沟通。当妈的会为了手机和孩子争风吃醋？

老钟装疯卖傻故意这么说，他也看出徐玉的脸色不好。

徐玉生气的是小远的态度，考试没有考好，还没有进一步的行动和打算，一点痛改前非洗心革面的表现也没有，难道真的要上三本了？堕落！堕落！堕落！她徐玉心强命不强，辞了工作，租了房子，日日夜夜跟在孩子的屁股后转，兴师动众的结果就是个区区三本，真是丢人丢到大街上了。

天天一回家就玩手机，高三的学生了一点也不懂得学习紧张。这回好了，考不上大学到饭店端盘子去吧。徐玉像一只发疯的母狮子，冲着小远大喊大叫。

偏小远还要顶嘴，端盘子怎么了？端盘子我乐意、我开心，我明天就找个饭店去。

那你现在就滚，我眼不见心不烦。徐玉气得浑身发抖。

嫌我考得不好，你去考呀，你还没我考得好。分数、分数，一天到晚就是个分数，我干脆死在考场上算了。

那你去死呀！徐玉没管住自己的嘴，说出了最不该说的话。

小远真的往阳台上走。徐玉冲上去拦在小远的前面，她抬起手，小远把脸伸过来，叫嚣着，你打，你打呀。打死我算了，打死我就不用高考了。

就像用力打在一团棉花上，徐玉手下拐个弯狠狠扇了自己两个耳光。脸木木的，竟一点也不疼。徐玉软成一团面，坐在地板上号啕大哭起来。小远大概没看到过她这样疯狂，也哭了起来，拉着她的胳膊让她快起来，妈，我好好学，好好学，我考大学。你别这样，别打自己，我害怕，我不惹你生气了。

徐玉从地上爬起来，披头散发地冲出家门，再在这个家待下去，她要爆炸了。她和孩子手里握着一把利剑，在一场场考试的较量中毫不留情地刺向对方。她害怕自己会失手杀了小远，有那么一刻她真的有了这个邪念，她简直是走火入魔了。

8

小远高一时的成绩在班里倒数，徐玉不知小远怎么接受这个巨大的落差，反正她很长时间内都有点失落。

小远在初中时是班里的尖子生，前三名的好学生，每次开家长会都会受到各科老师的表扬。作为教育成功的家长，徐玉跟着孩子也沾光，家长会上先是孩子发言，然后是徐玉代表家长发言，站在讲台上给一大群家长讲自己怎么教育孩子的心得，徐玉那时可是出尽了风头。偶尔在学校外面遇到学生家长，他们用尊敬的口气介绍说这是钟小远的妈妈，人们立即投来羡慕的眼神。徐玉心安理得地接受，谁让自己的孩子争气长脸呢。家里有个成绩优秀的孩子比当了国家干部都牛气。老钟更是以女为荣，到处和朋友吹牛，碰巧回来遇上开家长会，便和徐玉争着去。那时候的小远是他们的甜心。

小远考上市一中是他们最风光的时候，全市几万学生中，市一中仅仅招八百名学生，自家的孩子居然考进去了，朋友亲戚都来祝贺，周围的邻居指指点点。那时候徐玉觉得小远简直就是天下奇才，将来不是北大也是清华的料。

但是进了一中后，小远再也没有风光过。徐玉真正明白了那句话，人外有人，山外有山，你觉得你家的孩子优秀，但在一中还有更优秀的。高一第一次月考完开家长会，徐玉被吓着了，在一中数理化考满分的孩子遍地。九门功课，总分考860多分、870多分，轻轻松松，眼皮都不眨。门门优秀，科科百分。这还是人吗，简直个个都是天才。

小远只考了500多分，全班排名倒数。这时徐玉感到小远的学习明显有些吃力，星期天回到家眼睛盯着一道物理题，半天不动手，一下子就能看出学得很艰难。徐玉看在眼里，急在心上。高中的学习难度大，落下一点，就会落一堆儿。她和老钟的文化不高又辅导不了，私下里赶紧请教有经验的家长，高中的学习跟不上怎么办？大家异口同声，开出的药方都一样，找好点老师补课呗！

补？怎么补？找谁补？到哪儿补？徐玉一头雾水，发挥谦虚好学的劲头找那些补过课的家长取经。原来一中的老师们各个都在私下办着学习班，大班便宜点，一节课80到100块，但效果差些，毕竟一百多个学生上课呢。老师上课戴着耳麦，要不后面的学生听不到。小班一对一、一对三贵，一节课300至400块，教得细，各方面也能照顾到。上小班的学生家里经济条件都好。徐玉虽然没什么钱，还是中意小班，觉得那样出成绩快些。俗话说一文价钱一文货，出的钱多，买到手的东西自然好些。用这样的比喻虽然不恰当，但就是这么个理儿。她和别的家长讨来老师的电话，也去补习班里看过，和老师简单地交流了孩子的成绩。老师就是一中本部的老师，对学生的学习情况、学习进度了解。那位老师也说高一是关键中的关键，如果现在功课落下来，以后落得更多。补习班报名的名额本来满了，老师体谅徐玉大老远诚心诚意为孩子，又是熟人介绍，特意加了一个塞才报上名。

徐玉像捧着灵丹妙药一样，把一万多的学费条拿回来，她那会儿觉得自己就是一个跪在佛前的苦修者，历尽千辛万苦终于拿到了真经。可小远也不知哪根筋抽着了，死活不去，翻来翻去只有一句话，我自己能学好，不用你们操心。徐玉苦口婆心把上补习班的好处讲了一次又一次。把她听来的很多成功例子讲给小远，谁谁没参加补习班前数学只能考50多分，补了三个月，成绩提到80多，去年高考时拿了130的高分，考到了211和985的吉林大学，还有那个谁……小远把手里的书丢在桌子上，打开随身听听英语，戴着耳机，分明就是不想听她唠叨。徐玉气得胸口发闷。

为补习班的事，徐玉有点歇斯底里，骂过，甚至还动手打了小远一巴掌。小远的反应倒是没有多激烈，只是一个人坐在那儿哭。徐玉还以为她会打电话给老钟告状，老钟知道了肯定要责怪她不冷静，怎么能打孩子呢！其实徐玉当时也傻了，自己怎么会打人，要知道，小远从小都没挨过她一指头。看着小远惊恐的眼神，徐玉打完就知道自己错了，诚心诚意地给小远道歉。但小远铁了心，软硬不吃。那一段日子，母女俩像仇人一样。小远眼睛里时不时会闪出一把锋利的刀来，徐玉也不示弱，十多天都没有和小远说话，冷战。冷战比的是心理素质，看谁能扛过谁。徐玉最绝望时甚至想闹点安眠药，两个人吃了同归于尽。

徐玉的态度粗暴，一口咬定小远不去补课是害怕星期天不能好好玩，偷懒呢。小远以暴制暴，油盐不进，爱怎么说，怎么说，反正她是横下一条心，不上补习班。徐玉忽然发现小远浑身上下都是毛病，懒、馋、不喜欢动脑筋，学习不主动、不自觉，拖延症严重，什么事都要拖拖拉拉到最后一分钟。包括每天早上起床，从来都是最后一分钟才爬起来。还有看电视、玩手机、发呆……反正是怎么看小远都不顺眼。

徐玉走投无路时想到找老钟帮忙，让老钟劝一劝小远。女儿是爸爸前世的小情人，老钟的话小远还是听一句半句的。小远是他们唯一的孩子，也是唯一的希望，这个时候他们夫妻两个心往一处想，劲儿往一处使，一心共同战斗，共同面对高考这个敌人。谁知老钟星期天回了家，只会做糊涂蛋、老好人，小远说什么应什么，小远干什么都是对的，不愿意上补课班那就自己回家多用功学习。轻描淡写，一句话就把徐玉一个星期的努力抹杀了。小远在一边拍手称快，说还是我亲爹好。徐玉自然是处在"后妈"的位置上了。自从上了高中小远只要不高兴了，就会冲着徐玉半真半假地叫一声"后妈"。虽然只是玩笑话，不该当真，徐玉还是心里委屈。她既不能和小远理论也不能和老钟去吵，两个人在屋里吵架会影响小远的心情，影响了心情就会影响她的学习。学校的家长会通气一直在强调要家长们给孩子创造一个良好的学习环境，一种温馨和睦的家庭氛围。

徐玉事后把老钟一顿骂，老钟认错的态度很好，答应再劝一劝小远。小远果然听老钟的话，口气软了下来，答应去试听一节课。徐玉挺高兴的，还以为听了第一节课，就会听第二节课。学生嘛，听课就是他的任务。可是老钟并没有帮她，别说一同战斗了，还出卖她，帮着小远说谎，明明根本没有去补课班，还说老师讲的听不懂。徐玉不死心，给老师打电话还想再沟通一下，才知道老钟已经把补课费拿回来了。分明就是两个人合起伙来骗她。徐玉有时候觉得自己人生最大的失败就是嫁给这么一个对什么事都不上心的男人。

徐玉最后不得不妥协。小远坚决不松口，就是不去上补课班。没办法，这么大的姑娘了，你还能绑着手脚押着她去？

第二次考试，小远在班里的排名倒数第十。第三次倒数第七，第四次……徐玉失望了，老师说这样的成绩勉强能考个一般的二本。一中的升学率年年都在百分之九十多，小远是最差那拨。徐玉难过也没有办法，不得不接受了这个现实。学习这个事，不是橡皮筋，你想扯多长就能扯多长。私下自己安慰自己，二本就二本吧，很多的孩子考个三本专科学校，一年上万的学费不也照上，家长还乐得屁颠儿屁颠儿的。

话是这样说，可这过山车般的落差，让她一度觉得自己得了抑郁症，那一种灰色的心情差点没有调整过来。还是做过老师的老爸开明，给徐玉分析原因，主要是孩子以前表现得太优秀了，你现在才不能接受她的平常，学习这个事不能强求，学不进去别硬来，万一出点啥事，就成了一辈子的遗憾。孩子大了，有些事，她自己知道轻重。女孩子和男孩子在逻辑思维上是有差别的，上了高中后，虽然在数理化方面反应慢些，但在文科上有很大的优势。

小远在高二下半学期时，忽然改了主意，由理科转文科，这样她的那几门弱科就不会拖后腿。学自己喜欢的科目，脑子开了窍，她主动找补课班、找补习老师，学习成绩也提高不少，名次在班里前进了不少。这些进步，让徐玉忽然觉得以前对孩子的理解太少，对不起孩子，她当初太武断了，总是认为孩子不努力，不好好学习，没有上进心，却不想想刚升到高中一下子开九门课，一门课学习半个小时，全部学下来也得四个多小时。一个人的精力有限，孩子能跟着学下来是多么不容易，而她眼睛只看到成绩。其实小远一直在默默地努力往前赶，她以前是个多么要强的孩子呀。

自从小远上了高中，徐玉的全部精力都放在她身上，为了小远的学习，私下里加入了好几个高考家长群。她和很多高中的家长交流过，他们也没有好办法，无论问起哪个高中的家长，都是一脑门问题。孩子的、学校的、老师的、教育制度的、教育系统的，千头万绪，解不开，理还乱，高考问题成为社会问题。这些家长中也有重点高中的老师，老师们讲起教育理论来滔滔不绝，可是面对自己家的孩子时同样束手无策，同样是迷茫的，老师也不能为自己的孩子指出一条光明大道。高考成为很多家长的死穴，有的人在国内找不到出路，解决不了问题时，只好让孩子出国。这条路普通人家是走不起的，它只是为有钱人、有权人开的路。大部分高中生，还是要去挤独木桥。徐玉朋友的孩子走了另一条近路，选择艺考，但是培养一名艺考生没有几十万根本学不下来。专业课一堂课就是五六百，本地的师资力量不行，还要去北京、天津、上海这样的大城市学。吃、住、学费下来就是十几万块钱。专业课万幸考过了，还有文化课一关，补习文化课又是一大笔钱。即使考进大学还要承受高额的学费，一年没有五六万根本读不下来。

不知不觉徐玉竟走到了平城一中校门口，夜色中大一中的牌匾发出幽蓝的光。高大气派的门楼，曲字形的教学楼，宽阔的操场……全市最好老师都集中在这里，无论硬件软件都是一流。小远在这么棒的高中上学，却只能考个区区的三本。成也一中，败也一中，当初送小远来一中时还想着她能考上北大、清华呢。

手机里有几个未接电话，都是小远和老钟打来的。老钟在电话里责怪她和孩子计较，没有个当妈的样子，一点肚量也没有。当母亲的被自家孩子气得离家出走了，说出来让人笑话，完完全全是小孩子的幼稚行为。徐玉绝望地告诉老钟，他宝贝女儿现在的分数只够上个三本。老钟牙疼似的吸一口冷气，半天没吭声。后来说，三本就三本吧，你和我还没上过大学呢，不也活了四十多岁。考大学不是唯一的出路，行行出状元嘛。屁话，你就惯你那宝贝吧，有你后悔的那天。徐玉擦了擦眼角。老婆我也是实话实说，网上不是说有考中北大还卖猪肉的呢。行了，散散心回家吧，你出去后小远急坏了，不停地给我打电话，她承认态度不好，惹你生气，她不该顶撞你、气你。她主要是生气自己没考好，孩子并不是没心没肺，她考不好心里也难过。徐玉不敢告诉老钟自己一刹那升起的那个可怕的念头。那一刻她大概被恶魔附体了吧。

徐玉在电话里发泄了一会儿，心里好受了一些。有了老钟的这个电话，她回家时面对小远也不太尴尬。想想自己刚才疯癫的样子，确实没有一点风度，哪像个当家长的。

学校的考前动员会，一再强调关注学生考前的心理和情绪，当然也要控制好家长的情绪，关键时候做家长的不能乱了阵脚。自己今天也是急昏了头，怎么能说出死呀活呀的话，这可是考前大忌。网上报道这几年学生因为考试出事的新闻很多，一个中学生学习时玩手机，父亲生气把手机从十二楼扔下去，孩子跟着也跳了下去。他追着手机逍遥去了，根本不管那两个可怜的人怎么活下去。还有一个是离家出走，又遇到人贩子，被卖到云南的小村子里。小远他们一中前年也有一个高一的女学生，看完年级的排名榜回到家开煤气自杀了。女孩抱着必死的决心，她用胶带纸把厨房的窗缝都贴起来。人命关天，后来一中取消了年级大排名。一个花季女孩用她的生命改变了一个学校的考试制度，是可悲呢，还是可惜？这次自杀事件也成了一中家长的教育案例，一届又一届的高考家长们私下也会隐晦地提起女生，除了责怪孩子不懂事，还有深深的恐惧。在家长的眼里，她是有罪的，一个孩子用这样决绝的方式惩罚生她养她的父母，让他们的灵魂一生得不到安宁，还有比这更恶毒的方法？徐玉搜索过同城一中贴吧里还有纪念这个学生的帖子，后面不断有小学妹学弟给她送花。

徐玉回家后，小远给她道了歉，她也给小远道了歉，母女俩互相检讨自己，客气得像两个住在对门的邻居。徐玉说，这几天因为姥爷生病，心情不好，不该对她乱发脾气。小远说，自己没考好，让妈妈失望了，剩下最后的这一个月时间，她一定加倍努力学习，一眼手机也不看。徐玉心口不一地说，并不是怪她没有考好，一次没考好，又不能代表高考不好。只是一次小练习，没关系，别放在心上。她这么一说，小远倒抽抽搭搭地哭了，这臭丫头从小就是吃软不吃硬的脾气。小远说，妈你别安慰我，我知道我没考好，班里好多同学都比我考的分数高。我这次作文跑题了，语文才考了80多分，人家别人都110多分。政治的两个大题没答好，刚刚及格。不过别的科目我差得并不多，我努力赶一赶，考二本还是没问题的。

徐玉拿过卷子仔细看了看，数学和英语考得还行，文科生拼的就是这两门课。小远是理转文，数学上占了一定的优势。政治差点，一个论述题丢分丢得最多。语文最差，怎么也没想到她的作文倒成了难题，以前她可是在中学生作文大奖赛拿过二等奖的。高中的作文以议论文为主，老师为了稳妥，让学生们不在作文上丢分，把作文教成了八股文。她看过小远的作文，引用的事例差不多都是荆轲。徐玉说，上了十几年学，你就认识这么一个名人，而且每篇作文都能用上这个古人。小远苦笑，高中就是一部扼杀天才的机器。

9

以小远现在的成绩，考好大学是有点困难了，艺考更是不可能，专业课都考完了。徐玉和老钟必须做好小远读大专的心理准备，运气好考上了本科，也需要一大笔学费。她决定铤而走险一个人闯一闯密道，万一一夜暴富呢！这些天她天天翻看去年的高考招生志愿指南，有一些A+1类的大学、中外合办的大学分数低些，但学费动辄五六万。

等小远关了灯睡着后，她蹑手蹑脚下床穿好衣服，拿上手机，又拿了小手电，轻轻推镜子后的那扇门，她确信这面镜子后面一定有名堂。她两手在镜子边摸索了好半天，可什么也没找到。徐玉有点泄气，看来真的需要特殊的机缘才能打开，也许几十年甚至几百年才开一次门。那天真应该进去探一探路的，以后再也没有机会了，可惜。正当她准备放弃时，门却突然开了。

这回没有犹豫，徐玉赶紧拿了手电探身进去，她今晚有赌徒的豪气，为了小远舍命干他一票。拿着手电，一步一步走进地下暗室，她的影子投在地上放大了许多倍，脚底下的声音也放大了数倍，沙沙，沙沙沙。徐玉的心都快要跳出来，万一从墙角忽然蹦出一个鬼怪，她可是连一张张天师的保命符也没有。手电筒在前面照出一小段橘色的小道，很普通的一条暗道，没有徐玉想象中迷宫一样四通八达的岔路。密道挺长的，大约走了十多分钟，还没有看到小金库，只是一条简单的地下通道。徐玉有点冷，上下牙齿碰出咯咯的声音，她鼓励自己再坚持一会儿，也许宝贝就在前面。可是，真的找到宝贝时，自己拿啥好呢，金条、美玉、宝石，还是钱。钱就算了，最好是宝石，有几颗就够小远出国上大学的花费了。

大约又走了几分钟，风也大起来，空气中有了丁香花的味道。难道是通到一个公园里？走出密道，徐玉有点分不清东南西北。天上的月亮又圆又亮，可能快农历十五了吧。直到看着那座标志性的大楼，她明白了自己的位置，在女儿的学校里，也就是大一中。想不到地道的出口竟在一中的东门。如果早发现这条暗道，女儿上学时还能抄近路，省下不少时间呢。徐玉对一中的保安心有余悸，她看了眼门口的传达室。那个尽职尽责的小保安居然睡了，失职呀，竟让她轻而易举地就混进了学校。

校园里静悄悄的，徐玉看到很多教室里有灯光，学生苦、学生累，这么晚了还有学生在用功，可想每一分成绩都是辛苦的付出。徐玉回去一定要把看到的情景告诉小远，一分耕耘一分收获，一分努力一分成功。她穿过那段榆树花墙，熟门熟路地走到了女儿的班级，推开门，她惊讶地看到里面坐满了人，不过座位上坐着的都是学生家长，有的认识，有的不认识，不认识的多些。每次开家长会，徐玉总是静悄悄地溜进去，又静悄悄地溜出来。小远不是班里的好学生也不是最差的，这类学生属于最省心的，老师一般不会投入太多的注意力，开家长会时不会表扬也不会批评，徐玉也就没有出头露面的机会。老师已经开始讲话了，家长们手里拿着笔，面前摊开小本子，手下飞快地记着什么。

徐玉面红耳赤地站在门外，有些不好意思，小远好像告诉过她开家长会千万不能迟到。家长要以身作则，守时守纪。你去开个家长会还迟到，回到家还怎么管教孩子。还有一定要把手机调到静音，老师讲话时，家长的手机鸣里哇啦地大响是对老师极大的不尊重。徐玉先把手机调到静音，然后才轻轻地敲了两下门框，里面传出"进来"的声音。讲台上小远的政治班主任拿着几张表在讲什么，她红着脸低着头朝小远的座位走去，开家长会时家长们都选择坐在自己孩子的座位上。老师看到她时，喊她钟小远快点坐好，我们已经开始讲课了。徐玉开始有点吃惊，大半夜的小远也跑出来了？后来才明白，老师喊的是她。啥时候起，老师开始把家长这两个字都省略了。她忐忑不安地坐在女儿的座位上，课桌上面空空的，有点对老师不礼貌，徐玉从女儿的课桌里拿出一本书、几张纸，又找到一支水性笔。老师在上面讲话，她在纸上胡写乱画，装装样子就行了，难道还要做课堂笔记？老师讲什么，徐玉根本没听进去，她满脑子还是密道的事，等一会儿回去的时候要好好找一找，一定还有自己没有找到的地方。房东不可能只是心血来潮建一条暗道，里面一定藏着贵重东西。小远的桌子上面用便笺纸贴着一首纳兰性德的词：

浣溪沙·锦样年华水样流

锦样年华水样流，鲛珠迸落更难收。病余常是怯梳头。

一径绿云修竹怨，半窗红日落花愁。愔愔只是下帘钩。

纳兰的词调子都有点灰，不过徐玉挺喜欢的，没想到女儿也喜欢。如果没有高考，她们母女俩说不定会成为一对知心文友。

徐玉希望老师快点讲，她担心小远醒来看不到自己会四处找她。小远胆子小，醒来必定喊一声"妈妈"壮胆。这些年徐玉已经习惯了小远时不时地喊自己。就是睡着了，小远轻轻叫一声"妈"，她马上就能醒来。徐玉很惊讶自己的这种特异功能，即使小远不叫自己，轻轻翻个身，她都能听到动静醒了，知道小远要起来上厕所。

徐玉举手和老师请假，老师明显不高兴，不过还是批准了。徐玉还真有点内急，进了卫生间，在镜子里赫然看到自己长了一张和小远一样年轻的脸。难道世上还有这么奇怪的事，母亲和孩子的身份可以互换。天方夜谭一样的感觉，虽然徐玉有时候真的有过这个想法，当小远大声顶撞她，摔书、摔门时，徐玉便想和她互相换一换身份，让小远当母亲，她来当学生考大学。不过如果自己真的变回十八岁了，那可是妖精了。徐玉有点小开心，老钟见了自己这张脸怎么办？不是说男人都喜欢年轻漂亮的小姑娘嘛，自己的变化也许正合老钟的心意。哈哈！

徐玉从厕所出来，在学校左拐右拐地迷了路，怎么也找不到回去的暗道口，只好从一中北大门出来，沿着平时小远上学走的路慢慢走回家。好在她出去时带了钥匙，蹑手蹑脚地开门进去，侧着耳朵听听，小远睡得挺踏实的。

徐玉摸摸自己的脸，赶紧到卫生间照镜子，还好，还是那张细纹纵横、肤色暗黄的老脸，自己一定是老眼昏花了。啧啧啧，还想返老还童的美事呢。不过她很喜欢刚才的幻觉，虽然很荒唐，却是很多年的心愿。重新回到教室里上学读书，她一定会加倍努力，这些年因为文凭的问题，她在工作中吃了多少明亏暗亏，假如她有机会参加高考必定会金榜题名。

天色青白，徐玉起来烧水为小远准备早餐。徐玉每天在早餐上花费不少心思，可小远并不领她的情，吃东西挑得厉害，鸡蛋不吃，牛奶不喝，馒头不吃，米饭不吃，面条也不爱。小远不爱吃包馅的食物，却又喜欢吃肉汁浸过的包子皮、饺子皮。徐玉自己包了薄皮小馄饨，小远吃过两顿，又不想吃了，嫌馄饨里有面味，分明就是挑刺。馄饨没有面味，还能吃出樱桃味？徐玉从网上学来做煎饼、鸡蛋饼、土豆饼，小远又嫌油腥味大。后来小远干脆告诉她，早上起来就没胃口，啥都不想吃，山珍海味也不吃。徐玉理解，睁眼饭，谁都咽不下，刚从被窝里爬出来，真是没胃口。小远还说，我这是心疼你，早早起来，忙活一桌子，我不吃你又生闷气。听了这话，徐玉的怨气一扫而光，这小东西还算是有良心。还知道她老娘天天辛苦为谁。

小远可以说不吃，徐玉可不能不做，反而花样做得更多，做好半成品存在冰箱里，万一想吃时，又没有现成的了。晚上休息不好，头疼得厉害，从鬓角跳起一根筋，"别别"地跳着疼，想着一会儿吃一颗芬必得。左手还有点发麻，拿脸盆时两次都没有抓住。小远升高中后，隔一天就要洗一次头发。她说头发油腻腻的，影响一天的心情。想想也是，一头清爽飘逸的头发，的确能让人心情愉快。她烧好热水，又在脸盆里兑好温水，租来的房子有很多不方便，热水器坏了，一直没修好。

帮小远倒洗头水时,徐玉眼前忽然发黑,她扶着墙好一阵才缓过来。大概是最近几天没睡好,等小远上学走了,好好补补觉。冲了咖啡,又准备了面包和牛奶,小远只喝咖啡,别的食物一口没动。她苦口婆心地讲了无数次,空腹喝咖啡不好,但小远根本不听,她也没有办法。老钟说过,一个孩子连想吃啥不想吃啥的自由都没有了,那肯定和你闹别扭。

小远走后,她喝药躺下,大天白日的,怎么也睡不着,反而越睡越烦躁。孩子在战场上勇猛拼搏战斗,当妈的却在大白天躺着睡大觉,徐玉有点不好意思,好像是做了什么对不起小远的亏心事。

左手麻得好像更厉害了,拿手机上网搜一搜,上面讲的都和脑部有关系。徐玉有些害怕,怕是脑瘤什么的。徐玉的表姑前不久刚去世,当初查出这病来,也是因为手臂发麻。一个人坐车到五医院,路上想东想西的,万一真是治不了的病,她也不打算治,陪着小远高考完就行。想到这里鼻子一酸,眼泪止不住地流,旁边的大姐热心,问她家里出了什么事,让她想开些,没有过不去的坎。大姐这么一说,徐玉倒冷静下来,不管出了什么事,哪怕真是没救了,也不能让小远知道。现在是关键时候,怎么能让小远为了自己的身体分心?老钟也不能告诉。主意打定,心里倒坦然了,小病从医,大病由命,是死是活大夫说了算。

一个人挂号一个人就诊,做了头部的CT。她躺在诊疗床上,眼睛睁得大大的,心里悲凉,怕啥来啥,小远没事,自己倒先病上了。第二天她独自去拿片子,有种上战场的感觉,好在问题不严重,只是普通的三叉神经痛,喝药或是针灸就行,徐玉心想又躲过一劫。

10

不知啥时候养成的习惯,晚上小远不睡,她也不睡。

敲击键盘的声音在深夜里听起来响亮刺耳,她手下的速度不由得放慢些,怕这声音会影响了女儿。小远在另一间屋子写着历年高考的卷子,对了，他们的专用词叫刷题。一晚上刷了几套卷子是他们的口头语。卷子有自己买回来的，也有学校统一发的，用小远的话说，高中的作业没有写完的时候，永远都有一摞白卷子在等着。衡水中学一个高考生晒出一组图片，一个好看的女生，身后是一米二高的考试卷子。河南的一所高中，毕业生把所有的书和考试卷子撕得粉碎，下了一场人工雪。徐玉每次看到这些图片，眼里都是湿润的。

在小远的指示下，徐玉差不多隔几天就要去新华书店买几套卷子回来，数学、英语、地理、历史。小远不做语文和政治卷子，她说起理由来头头是道，做这些卷子没有任何意思，这两门课考的时候全凭个人的发挥，高分拿不到，但基本分肯定没问题。还有答题时字迹一定要工整，卷子不能有空白。判卷老师的印象分很重要，最差也给个辛苦分。小远讲得条理清晰，俨然是一位久经沙场的老将。说是这么说，徐玉把考卷还是一本不落地买了回来。摆在桌子上，不想做看着也心安。一种心理安慰吧，只要是把那些考试卷子买回来似乎就不会落在别人的后头。

小远写完卷子，抽出答案纸对题。她现在只是做选择题，那些需要写字解答的，她总是不写。徐玉想试着说服她，却招来一顿白眼。不懂就不要乱说，高三的学生哪有那么多的时间把每一道题都细细地写在纸上，那是白白地浪费时间。时间你知道不知道，我们是争分夺秒的。我们老师都说了，要学会学习，不可能把每一道都仔仔细细地写出来。徐玉说不过她，就闭上嘴巴。她知道如果一直争执下去，小远会摔打着书本离开桌子到厕所待着，坐在马桶盖上半天不出来。她这种无声无息的反抗让徐玉更难受，她倒是情愿小远冲着自己大吼大叫，大哭大闹。一个人的承受力是有限的，郁闷长期积在心里，肯定会发展成病。屋子里的空气有些干燥，徐玉把拖把浸湿，也不拧干，湿湿地拖一遍，让地上的水分慢慢蒸发。又洗了樱桃，放在小远的手边。果然这几天的樱桃价格降下来了，只要二十多一斤。徐玉买的时候依然一粒粒细细地挑，她觉得自己越来越像个斤斤计较的大妈了。她离开单位离开集体生活已经两年了，天天围着孩子和家转,眼里只剩下菜价和考试。自己与社会脱节脱得厉害,孩子考上大学走了后,她该咋办呢?但肯定不会去公园里跳广场舞。

高考是真刀真枪地干,小远他们百日宣誓的口号是,一分干掉一千人。这么血腥暴力的口号,说明高考竞争越来越白热化。考场如战场,学生手里的笔就是一把刺刀,同学如同战场上敌人,对待敌人刀兵相见,就得白刀子进红刀子出。每年省里有三四十万高考的大军挤在窄窄的独木桥上,你没有超强的能力和毅力,只能成为一个失败者。如果不幸躺在别人的刀下,你就在下面挣扎吧,这下面就是一个深不见底烂泥坑,你想再爬起来上岸,那就得付出几百倍的努力,而大多数人再也没有挤上桥头看风景的机会。

离高考的日子越来越近,小远近来逼自己逼得有点紧,每天睡觉的时候,已经半夜一两点了,中间徐玉催过两次,都被小远不耐烦地呛了回来。虽然语气不好,但徐玉一点也不生气,心里还暗暗有些欣喜,看到孩子用功学习大概是每个家长都高兴的事吧。

有时候她自己也矛盾,不学习时心里干着急,觉得孩子不努力,你睡大觉时,人家别的学生还在奋发图强呢。考场就是战场,一分干掉一千人,这种白热化的誓言听着就让人出一身的冷汗。可是学习太晚了徐玉也着急,第二天早上还要早起,晚上休息不好,白天怎么有精力学习。虽然高考的利剑高悬,徐玉还是有理智的,懂得人的精力是有限的,晚上学得太晚,第二天上课的效果肯定不好。徐玉就在这种矛盾中熬了一天又一天。她给自己规定,只要小远还没有睡觉,那她也不能睡。她要让小远觉得,妈妈一直在陪她,一直在她身边,她不是一个人在努力,妈妈也在和她一起努力。她们同心协力打一场攻坚战,当母亲的提前退场了,那孩子也会松懈。

错了几个选择题,小远对自己很不满意,撅着嘴把凳子拖得很响。为了不影响楼下的邻居,徐玉在家里的桌腿上绑了软布,高考生,个个都不容易。小远关了灯后,徐玉也马上关灯,她有失眠的毛病,以前睡前要看一会儿书，看得两眼酸困时，睡意也来了。现在为了孩子一切习惯都改了，失眠的毛病改不了，它只能是更严重了。徐玉睡不着时，闭着眼想心事，真是见鬼了，只要是关掉灯，徐玉心里亮堂堂的，比开一盏灯都亮。

　　徐玉又去了女儿的学校，家长们正在参加一场考试，要命的是，她不会做那些该死的历史题，绞尽脑汁也想不出年代，毕业二十多年，自己当年学过的那点知识都当馒头吃了。可是考试时间到了，小远的书本就在课桌里，徐玉心里七上八下，翻一下书就能找到答案。可是她怎么能抄答案呢，平时她可是教育小远要诚实不说谎话的。也许小远就在不远处看着她。偷眼看着周围的家长都在刷刷地认真写卷子，人家都会，就自己不会，真是丢脸。徐玉的心眼还是活了，手慢慢地伸向课桌，她安慰自己就看一眼，考试不及格的话，在小远的面前也抬不起头来。翻一下，老师大概不会发现吧。可是她还是不敢作弊，手刚刚碰到书本，她就像被烙铁烫了，又缩回来。这时她发现同桌已经做完了，只要悄悄瞟几眼，就有现成的答案了。老师在上面催促着还有十分钟时间就到了，没有写完的同学，要抓紧。怎么办？等老师转身在另一边小组巡视时，徐玉还是把头探过去瞟了几眼同桌的卷子。可是这个家长真小气，那道题他居然用手臂挡着。她以前做学生时也是这样用手挡着试卷防备同桌抄袭。完蛋了，考试要不及格了。

　　正急得抓耳挠腮时，有人悄悄递给她一张小纸条，徐玉细看上面的字迹是小远的。女儿帮着妈妈作弊，真是一个好故事。徐玉灰暗的心情稍稍好转。她和女儿还是心有灵犀的，她们一起经受考试的锤炼。

11

　　不知道谁在哭，不过声音很低。开始徐玉以为邻居两口子闹意见了。再细听，发现那声音是从小远的屋子里传出来的，哭声显然被刻意掩在厚厚的棉被下。这种压抑的细碎的哭声更让人难受，近在咫尺又远在天涯。

也不知从什么时候起她和小远的交流沟通有了障碍，她不知道小远心里想什么，小远也不愿意让她知道自己的心思。小远长大了，早已经不会把她的心事告诉自己的母亲，她把那些心事压在心里，宁愿一个人慢慢消化。徐玉还记得女儿小时候因为养的一只小鸡死了哭了一天一夜，因为没有得到一件玩具大哭，因为不让吃第二根雪糕撒泼耍赖地哭。现在小远很少会在她的面前哭，大概觉得长大后在父母面前哭鼻子很丢脸，很没有面子。

  徐玉打算过去劝一劝。细细一想，当着孩子的面说什么呢，千考万考不如最后一考，不就是一个小测试嘛，又不是决定命运的高考。反反复复还是那一套话，没有一点新意。连她自己都觉得假惺惺的。她真的不在乎成绩？那还不是哄鬼的话。后来想想还是让孩子哭一会儿吧，这么大的压力总得有个发泄的口子，哭一哭也好，哭一哭她心里就舒服了。小远在她的屋里哭，徐玉的眼泪也打湿半个枕头，她心疼这个十八岁的小姑娘，却无能为力，她可以为孩子牺牲一切，兴趣爱好，包括自己的工作和事业，但她在学习上帮不了小远。

  她恨老钟和自己年轻时不努力、不争气，没有混个一官半职。如果有钱，小远也可以通过出国留学来选择逃离高考，可是他们什么也不是，只是两个普通工人，只能眼睁睁看着小远一个人在高考的千军万马中冲杀，眼睁睁看着她受伤，看着她伤心难过，看着她被高考这个无形的巨人捏来捏去，却没有一点办法。

  小远推开房门扑进她的怀里大哭，一边哭一边喊，妈，我学不会该死的数学，也学不好政治。再考下去，我真的要死了，我完蛋了，我要疯掉了。我不参加高考了，行不行？妈妈，我真的撑不下去。小远哭得上气不接下气，眼泪顺着清瘦的脸庞流成小河。她两手神经质地抓着自己的头发，头发乱纷纷的像一团草。徐玉像被人从背后狠狠地扎了一刀，她什么话也没说，抱住孩子，轻轻拍着小远的后背，没事的，做错就做错了，现在发现错题，考试时就不会错。你太紧张了，放松点。边说边把小远一头乱纷纷的头发抚顺了。小远哭了一会儿哭累了，蜷着身子躺在她的身边。

徐玉像小时候那样为她唱起儿歌。第一天我到河边去玩水，丢了我的洋娃娃，我哭我哭我大声地哭。第二天我到河边去玩水，找到了我的洋娃娃，我笑我笑我大声地笑。第三天……那些单纯而快乐的日子丢在了哪里？

等小远平静下来，徐玉拿一块温毛巾给她擦脸擦手。大概是累了，小远枕着她的一只胳膊睡着了。女儿睡着的样子特别可爱，就像一个天使。徐玉不敢乱动，她用另一只手把夏凉被扯过来搭在孩子的身上。她们母女俩很久没在一个被窝里睡过了，小远的个子比她高点，她的脚挨着小远的小腿杆，感受着孩子温热的体温。眼前的这个小人见风长，好像是一夜间个头就超过了徐玉。如果没有横在眼前的高考，徐玉觉得她们母女俩会像一对知心的姐妹，讨论化妆品，讨论时髦的衣服，甚至是谈论喜欢的男孩子。徐玉想伸手摸摸她的小鼻子，摸摸她的头发，摸摸她的耳朵，但是不敢。升入高中后，小远有轻度的神经衰弱，睡眠变得极轻。

徐玉沉浸在过去的时光里，婴儿小远睡在自己的身边，皮肤粉嫩，小嘴轻轻吮吸着奶水，吞咽奶水时喉咙里发出动听的声响。吃饱了，胖乎乎的小手还贪婪地抓着一只乳房。

徐玉一点睡意也没有。记得小远五岁时曾画了一幅蜡笔画给她当礼物，祝妈妈生日快乐。徐玉觉得自己是世上最幸福的人，孩子是上天赐给她的最好宝贝。那年她工作出了问题，特别灰心失望，已经联系好北京的一个朋友，打算辞职出去闯一闯。她不甘心一辈子待在一个小城市里，她觉得这份工作无聊透了，一定要离开，她受不了周围的环境。是女儿那幅画留下了她，她静下心来，认真思考自己的未来，真的已经失败？真的已经没有退路？工作可以重新找，但女儿不能离开妈妈。在女儿成长的岁月里，不能缺失母爱。

窗外一点点由暗变青变白，小远枕着她的胳膊睡得格外香甜，细细端详孩子的眉眼，嘴巴像自己，有点厚，眉毛像老钟，又粗又黑，脸盘宽，这个完全像钟家的人。都说女儿像爸爸的地方多些，果然。小远耳垂上有一块痣，看着像半个花瓣。孩子小时，痣只有米粒大小，随着年龄增长，竟长成一朵小花的样子。她还开玩笑说，走丢了，一看耳朵就能找回来。孩子睡着的样子真可爱，越看越心爱，徐玉轻轻在小远的脸上亲了一下，她们已经很久没有这么亲昵的动作了。孩子长大了，不由自主地开始拒绝那些腻腻歪歪的动作。小远梦中抽泣一声，眉毛皱一下又放开了。徐玉希望孩子可以这样无忧无虑地睡下去，没有考试，没有成绩表，没有班级排名，没有高考。

五点半时，她拿个软枕头换下自己的胳膊，整个胳膊都麻了，她用另一只手捶着麻痹的胳膊，让血液流动起来。不过她心里挺欣慰，终于可以帮女儿做一点事，把她的胳膊给女儿当了一晚上枕头。

她轻手轻脚地往电热水壶里接上水，一会儿小远洗脸用，冲咖啡也要用。小远的咖啡史已经有五年的时间。她在网上也看到发育期的孩子喝咖啡不好，可是为了提高学习效率，班里的学生差不多都在喝。区别只在咖啡的牌子不同，进口的咖啡贵些，口感好。徐玉一直为小远选雀巢，价钱适中。小远可以不吃早饭，但早晨的这杯咖啡是一定少不了的。

差十分六点，她喊醒了小远。小远看到自己睡在徐玉的床上，可能是想起昨晚上发生的事，脸微微有点红。呀，我怎么睡在这里了。徐玉笑着说，睡在自己妈妈身边，有啥不好意思的，你小时候天天赖在我床上，有一回还尿床了。小远说，肯定是你偷偷把我抱到这里的。徐玉不说话，笑了，伸出一根指头打算刮一下她的小鼻子，但小远快速地躲开了。昨天晚上那个又哭又闹的小远又离开了，徐玉脸上讪讪的，顺手把冲好的咖啡放在小远的书桌上。看上去小远的心情不错，她在卫生间洗漱时，还用手机放了一首歌，是她喜欢的那首《在黑夜中翻滚》。外国歌，徐玉听不懂，但能感觉出那金属音质如一缕强光照过来。

小远出门时破例说，中午想吃孙记的水煮肉。

徐玉响亮地答应一声，好的，水煮肉，孙记的。等小远出了门，徐玉长长地松一口气，看来昨天晚上的暴风骤雨过去了，年轻就这点好，风雨来得快，去得也快。

12

离高考还有七八天，父亲又生病了，这回大夫建议住院治疗。第二天做了加强CT，结果出来医生说情况不太好，他指着肝上面的一小片阴影，让他们去北京确诊一下。小远马上要高考了，走不开，她只好给弟弟打电话，告诉他父亲的病情，让他带着父亲去北京。弟媳妇很不高兴，闲话说了一箩筐。徐玉装聋作哑，谁让她有事求人家呢。

徐玉最后一次穿过密室去女儿的学校，高三部的教室已经人去楼空。以前那些灯火通明、热火朝天的、硝烟弥漫的场面突然消失了。一楼很安静，教室窗口黑着，徐玉慢慢走进教学楼，楼道里空荡荡的，橘色的灯光下影子铺在脚下，徐玉有些怀念那种刀光剑影的紧张氛围。推开教室门，先把前排的灯打开，再把后面的灯也打开，灯管闪几下，教室马上亮起来。课桌排列得整整齐齐，桌面上没有了堆积如山的书本，地面打扫得很干净，连一张纸片都没有，并没有想象中满地狼藉的情景，黑板上写着，十年磨剑，今朝试锋。墙上挂着争分夺秒，分秒必争，决胜高考，挑战人生的高考誓言。

缓缓地绕着教室走了两圈，她在小远的座位上坐下来，扭头看一看她旁边的座位，空着的。她出神地盯着门口，等着他们来听课。仿佛是心有灵犀，楼道里有脚步声响起，一个家长走进来，又一个家长走进来，陆陆续续教室里坐满了人，他们目不转睛地盯着黑板。老师呢？老师来讲课吧。

徐玉喜欢自己在这个空间所扮演的角色，在那一刻她和女儿的身份是可以互换的，女儿是妈妈，妈妈是女儿。她进入女儿的世界后，惊讶地发现里面的房子都是陌生的，女儿什么时候建起这么多的小房间。里面添了许多古灵精怪的玩意儿。徐玉穿越迷宫一样在里面走来走去，但她相信自己不会迷路，女儿是她一手带大的，她成长的点点滴滴她都熟悉，再曲里拐弯的路她这个当妈的也能摸索到。

在同一时间小远也会闯入她的世界吧,小远会发现什么呢?一个打着爱的幌子,逼迫着孩子日夜不停学习的狠心妈妈。小远恨自己吧,她知不知道一个母亲无私无怨地爱着孩子,甚至可以为孩子献出自己的生命。

弟弟带着父亲去北京的那天,正是小远高考的前一天。徐玉恨不得把自己掰成两半。一个陪父亲,一个陪小远。老钟请了假,他让徐玉别去考场。他不怕小远晕场,而是怕徐玉晕倒在考场外。

徐玉几乎一晚上没有睡,既担心父亲的病情,又担心小远明天的考试。不过她还是早早起来做了清淡的饭菜,饭桌上好像大家胃口都不错,吃饭的时候夸张地笑着。小远喝完咖啡,还吃了一个小面包和一个鸡蛋。

昨天已经去熟悉过考场周围的环境,今天小远要一个人去考试,徐玉当然不会同意。老钟破例和她意见统一,叫了个滴滴快车,一家人风驰电掣地向考场奔去,徐玉看着窗外一闪而过的风景心潮澎湃,想起以前的那首老歌,雄赳赳,气昂昂,跨过鸭绿江。

依照惯例,考前学校周边封路,出租车在离学校还有一段路就停了车。校门口被陪考的家长围得水泄不通,小远责怪他们不该来,完全就是添堵。有同学叫她,小远和他们挥挥手潇洒地向考场走去。而徐玉觉得还有很多话要嘱咐她。

高考献爱心,周边的商家在学校外面搭起很多的供家长休息的简易帐篷,免费送水送绿豆汤,还有小扇子。家长们固执地站在学校对面看着紧闭的大门,脸被太阳烤得红通通的,个个都像将要下蛋的老母鸡。老钟拿了两瓶免费的矿泉水回来,徐玉根本喝不下。老钟在她身边站了一会儿,又去另一个志愿者服务点看看,回来拿了一摞小广告,有旅行社的,有驾校的,上面承诺考生只要拿着准考证,就给以各种假期的优惠。徐玉不停地扇着小扇子,上面是现代女子医院的无痛人流的广告,真佩服商家的商业头脑,各种机会都不放过。看看手机,考试才过去十五分钟。

小远第一天考完,感觉还不错,发挥正常,没有遇到偏题怪题。徐玉心里念了无数次阿弥陀佛。晚上吃着饭，小远忽然说，妈呀，完蛋了，第二张试卷上我忘写名字了。徐玉开始没在意，她觉得小远在逗她玩，边笑边说，不写名字才显得咱钟大小姐有水平。扭头看到小远哭了，徐玉脸色惨白，她觉得那一刻心跳都停止了。你，你，真的没写名字？徐玉结结巴巴地问。我一直惦记着写，检查第二个小题时还记着，后来，后来，广播里让考生放下试卷离开座位……

徐玉的脑袋里插进十把钢刀，竟然发生这么低级的错误，怎么就忘了嘱咐她写名字。真是怕什么来什么，越怕出鬼越来鬼。徐玉急忙给小远的老师打电话，老师也是吃了一惊，他问小远贴了条形码没有，小远喏喏地说，贴了。老师说，贴了条形码的话，问题应该不大，现在电脑判卷，学生所有的信息都在上面。不过如果查试卷呢，就说不好。能听出来老师也不是很肯定，徐玉飞快地百度一下，和颜悦色地对小远说，丫头，没关系的，学生的信息都录在条形码里，电脑判卷不写名字也没问题。

真的没有关系吗？徐玉浑身浸在汗水里，完全不知道该怎么办。听天由命吧，小远明还有一天要考，作为母亲她必须保持冷静。

人鱼

1

每条人鱼只有一次机会变成人类,如果错过,那就只能等下辈子了。不要好奇地问为什么,这是人鱼世界的生存规律,所有的人鱼都必须遵守。

四周又冷又黑,每向前划动一下都要使出吃奶的力气。

我拼命地摆动尾巴,我想游得快些,再快些。

2

午饭里有一道皮蛋拌豆腐的凉菜,刘姐喊王秀剥几个松花蛋。王秀"噢噢"地答应着,手里的刮皮刀转得飞快。十分钟前刘姐刚喊过,让王秀把那些土豆皮削了。刘姐是学生站里唯一的厨师,据她自己说以前在市里有名气的大饭店里做过大厨,一个月七八千地挣。众人背后嘀咕,吹牛也不靠着点墙,鬼才信呢,七八千不拿,跑到咱们这儿挣不到两千的小钱,脑子有病呀!

王秀把削好的一小盆土豆泡在清水里,土豆上有淀粉,不马上泡水的话一会儿就变成难看的铁锈红色。和刘姐同在菜案的小张正在旁边切一堆萝卜，她手里的刀跟萝卜有仇似的，叮叮当当一阵砍，萝卜东倒西歪躺倒一片。小张表情丰富地对王秀挤挤眼撇着嘴角低低地说，别搭理她，老货！欺负你老实好说话呢，菜案的事归她管，她比你多挣二百块钱呢，凭啥老让你帮她做营生？王秀笑了笑没接话茬。刘姐耳背，希望她啥也没有听到。

女人窝里闲话多，闲话是个毛线团，人多嘴杂越扯越乱。小张前天没吃早饭，半上午时正好李姐蒸出肉包子，小张趁热吃了一个。本来屁大点事，偏偏被刘姐看见了，话里有话地说，哟！看不出来，小张年轻轻的挺会过日子，在学生站上班连家里的早饭也省下了。小张也是厉害的主，嘴巴从来不吃亏，当时就和刘姐嚷嚷起来，饿了吃个包子怎么了？就是给日本人干活也得让人吃饭呀。这学生站又不是你家开的，闲心操多了，小心得心脏病。刘姐被呛得还不上话，确实这是人家肖老师开的学生站。小张看刘姐不顺眼，刘姐呢也不是善茬，时不时暗中向肖老师告状。

对于她们明里暗里的争斗，王秀一般都是装聋作哑，左耳进右耳出。多干活少说话，计较那么多干啥。天天一起做事的也就她们这几个女人，一个个弄得乌眼鸡似的没意思。况且肖老师早有过话，刘姐年纪大了，菜案上两个人忙不过来，大家有空时帮着洗洗涮涮打打下手。菜案本来应该有三个人的，只是这学期站里收的学生不多，再招一个工人的话不划算，省下的钱给你们这几个人当奖金分了。到了月底，每个人还真涨了五十块的工资，钱虽然不多，但王秀心情挺好。受苦人最实在，只要钱给上去，干活很是卖命。

王秀洗干净手上的淀粉汁，从冰箱里取出几个松花蛋。剥了皮的松花蛋蛋青呈半透明的深茶色，能隐隐看到里面的蛋黄。一想到黑膏一样油汪汪的松花蛋黄，王秀的嘴巴里溢满口水。王秀知道是一个月一次的亲戚要来了，这个月已经推迟了十来天。她生理期这几天有个毛病就是害口，像怀了孩子的女人一样，嘴巴馋得厉害。不馋大鱼大肉就馋口松花蛋，来例假那几天看到松花蛋就像大烟鬼看到了鸦片。怕被人看到笑话，王秀下了很大的决心才没有吃掉手里的松花蛋。其实吃一个也没啥，只是王秀不想给大家留下嘴馋的印象。家里人从小就教育她，女人家嘴馋手懒会被外人笑话的。

刘姐忙着做干炸丸子，把拌好的肉馅抓一把放在虎口一挤，一个滚圆的肉丸就好了。这个菜撒上孜然粉、五香粉，孩子们最喜欢吃。王秀在旁边给刘姐打下手，刚下到油锅的肉丸不能动，一动就散开了，要等丸子的表皮固定了，用筷子轻轻地托着浮出油面。这时油温不能太高，要七成热，温度高了外面的皮焦了，里面的肉还生着。

王秀乐于给刘姐帮忙，也有点自己的私心，想趁机偷着学点手艺，当大厨是不可能的，最起码可以做给儿子吃。不知为啥今天王秀闻着油烟味恶心得厉害。刘姐挤丸子，她捞。捞了一半王秀实在忍不住干呕着跑到厕所，也没吐出什么，鼻涕眼泪淌了一脸。她撕点卫生纸擦干净嘴角，红着眼窝从厕所出来。小张这个小蹄子没大没小地和她开玩笑，说王姐这怕是有喜了吧？王秀一下子红了脸，笑着说，胡说啥呢！你们年轻人身体底子好，说有就有了，到了我这个年纪，已经是闹心闹脾气的更年期，哪能那么容易就怀孕了。恰好这时电视正在播广告，一个穿着粉衣服的女人捧着一盒药说，女人更年要静心，请服太太口服液。几个女人不由得都笑起来。

面案的吴姐也过来关心地问，王秀怎么了？不舒服就回家歇一歇。大家一人帮一把，顺手把你那点活儿也干了。没事，没事，大概是早上吃的粥有点凉了。大家这么关心她，让王秀挺不好意思。真难受也得硬撑下去，一个萝卜一个坑，她回家休息，剩下的这么多活儿谁干？虽说没有出大苦使大力的活儿，只是厨房都是碎营生，她们这五个女人一上午十只手就没有停下来的时候。人人都不容易，来这里挣这千数块钱的，都是家境不怎么好，上了些年纪的，一天做下来哪个不是累得人仰马翻。就连最年轻的小张，也是天天嚷着腰酸背疼。王秀平日里性子随和，谁的活儿没做完，她都肯伸手帮一把，所以大家才格外照顾她。

回到厨房喝了两大口醋，才把这股恶心劲儿压下去。不过今天这油烟味难闻得厉害，王秀以为肖老师也偷偷把油换了。散装色拉油便宜，街上那些卖油炸食品的小商小贩都用散装油。王秀特意瞟了一眼油瓶子，还是仙鹤牌子的油。这个油虽然没有金龙鱼、鲁花的牌子大，但也是正规厂家生产的。

饭菜准备得差不多时，王秀穿好衣服出去接下学的学生。其实学生站和学校只隔着一条马路，但家长们不放心孩子自己过马路，要求学生站的阿姨每天接送。十四校附近的小饭桌一家挨着一家，除了比饭菜的质量，就是拼服务了。有的学生站不光接送孩子，晚上还辅导孩子学习，这样家长回家连检查作业都省了。

王秀当初来的时候和肖老师说过，自己这个人挺笨的，菜案面案的活儿都干不了，只能帮着洗碗洗菜当个杂工。肖老师说，丑话说在前头，杂工挣得少，一个月比刘姐她们少二百块。王秀也同意，少就少点，总比没有工作强。来学生站前她已经找了很长时间的工作，虽然她以前卖过几年服装，可现在哪个老板愿意用一个四十多岁的女人卖衣服，他们喜欢十八九的小姑娘，嘴甜，形象又好，花骨朵一样的年纪，顾客买东西时看着也赏心悦目。

肖老师当时也是缺人手急着抓人，站里的小胡辞了工作，分工干活，走一个工人学生站的摊子一下就乱了。幸亏小胡走的时候推荐了邻居王秀，虽然不是厨子，但人老实，手脚勤快，靠得住。试用了三天，肖老师便把她留下来。她管接送孩子上下学，分饭，洗碗，清洁，午休时看护学生。零零碎碎的事，几乎没有闲下来的时候。但王秀挺喜欢这工作的，最主要的是家里中午不用开火，能省下一份伙食费。

3

我在码头迷路了。新家的地址原本写在我的手心里，刚才在水里时不小心洗掉了。

我坐在石阶上伤心地哭,这时从远处一瘸一拐地走来一个老婆婆。她脸上长满墨绿色的斑纹,一只暗黄的眼珠子摇摇欲坠地吊在眼眶外面。老婆婆摇摇晃晃地走到我跟前。

我大着胆子问,婆婆,你认识我的家吗?

认识呀,我还认识你的爸爸妈妈。

婆婆你是谁呀?

她咯咯地笑着说,我是人们又爱又恨的鬼脸。

鬼脸婆婆把我送到一间梨子形的小屋后,一转身就不见了。

屋里没有人,到处都是水,在水中央浮着一张粉色的小床,床上的被子也是粉色的,被子又软又暖和。我累坏了,刚躺下就睡着了。

4

王秀下班后脑子里想的第一件事就是买松花蛋。她每次来例假时就要给自己买几只松花蛋,用白棉线切成莲花瓣,浇上醋,撒上姜末。不这样大吃两顿,那些深藏在肚子里的馋虫子就不肯放过她。

骑车路过华林超市时,她没有进去,大超市的东西贵。现在的皮蛋涨得厉害,一盒"神丹"要近二十块钱。她一般都在楼下的小卖铺买,没有包松花粉的泥料,也没有包装,大概就是专家们常说的铅超标的那种。以前一块钱一个现在涨到了一块五。王秀安慰自己又不是天天吃,偶尔吃一次不会有事,哪里有那么金贵的就会中毒。

松花蛋青白色的蛋皮上面泛着一些黑色的斑点,王秀的口水忍不住又流出来。王秀打开家门,连拖鞋都没换,把手里的东西往地上一丢,坐在客厅的沙发上急急忙忙地剥开一只蛋。也等不及蘸蒜醋汁,白嘴吃下一个,手里却又剥开另一只。真是嘴馋得不像个样子,王秀自己都有点不好意思,幸好家里没旁人,如果让婆婆、小姑子看到她这样,还不得笑话烂了。

歇了一会儿，把茶几上的蛋皮收拾到垃圾袋，进厨房准备做晚饭。中午的剩菜，刘姐给大家一人打包一份。肖老师吩咐过，中午剩下的饭菜打包回家，反正现在的孩子们也不吃剩的。这也是王秀喜欢在学生站工作的原因，不讲究的话，晚饭几乎不用另做了。当家才知柴米贵，要知道把两张嘴带出去，一个月一千六的工资就是实落儿，没有任何水分的。花生、黄豆用五香调料煮好放凉，吃的时候拌上香干丁、芹菜丁是最好的下酒菜。王秀又想，再现炒一个土豆丝吧，里面多放点红辣椒丝，不能天天给老张吃剩菜。

胃里像有只野猫抓得难受，趴在马桶边呕了半天，肚子倒空了，最后只吐出一些腥苦的黄水。头疼恶心，身子又沉又懒。摸摸额头还有些发热，王秀想大概是感冒了。没钱人自己就是大夫，她翻抽屉找出一颗康泰克吃下。不一会儿药力发作出了一身虚汗，坐在沙发上边看电视剧边打盹。这一段电视台都在播抗日剧，网上吵吵说因为钓鱼岛的问题，中国和日本有可能要打一场恶仗。不过她觉得这些大事离她远着呢。她最关心周围哪个商场的东西降价了，附近的超市搞不搞促销打折活动。最简单的道理，买菜时，一块五毛钱一斤的黄瓜比两块一斤的能多买一小根。

老张回来时都十点了。城里搞古城恢复，大拆大建，以前的公共厕所一夜间全没了。老张夹着一泡尿忍了一路，一进门急慌慌冲进厕所。趁他洗手上厕所的工夫，王秀赶紧把饭菜端上桌。老张晚上喜欢喝口小酒解解乏，为了犒劳自己，从夜市上买回两根羊拐弯当下酒菜。他扯下一根肉大点的筋头，塞进王秀的嘴里。羊蹄子没几口肉，上面最好吃就是这口肉筋头。可那种讨厌的恶心又上来了，王秀跑进厕所又是一阵翻肠扯肚的吐。老张不嫌弃她，放下筷子跟过去，蹲下来帮她拍着后背，又倒了一杯温水让她漱口。王秀冷汗淋淋，她摆摆手让老张吃饭去，不用管她，没啥事，大概是吃坏了东西，吐出来倒舒服多了。

吃过饭老张主动把碗洗了，还把厨房收拾干净。王秀休息一会儿感觉精神了许多。老张端盆热水进来，先让王秀洗脚，等王秀洗完，他把自己的脚也泡在盆里。王秀让他再换些水，老张笑呵呵地说，我又不嫌你。水为净，谁先谁后都是个洗嘛。倒了水他进屋把这个月的工资拿给王秀，这一季搞装修的人多，挣的还行。王秀把钱算一算，可以把借小赵的钱还上。

这笔钱还是婆婆生病那年借的，拖了四五年了。婆婆得的是子宫癌，大夫一脸慎重地把片子拿给他们看时，王秀就知道花钱如流水的日子来了，几万块钱拿到医院几天就没了。老张那时的压力特别大，他是家里的长子，弟弟妹妹们都眼睁睁看着他这个大哥的行动呢。他如果不拿钱出来，那老妈的病算是没治了。老张下岗多年，说得寒碜点，家里连一千块的存款都没有。有什么办法，只能咬着牙找人借。那时候的脸也不是个脸了，比屁股还不值钱。只要平时稍稍有点关系，就打电话找人借钱。有的人委婉地拒绝，有的直接就说没钱。人穷志短，老张也不生气，接着打电话呗，有枣没枣打一竿子。幸好手术很成功，大夫说保养好的话，再活十年没问题。老张当时攥着大夫的手哭了，一个大男人鼻涕一把泪一把。他后来和王秀说自己那时最怕的是妈没了，钱也没了，人财两空。

见钱见喜，老张今晚多喝了点，吃饱喝足想起夫妻间的那个好事。他们很久没有做过了，上一次大概还是一个月前。那天王秀的失业保障金办下来了，不多，只有600多点。可对于一个下岗多年的女工来说，真是喜从天降的好事，从那以后她可以月月领600多块的工资了。这个钱发到五十岁时，她还能像正式退休工人一样理直气壮地领一份退休金。有一份旱涝保收的固定收入，和有单位的人一样按月发放工资，他们已经很久没有过这种幸福的感觉了。为了庆祝这个好日子，两口子就放开手脚做了一回，出了汗，尽了力。王秀甚至还低低地叫出声。老张故意用舌头堵着她的嘴，王秀时断时续的呻吟让老张年轻威猛了好多。

关了灯老张的大手伸过来到处乱摸，王秀明白老张的意思，自己主动脱了背心裤头。只是今天王秀身子不舒服，又不想扫老张的兴，老张一个人忙活时，感冒药的药劲儿顶上来她竟然还趁机打了个小盹儿。

我这是动了块木头疙瘩呀！老张小声地嘀咕。王秀惊醒了，有些不好意思。老张兴趣全无，两个人僵着身子无情无绪，王秀就说，算了，睡吧，明天还要早起。老张的困意也犯上来，果然听话地躺在旁边，不一会儿便响起鼾声。

记得他们的第一次是在王秀单位的宿舍，眼看天黑了，老张死皮赖脸地不肯走。他们那会儿已经领了结婚证，法律上算是合法的夫妻，只是还没有办酒席而已。王秀传统，怕婚前有了孩子被人笑话，不同意，老张使个小计谋，说想伸进手去摸一摸，长这么大他还没有摸过女人的东西。这一摸就摸出后面一长溜的连续动作来。那时候的老张真不要脸，简直是一副流氓的嘴脸。

感觉裤头底有些湿湿的，王秀以为来例假了，拆开一包卫生巾上厕所，该来的还是没有来。王秀算算日子，这回已经超了十几天，她以前很准时，一天都不拖。只是这两年经常这样推后，有一回竟拖了三个月才来。开始王秀也紧张，怕不小心怀上了，在楼下的药店买来早早孕试纸，每次都是一道红。王秀在网上查了查，她这种情况属于正常，女人绝经前大都是这样，要么提前要么推后。没个准期。王秀她们这茬人赶上计划生育，只让生一个孩子，女人生育少，绝经期差不多都提前，平均四十八岁，有的甚至四十出头已经没了例假。

王秀记得自己母亲五十多岁时还有例假。她们那辈人生孩子密，一家最少有四五个孩子，有的人家甚至七八个。女人一生排出的卵子数量是一定的，排完更年期也就来了。老话说，女人全靠血养着呢，没有了经血，衰老得特别快。王秀这一年的白头发明显一天比一天多，特别惹眼的是两个鬓角，全靠去理发店染。

现在一些有身份、有钱的女人，都去做护理子宫的保养，说白了就是为多来几年例假。王秀知道肖老师就在美容院做保养。肖老师也不避讳，还说她有贵宾卡，她们谁想去保养的话，直接说她名字可以打个八折。

王秀摸一摸自己的小肚子，肉皮松塌塌的，女人到了这个年纪也就是秋后的黄花菜，一天比一天蔫巴，心情不免有点低落。人一辈子呀就这么回事，花红柳绿的有几天。眨眼间就老了！哎，以后连个例假也没有了。这东西伴着自己过了几十年，就像一个老朋友，冷不丁不来走亲戚串门子了，心里还有点想有点盼。不过没了也好，从此能穿个干净衣服。记得自己十四岁那年刚来例假的时候，真是恨死了当女人。她悄悄地躲在小屋看学校发的生理卫生书，一个月来一次，一次四到五天。做女人怎么这么命苦！如果当时能变身，她真想变成男生。那会儿根本没有什么方便好用的卫生巾，裤头也是家里手工缝的宽裤腿，班里的女生常把裤子弄脏。有一回王秀正上课，那个东西提前光临了，她连假也没有请，一阵风似的跑出了教室。

　　用手掌在肚子上打圈，顺时针十圈，逆时针十圈，这是和电视里一个老中医讲座学的。王秀胃不舒服，就试着做一做，肚子似乎舒服了许多。

　　王秀和小张、刘姐她们出去玩，也不知到了啥地方，她和大家走散了，心里着急，一个人四处乱闯。走着走着进了一片望不到边的海棠花林，淡粉色的花一簇一簇开得红火热闹，连远处的天空都被映成了粉红色的。她正纳闷自己到了哪儿，忽然从花心里跳出个粉嘟嘟的小娃娃，小孩子只有拇指大小，梳着小辫子，穿着泡泡纱的公主裙，站在细细的花枝上又是跳又是唱。王秀刚想喊她小心点，别掉下来！花枝咔嚓一声断了，王秀伸出双手快速跑几步，孩子纵身一跃刚好落进她的手心里。

　　惊醒时，急出了一身汗，典型的更年期症状，潮热多汗，失眠多梦，心情烦躁。

　　看一眼手机，差五分五点，还能再睡一会儿。想想刚才的梦，王秀下意识地展开左手，仿佛里面真藏着个能说会唱的小精灵豆。真是奇怪，他们这里的人有种迷信的说法，说女人梦见花儿生女儿，梦到苹果生儿子。王秀不觉笑了，都这把年纪了还做胎梦，真是笑死人。这个女儿梦这辈子是实现不了啦。她已经四十七岁了，放在以前，这个岁数早当上奶奶了。

5

我的爸爸妈妈一直没有来找我。我饿了就到水边取一些水牛奶喝，还有水芹菜的味道似乎也不错。我长大的速度是惊人的，变化也是惊人的。

我越来越喜欢粉红色的新家，这个神奇的小屋会随着我的身体长大而变大。

岸边的萱草花开了，还有紫色的相思草花。我用采来的花瓣给自己做了一条漂亮的公主裙。别担心我糟蹋花草，我只有一颗豆子大小，只要一片花瓣就够了。

6

一连几天早上，老张总能听到王秀在厕所扯着嗓子嗷嗷地干呕，老张的神经不由得抽紧了。王秀这两天的脸色不好，她自己说是胃病犯了，后来又说是感冒，药吃了不少，也不见好多少。王秀这些年头疼脑热的小毛病总是自己治。老张的大妹妹淘汰下一台老式电脑，王秀花二百块留了下来，有了这台电脑，她更把自己当医生，有毛病从来不去医院查，而是上网搜，然后自己买药吃。

老张担心她的肝有毛病。王秀的爸爸因乙肝引发肝癌去世，她三叔、姑姑都是死在肝病上，她们家族里很多人是乙肝病毒携带者。王秀爸刚查出病的那年，全家大小人都去查乙肝五项，好在没什么问题。不过以前没问题，现在谁知道呢。病这个鬼东西，看不见摸不着，说不定啥时候就缠上你了，它还最喜欢跟在穷人的屁股后头闹鬼，人穷志短，病也欺负这些没钱人。

王秀恶心的毛病一直没见好。老张等装修的那户人家完工，和工头提前请好假，决定带她去医院做个检查。王秀怕花钱，还想自己再吃两天药看一看。老张发了火,拖!拖!拖出大病想治也治不了,我看你是小钱不花等着花大钱呢。话说得有点噎人,王秀不计较,知道他是真心在乎自己。

学生站人手紧,王秀给肖老师打电话说,家里有急事,要请一上午假,中午学生放学时肯定回来。她没有说去医院,学生站是个敏感的地方,王秀刚来的第一天肖老师特意带她体检办了健康证。平时她们几个人的健康证随身携带,卫生防疫的人随时会下来查。

在公交车上,王秀又吐了,幸好老张提前从家里拿了一个塑料袋。王秀蹲在过道捧着个袋子背过身子嗷嗷地干呕,周围的人一脸厌恶的表情,有的甚至站到几步之外。老张开始还想有人会给老婆让个座。可是前前后后看了看,玩手机的玩手机,闭着眼睡觉的睡觉。老张想提醒旁边的女孩子一下,这里有个病人。又想,算了,人家凭啥让座给你,都是花两块钱坐车,别人没那个义务。他娘的,本来就应该打个车。王秀的脸色苍白,缓过那股劲儿,用纸巾擦擦嘴,有气无力地对老张,我们就在这站下车吧,我想下去走走,坐在车上晕车晕得更厉害。其实还有三站地才到医院。下了公交车,老张说要不打个车吧,还远着呢。王秀不高兴了,啥时变成大款了?是不是有钱烧得慌!只有三站,这点路走走就到。

医院里的人比大商场里的人还多,一个个都苦着一张脸。也不怪大夫成天没有好脸色,天天和病人打交道,不是病就是死,哪能心情愉快。

他们在门口问了导医台的小护士做乙肝五项挂哪个科。小姑娘说挂内科。内科又分普通门诊和专家门诊,普通三块,专家十五块。王秀不同意挂专家号,她的理由是找专家的病人肯定多,一个专家看一百多个号,和一个病人平均说十句话,也把嘴皮磨破了,哪有精力好好看病。

老张知道王秀又是为了省钱,也不想和她争论,管他普通还是专家,只要能开诊疗单就行,他们本来也不是为看病,只是想做个排除检查。看个病慢死了!排了四十分钟才交钱拿上号,坐电梯上了五楼,候诊区的病人乌泱泱一片。大屏上显示果然专家号已经排到九十多,而普通门诊只有一个候诊的。王秀回头冲着老张得意地笑了笑，老张也咧了咧嘴。

大夫是个刚出校门的年轻姑娘。老张有点后悔，还是应该挂专家，专家见的病人多，见多识广看病的经验也丰富。女大夫听王秀说完病情，让她躺下来，把两腿蜷起来，在肝部摸了摸，说是没有发现异常。然后问到例假是不是正常。王秀老老实实地回答，这个月已经推了十几天。大夫便让她先去化验个尿，看是不是怀孕了。王秀的脸一下子红了，她注意到老张的脸也红红的。他们的孩子今年都十九了，这个年纪被人当面说怀孕确实是有点难为情，而且还是被一个小姑娘说。

王秀吞吞吐吐地说，大夫，不可能怀孕吧！

女大夫一脸不高兴，你没结婚，还是没有性生活？

结，结了……

结过婚，还啰唆啥！

这时王秀也觉得这个小大夫没什么经验，怎么会张嘴就说她怀孕呢。她只是想查一查肝有没有毛病。王秀低低地说，我最近老想吐，想做个乙肝五项的检查。女大夫冷冷地看她一眼，一点医学常识也没有，育龄妇女恶心呕吐首先要考虑有没有怀孕。又回头看老张一眼，都这个年纪了，连这些都不懂？以为自己是小青年呢。

没想到被一个毛丫头训成孙子样，真是丢脸丢到家了。王秀面红耳赤地拿了诊疗单就走。

再回到一楼的门诊大厅，挂号交费的人已经排到了大门口，为了节省时间，两个人分头行动，老张让王秀去化验处排队，他去收费的窗口排队。王秀排到一半果断决定不排了，不就是验个尿，自己回去在附近的药店买一个早早孕试纸就行，何必这么麻烦。王秀出来找到老张，说是自己回家验一验算了，老张看看一眼望不到头的队伍，就是排到也中午了，而王秀只请了半天假。

王秀赶回学生站时，差十五分下学。肖老师自己披起红绶带，准备下去接学生。看到王秀回来，大家都松了一口气，一个萝卜一个坑，少一个人那个坑就得别人帮她填上。不迟，不迟，赶得刚刚好，肖老师笑着把红缎带斜披在王秀肩上。红色的底子，上面写着"阳光学生站"五个金光闪闪的大字，带子的边缘还可笑地缀着一些黄色的流苏。

说实话王秀顶讨厌披挂这个东西，平日里她看到只有饭店、宾馆或搞促销的大商场才让那些年轻漂亮的礼仪姑娘披这样的一条带子。姑娘们站在大门两边既为招呼顾客又何尝不是供人观看的花瓶。她一个四十多岁的老女人也披红挂绿地站在大街上实在有点不像样子，但没有办法，拿人家钱财受人家管治，已经四十多岁了要是还不明白这个道理，那还活个什么劲儿。

十一点半，放学铃声响起，学校的广播也唱起来。王秀把胸前的红缎带整理好，站在随手带来的小板凳上，手里举起学生站的牌子。站得高看得远，她方便找到学生，学生们也能一下看到她。

学生站开在居民楼内，肖老师本事大，除了自家的房子，还把底层另两户都租了下来。孩子进屋洗洗手，拿着餐盘排队打饭。站里的伙食很丰富，每天都是四个热菜、四个凉菜，一个学生可以打四份菜，肉菜只能选两份，素菜、凉菜、主食随便添。孩子最喜欢吃炸薯条还有椒盐小丸子，这两个菜一般不会剩下。

现在的孩子真是有福，别说菜了，主食天天都不重样，包子饺子芝麻饼馅饼再加一些粗粮细做的小窝头红薯饼山药面鱼等等。这么丰富的饭菜，家长还提意见，要求每星期必须吃一次鱼和虾。营养专家说了，吃鱼虾好，高蛋白低脂肪，可以让小孩子们变得聪明。肖老师也为难，海鲜贵，加鱼的话伙食费要再涨五十块。家长们倒也通情达理，加钱可以，但保证孩子要吃到新鲜的鱼虾。阳光学生站的伙食属于中上等，比别的学生站贵一百块。

一个小学生吃一顿中饭，每月要七百块钱，就是加几只虾，也没有那么高的成本。王秀私下里觉得肖老师收费挺狠的。他们一大家子人，一个月的伙食费也就一千多点。不过十四校是全市的重点小学，有钱人家的孩子多。有的家长就是要这个价码，似乎学生站也是越贵越好。

受环境的影响吧，王秀自从到学生站上班，常和老张唠叨怀孕时连条鱼也没有吃过，营养没跟上，所以孩子学习一直不好。她怀张泽那会儿，和婆婆住在一起，什么水果呀，牛奶呀，核桃呀，属于营养品的一样也没有买过。一大家子老老小小近十口人，根本讲究不起。她害口害得厉害，吃什么吐什么，人瘦得只剩下一颗大肚子。老张的歪理多，孩子聪明不聪明和吃啥一点关系也没有，主要是看爹妈的基因好不好。你想想，你我两个人加起来也没有念会五本书，孩子智力能好？听说在南边，有钱人专门买女大学生的卵子生孩子，大学越好价钱越贵，生的孩子也越聪明。王秀是初中生，老张也是初中生，王家张家两家人加起来几十口人也没有出过两个大学生。

吃完饭，安排孩子们午休，两点时把孩子们叫起来，送到学校，回来洗餐具，收拾厨房，拖地整理床铺。晚饭学生们回家吃，下午几乎没什么活儿。大家聚在一起边做私活边等下学的点，有的织毛衣，有的缝十字绣，小张最年轻，喜欢玩手机。她让大家看网上最近的一个新闻，一个六十岁的失独妈妈通过试管婴儿手术，生下一对双胞胎。双胞胎不稀罕，大家惊奇的是她的年纪。

瞎说呢吧，六十岁还能生孩子？

六十岁早就绝经了吧？

人家网上说了通过吃药又恢复了。

大家七嘴八舌地议论。

刘姐撇着嘴，扯他娘的后腿，净胡说，怎么可能！没了例假还能怀上孩子？小张就说让刘姐去试一试，说不定还能生下抓地虎。他们这里有个俏皮话，说女人五十五，还能生个抓地虎。刘姐有些尴尬地笑笑，抓地虎？我还生东北虎呢。大家就笑。话说开了，两个人又和好如初。王秀没有说话，手里拿着十字绣一个人坐在那里发呆。

李姐问王秀今天做啥去了。

王秀说，家里来了亲戚。

那你就早点回吧，还要准备晚饭。刘姐说。

亲戚，亲戚已经走了。王秀心不在焉地说，脑子里转着几个词，怀孕，绝经，双胞胎。

7

我唯一的邻居是一对中年夫妻，隔着薄薄的墙板，我能闻到厨房饭菜的香味，能听到他们说话的声音，女人说话慢言慢语，男子脾气有些急。可他们和我隔着一道重要的生门，鬼脸婆婆再三警告过我不能随便出入人的世界，否则有性命的危险。

8

王秀骑车时才发现忘了拿钥匙，又返回学生站去取。她这一天做事总是丢三落四的，心里头像长了一团草，乱糟糟的。

在药店买了两个早早孕试纸，王秀第二天早上起来拿着试纸立即进了厕所，当她看到两条鲜红的红线时，心里咯噔一下，还是有点不相信，赶忙又把另一个试纸也拆开，一分钟后清晰地显示出两道红线。完蛋了，她想起自己领失业金的那天晚上，老张没有用套，她也没有喝药。而王秀前年因为妇科病取了节育环，事情肯定就坏在那个晚上。

儿子八个月大时，王秀按计生办的规定采取了节育措施——戴节育环。当时单位查得特别紧，这个环必须戴。红头文件强调，工资和计生挂钩，硬政策，不采取节育措施的话，不给发当月的奖金，年终奖也取消。节育环从戴上那天起身子就不舒服，例假多，还添了腰疼肚疼的毛病，以前三五天例假就干净了，自从戴上环儿一拖就是十多天，有时哩哩啦啦能拖半个月。到医院看过几次。大夫说是妇科病，有炎症，吃点消炎的下下火，戴环的女人一般都有这些毛病。前些年的节育环质量不好，现在有进口的，三百多，没有任何副作用，要不换一个？王秀算一算取环要一百多，放新环又要三百多。一进一出快五百块钱没了，这个事便一直拖着。前年妇联有个免费的体验，王秀赶紧去做了检查，大夫说节育环歪了，必须取了重新戴，王秀就让大夫取了。和十几年前比起来，王秀胖了不少，取环时稍稍有点困难，下身出了好多血。新环要等身体恢复以后才能戴。可王秀后来一直没去医院，取了环后以前反反复复的妇科病一下全好了。王秀曾看过一本书，上面说节育环这个东西最早出现在古代阿拉伯和土耳其，人们在骆驼的子宫内放入小石子，以防止骆驼在穿越沙漠途中受孕。那些硬邦邦的石子似乎搁在了王秀的肚子里，一想起心里就不舒服。

被一个小小的铁圈折磨了这么些年，戴环的事，便一拖再拖。说实话王秀从心里不愿意再戴那个铁东西。她想两口子一年也没有几回那个事，委屈委屈老张让他用点措施算了。自己眼看着就到了更年期，说不定再有两年就绝经了，最多五年，浪费那钱干啥。

现在照日子推算起来，这孩子都快五十多天了。

王秀不舒服，老张早早起来做好早饭。王秀从厕所出来脸阴得能下场大暴雨。她把那个试纸塞到老张手里，老张不知道啥意思，还问，没怀孕吧？我就知道那个小姑娘瞎说，年轻轻的啥也不懂，下回咱换个医院。王秀拉着脸说，你做下的好事，还好意思怪大夫。

真的怀、怀上了？

男人听到这种好事，总是高兴。老张张大嘴笑了一半，看着王秀的黑脸，又合上嘴巴，心里还是暗暗高兴，真是不敢相信自己还有这么高的命中率。难道这就是传说中的老当益壮、宝刀不老。老张差一岁五十。

不是真的还是假的。

呵，看来我真要当爹了。这是喜事呀，你我都这个年纪了。老张指指自己和王秀，掩饰不住心里的欢喜。

亏你也能笑得出来。当爹，当爹！我生得起，你养得起？

被当头浇一瓢冷水,老张像个做错事的小孩子,在严厉的家长面前啥话也不敢多说。

王秀从客厅走到卧室,又从卧室回到客厅。老张跟在王秀的屁股后转,知道王秀心情不好,殷勤地倒了一杯热水,对她说,这孩子要还是不要,咱家领导说了算。

现在让我说了?我说话算个屁,当初让你用个套儿吧,比登天还难。

老张小心地赔着笑脸,谁能想到你还这么厉害,一下子就怀上了呢。

哦,一下子不行,还想来个两下子?王秀自己绷不住,笑了。

老张看到她笑了,以为没事了,又沉浸在当爹的喜悦中。说起来这孩子来得正是时候,张泽秋天就要到外地上大学,他们两口子身边多个小毛头,那可是开心果。孩子就是家里的一盆火,有了这盆火,日子才过得有滋有味。要不家里两个大人出来进去的,干巴巴的有啥意思。

你一直喜欢女儿,这一回说不定老天就会送个女儿给你。老张讨好地说。

我喜欢女儿,老天就送个女儿?我更喜欢钱,老天怎么不给下场钱雨?生二胎生三胎那是人家爹有钱有本事,咱家有啥?

穷了穷养,富了富养。我妈当年拉扯我们兄弟六个,一个也没饿死。

王秀冷笑一声,是没饿死,可是一个有出息的也没有。

老张知道自己做错了事,脾气好得出奇,王秀埋怨啥也不生气。没本事也是自己的儿女,爹妈从来不会嫌弃自己的孩子。你看看我妈现在多有福,今天大儿子买排骨,明天二女儿买毛衣,后天三小子领着旅游。老张挠挠头,最近头发掉得厉害,他能感觉出来,头顶已经出现环形小岛,面积还在不断地扩大。

好了伤疤忘了疼,忘了你当初在医院给女大夫下跪,人家尿也不尿你,还是我娘家兄弟拿来五千块钱救了急。

王秀今天说出话来,一点面子也不留,又狠又毒。

中年得子应该是高兴的事,你看看那个演员王刚,人家六十岁生个儿子，所有人都跑去祝贺。

人家是著名演员，你算老几？

是，我不算老几，可我这不是也要当爹了。名正言顺，不比他差。

我们这是给张泽添负担。

张泽脑瓜子好使，除了不爱学习，干别的都不差。兴许以后还开公司当老板呢。再说，也许我哪天中他个几千万的大奖呢。老张每个星期买一注彩票，一注两块钱。

想得倒美，还中大奖！心想的，屁挡着。

说归说，其实王秀心里也想要这个孩子。这可能是自己的最后一个孩子，如果这次不要，以后再也没有机会了。王秀知道现在很多人都悄悄生二胎，虽说上户口时卡得有点严，但上有政策，下有对策，他们最后都有办法给孩子上户口，不过是多花些钱。这两年政策松动，国家已经允许单独生二胎。让独生子女生，以后就会慢慢放开政策让普通人也生。多少人在嚷嚷着人口红利，国家彻底放开政策允许生二胎这是迟早的事。

王秀这天早上胃口不错，喝了一碗粥又吃了一个馒头。可一想到肚子里有个要吃要喝的小东西，王秀就不由得心慌气短。

不行，不行，这孩子还是不能要。现在养小孩子的成本太大，一罐奶粉二百多，还是国产的。一块尿不湿好几块，也就是撒一泡尿就要几块钱。在医院生孩子也要一万多，以后上户口要花钱吧，还要交一大笔社会抚养费。

又来了，钱，钱，一天到晚就算计钱。不想和你说了，自己拿主意。

别以后后悔！老张不耐烦了。

你这叫什么话？快活完了提起裤子翻脸不认账，跟个老流氓似的。

嘻嘻，笑死个人！和自己老婆睡个觉，倒成了流氓。你想生，生！想流，流！反正孩子在你肚里呢。

说的比唱的还好听，我倒是想生呢，你拿钱来呀。王秀把手直直地伸到老张面前。我坐在家生孩子、养孩子，张泽拿什么上大学去？

老张低下头不吭声。

王秀看着他头上的环形小岛，咬牙切齿地说，反正你以后离我远远的，一指头也不许碰我。

不碰就不碰，还以为自己是黄花大闺女呢。活人能让尿憋死？现在大街上的女人便宜，花五十块钱就睡一晚上，伺候得还挺舒服。

你，你现在怎么那么不要脸呢。

……

两个人吵吵了一早上，也没拿出个主意。到点了，王秀去学生站上班，老张到装修的东家那里干活。

9

我长出一对翅膀。翅膀又轻又薄几乎是透明的。我高兴极了，扑扇着翅膀，在美丽的花丛中飞来飞去。第一个要拜访的人当然是我的邻居，我想看看他们长什么样子。我是从窗户飞进去的，可他们恰好都不在家。走了这么远的路，有些饿了，我在厨房里偷吃了一些女主人做的小饼子。吃完东西，我又悄悄地溜了出来。

10

星期六学生站放假，张泽也要从洪县回来。这是家里的一件大事情，两口子暂且把怀孕的烦心事放下来专心迎接儿子回家。儿子的学校离家挺远的，平时住校，两个星期才休息一次。

儿子成绩不好，当初没考上重点高中，老张又不甘心让儿子读中专技校，两口子狠狠心花一万八托关系给儿子找了一所好点的初中补习一年，原以为儿子最起码能考个不花钱的高中，谁知道一年后成绩出来儿子还是没考上市里头任何一所高中。眼看张泽可能没书可念，可这么小的孩子让他出去打工也舍不得。王秀的母亲想起有一个表姨在洪县高中当老师，可双方的老人去世后，两家人这些年几乎没有来往。病急乱投医，电话打过去，竟然成了，表姨让她带两万块来报名。比城里的高中便宜了一多半。这一笔学费当然都是东拼西凑借来的。和哥拿钱时，嫂子没给王秀好脸色，吃饭穿衣看家当，没钱人尽办些有钱人的事。王秀啥话没说，说什么呢，八年前借的钱还没有还人家。

儿子回来，桌上的饭菜丰盛了很多。有鱼有鸡有排骨，当妈的没出息，王秀左瞅右瞅总觉得儿子近来瘦得厉害，吃饭时一个劲儿往他碗里夹菜夹肉，边夹边劝他不能光想着学习也要注意身体，身体好才能有精力学习。儿子哦哦地答应着，大口大口地吃着鱼香肉丝。鱼香肉丝是王秀和刘姐学的，芡粉多了些，肉丝粘在一起，胡萝卜丝也没有过油。不过儿子吃得挺香。儿子盛了第三碗米饭，把盘子里的一点肉汤倒在上面。王秀看在眼里疼在心里，学校的伙食肯定不好，看看把孩子都饿成什么样了。

在学校吃不饱吗？

嗯，还行，吃得饱。主要是妈你的手艺进步了，做的菜真香。张泽从小就嘴甜会说话。

是不是伙食费不够，下个月多拿一百吧。

儿子听到涨生活费，立刻眉开眼笑的。

给你吃饭用的，不能乱花，更不能进网吧。

是，老妈，好好学习天天向上。保证把每一分钱都花在刀刃上。张泽手掌向下，做个磨刀的动作。

眼看高考临近，儿子和以前比起来，懂事多了，吃过饭就进了自己的小屋学习，怕他们说话影响学习，还主动关了他屋里的门。王秀和老张看到儿子懂得学习，两个人心里乐开了花。王秀抿着嘴偷笑，老张把电视的音量打到零档，只要儿子回来两口子就看哑巴电视。

老张到客厅拿喝水杯子，听到手机铃声响，很陌生的音乐，他还以为是王秀换了手机铃声，再细听，铃声是从儿子放在沙发上的衣服里传出来了。老张掏出来一看,是一部三星手机。他想起来上一次张泽回来他就看到过这个手机,老张还问,哪来的手机?张泽说,同学的,借的,明天一起去书城买书,怕联系不上。老张当时也没放在心上,他觉得张泽还算是听话的孩子,起码从来不骗人。老张一直不给儿子买手机,也不是买不起,是怕他贪玩,耽误了学习。学校封闭式管理,开家长会老师三番五次地强调,不要给学生拿手机,学校里看到学生玩手机一律没收。

老张看到手机的第一个念头,就是完了,完了。书没念成,人也学坏了,学会偷东西了,他今天一定要剁断这只贼爪子。老张决定来个夜审,怕王秀在旁边护崽子,老张让她去母亲家取一本以前用过的工具书。说他给人家装修,想学着铺电路。这个也很挣钱的。王秀出门时悄声叮嘱老张,别打他,慢慢问,都那么大了,懂得护脸了,你好好说……老张点头答应。

等王秀走远了,老张才推开张泽的门。张泽看到老张黑着一张脸,就知道今天没好果子吃。他还以为是班主任向家长告状,他这次的成绩又是班里倒数。他没有往回家拿成绩单,家长会让同学的哥哥临时代理了一下家长,他省下中饭钱给人家买了一盒好烟。按说这事做得挺机密的,老师后来也没有单独打电话找家长核实。

老张把手机放在桌子上,问他哪来的。张泽眼睛珠子乱转,还想继续编下去。借同学的,回家时忘还了。

上次也是这个手机吧?谁的手机人家不用,一直借给你?

我们关系好,他们家有钱,他买了新的,把旧的借给我了。

借的?好,借谁的,我打电话问问。

爸,这点事也问,我以后还怎么和同学交往。

再问一次,哪来的?老张的火压不住,拍了下桌子。手机弹起来,又落在地上,电池、后背壳零件掉了一地。

张泽心疼坏了,这个手机刚买了几个月,他还没玩过新鲜劲。

老张抬起大脚板用劲要踩。张泽抱着他的腿终于说了真话,爸,求求你别踩！手机是我买的。

你买的？从哪儿弄的钱？

我自己的钱。

你的钱？你有个屁的钱。是不是做了啥犯法的事？偷了还是抢了？你说出来，我不打你。咱把钱还给人家。

爸，真是我的钱。

你哪来的钱？

我攒的。

攒的？吃着大豆攒屁呢！你妈一个月给你多少钱我不知道？还嘴头子硬。老张一巴掌扇下去，张泽躲了一下，打在后脖子上。用的劲儿大，脖子根似乎折了。老张以前是钳工，手上满是劲儿。

还不说实话？老张又扬起手。

等王秀回来，老张已经打完了。张泽脖子一梗，宁死不屈，他一口咬定钱是自己攒的。

两口子小声嘀咕了一阵。王秀进来给张泽倒了杯水，又拿了湿毛巾给他擦脸。张泽从小吃软不吃硬，坚强不屈型的。

告诉妈，手机哪来的？

我买的。

真是你买的？花多少钱买的？

九百六。

你哪来的钱？

我的压岁钱，还有我平时省下的饭钱。

你把饭钱省下买了手机？

嗯。同学们都有，就我没有，特没面子。

学校不是不让拿手机？

说是那样说，规矩是死的，人是活的，同学都背着老师玩。

这个手机真是你自己花钱买的？

你们怎么都不相信我，真是我自己的钱，我没做坏事没当小偷。爸他冤枉人。

张泽眼圈一红，就要哭出来了。王秀把手放在儿子的头上摸了几下，算了，买就买了，只是不能用手机上网，更不能上课玩。

王秀心里特别难受，怪不得孩子越来越瘦，原来是为了省钱买手机连饭都不吃。

张泽呀，你要是学习有这么大的恒心，清华北大也考上了。王秀长长叹了一口气。

王秀出来和老张一说，两个人都不说话了。现在上幼儿园的小孩子也有手机，儿子高中生了，拿个手机实在不算啥。

老张打完了也后悔，一晚上支棱着耳朵听张泽屋里的动静，他也怕儿子忽然来个过激行为，那他不得一辈子后悔死。

第二天下午儿子走的时候说，老爸，我不想上学了，感觉啥都考不上。

你好好学，一定能考上。考不上二本考三本，考不上三本考大专，怎么也得有个大学文凭。

现在文凭有个屁用，同学们都说有个当官的爹比大学文凭管用多了。

那你有个当官的爹没？

没有。

没有，就老老实实地给我考大学。

11

回到人鱼城后我就生病了。

我无力地靠在枕头上，悄悄掉眼泪。房顶镶着许多面用贝壳磨成的镜子，每一面镜子里都有一条孤独的小鱼。

我和镜子里的小鱼说话，告诉它我的烦心事。

我偷跑到人间的事被鬼脸婆婆知道了,作为惩罚她要把我赶出梨子形的小房。

我再三恳求她。鬼脸婆婆说可以把房子租给我,但我要交一大笔租金给她。

可是我没有钱。

12

这两天老张冷静下来认真想了,王秀肚里的这孩子还是不能要。儿子都十九岁了,他老妈又怀孕了。现在的孩子早熟,肯定知道怀孕是怎么回事,这个事让孩子私下怎么想,又怎么看他们俩。明明两个老不正经嘛。当爹当妈的怎么能给孩子留下这个印象。不好!不好!说起来还是自己的错,要不是图一时的舒服,也不会惹下这天大的麻烦。

王秀似乎是忘了肚里还装着一个小东西,她先是忙着张泽回家,后来又忙着上班下班,孩子的事一句不提。王秀不急,老张急。也不知道她心里怎么想的,是不是下决心要孩子了,那可麻烦了。老张心里装不住事,赔着笑脸问王秀打算怎么办?

啥打算?没打算!

孩子怎么办?

凉拌!

你是不是准备要这个孩子?

不要!

老张悄悄松口气,他还怕王秀一根筋地要孩子,那就不好办了。不想要的话,我请个假去医院早点把手术做了,日子拖不起,孩子可是一天比一天大,你又是高龄孕妇。

做手术就做手术,明天就去医院,谁不去谁是王八蛋。王秀抹了一把流到嘴角的泪。

老张的表现，让王秀很失望，这孩子毕竟是他的骨血，活生生的一条小命，当父母的怎么忍心把自己的孩子杀死。

早上王秀又买了一个试纸，上面明明白白显现还是两条红线。肯定是怀上了。

王秀请假时扯谎说是婆婆病了，要陪她去医院做个检查。老张在旁边听到有些不高兴，路上说明明知道我妈多病多灾，你这不是咒她嘛。

行，下回说我妈病了，这样行了吧。我妈命硬不怕被亲闺女咒。

王秀正好一肚子火，老张这个时候还挑刺，真是找骂。两个人边走边拌嘴，去了车站，周围人多才停下来。可两个人还是在赌气，老张站在最左边，王秀站在最右边，像两个陌生人。车来了，老张有了前几天的经验，飞快地从几个人身后挤过去，几个女人不满地骂，一个大老爷们，和女人挤什么挤？给你妈抢红鞋呢。他们这边风俗，人死了才穿红鞋。老张假装没听到，大步跨上车阶，一边刷卡，一边回头四顾看有没有空位子。还好最后面有一个空位子，老张三步并作两步快速地占了这个位子，等王秀上来，得意地喊她快过去坐。老张也就这点本事了，打车去医院的话，最少也要二十多块。

等红灯的空儿，一个卖烤红薯的女人推着三轮车从车身旁过，一股热腾腾的焦香味冲进鼻里。王秀肚子里的馋虫子爬上嗓子眼，馋得要命，真是害喜呢。王秀看着车窗外的车流，不由得想起自己的那个花梦，果真是个胎梦呀。那个掉在手里的小人儿一定迫切地想见一见她妈妈长什么样子，所以托了梦给她。王秀把手放在自己的小肚子上，竟有种怪怪的感觉，似乎有一只小手抓住了自己的中指。记得张泽小时候就喜欢牵着她的中指走路。母子连心，小东西大概也感觉到自己在摸她。

也不知为啥王秀认定自己这次怀的是女儿。女儿是妈的小棉袄，儿子大事上拿主意想办法，知冷知热说说贴己话还是姑娘好。王秀转过脸看着车窗外，眼泪唰唰地流下来。唉！实在是他们家里的情况太糟糕了，两个大人都没有正式工作，生了孩子拿什么养活。总不能别人家的孩子吃苹果，咱的孩子啃萝卜皮吧。王秀想起张泽和同龄的小朋友比起来，滑板车、溜冰鞋、小霸王学习机，什么玩具也没有，有一年楼下小孩子都买儿童自行车骑，张泽回家哭着也要，王秀问了几家店。一个小孩子骑的自行车比大人的还贵。老张后来从旧货市场买了一辆二手儿童车，那辆车从买回来时左车把就歪着，直到儿子长大了，还是歪着。

有了上回的经验，这次直接挂妇科的专家，拿着诊疗本，坐在外面的长椅上，王秀心里七上八下的。好不容易等到喊她的名字，进去把情况和大夫一说，这几天常恶心，例假也没有来，自己早上做了一个早早孕检测，显示两条红线，怀孕了。

女大夫的桌上放着一盒蒙牛牛奶，看来她还没来得及吃早饭。

你说怀孕就怀孕了？

女大夫刷刷开出一张单子，让王秀到楼下化验一下尿，做个妊娠反应测试。

王秀以为大夫没听清自己说的话，又重复一次，早早孕显示我怀孕了，今早上刚测的，没错，清清楚楚的两道红线。

你是大夫还是我是大夫？大夫黑着一张脸说。

王秀拿了单子乖乖地交费，领了一个尿杯，到厕所取中段尿，把杯子和化验单从小窗口递进去。里面的人告诉她下午三点来取化验结果。

回去又得挤公交，来来回回在路上折腾两个多小时，回家连个休息时间也没有。王秀和老张就在医院附近一人吃了一碗刀削面。吃了面，老张带着王秀到旁边的公园，公园里有免费休息的椅子。王秀枕着他的腿还能睡一小会儿。快三点时，王秀在机器旁边拿到单子，上面显示阳性"+"号。

王秀把化验单子送上去，大夫看一眼，又开出一个单子，再去做一个B超，更全面地证实怀孕，减少诊断失误。

王秀不知道要做B超，没有提前憋好尿，老张赶紧买了两瓶矿泉水让老婆喝下。人又不是水龙头，想关就关想开就开。轮到王秀时，她还没有把膀胱憋足憋大。大夫问，是不是有马上小便的感觉。王秀老实地摇摇头，医生让她在外面再等一会儿，便喊下一个病人。王秀害怕医院下班，又喝了两瓶水。好不容易轮到她上了诊床，医生把一些透明的液体涂在她的小肚子上。大热的天，王秀的身子忍不住发抖。B超显示孩子很健康，已经快六十天。王秀问，能看出男女不？医生板着脸说，这么小的月份，怎么能看出来？再说看出来也不能说。我们医院有规定的。二胎吧？怎么，想要儿子？

不是，不是，我只是随便问问。

女医生送过几张卫生纸，王秀擦干净身上的耦合剂，还没提起裤子，另一个女人已经等在旁边。

王秀拿着B超单子又回到专家那里。可能是要下班，专家的心情好起来，她看着单子又看看王秀说，哦，怀上了，挺好呀，好事，这个年纪怀孕说明你身体底子好。女人上了四十岁怀孕的概率降低很多。现在很多人取了节育环，想要第二孩子，可怎么也怀不上了。你轻轻松松就有了，这是个高兴事呀。

王秀等大夫说完了才说，我不是专门取环生孩子，我是意外怀孕。

意外好呀，这才叫意外惊喜嘛。

王秀一脸的难为情。

怎么，不想要？

嗯，不准备要。

不要就得采取避孕措施嘛，流产很伤身体，尤其是你这个年龄。

嗯，是，是，以后一定注意。

大夫让她交十块钱买一份一次性用品，进里面再仔细检查一下。

你的第一胎是剖宫产，子宫受过伤恢复得不太好。手术的话，不太安全，子宫壁上有疤痕容易发生事故。现在有一种进口药物流产挺好，比起手术来痛苦要小些。

嗯。

想好了，不要这个孩子？

……

打算做手术的话，明天早点来排手术号。对了还要验个血。以防万一，怀孕的年纪越大，手术的风险越大。

要不再回去想想，现在好多人想怀反倒是怀不上。

……

回去和家里人商量商量，反正也不急在这一天。

……

大夫，要不我再想想吧。王秀的心思也活了。

怎么说也是一条小命。临出门大夫又说。

王秀拿着单子，心里把老张骂了无数遍。王秀阴着脸出来，把手里的单子甩给老张，一个人往外边走。老张还以为已经做了手术，屁颠屁颠地跟在后面要扶王秀。王秀推开他的手，冷冷地说，手术还没有做。

怎么，没做？明天我没工夫陪你来医院了，另一家的装修开工，我得在现场盯着。老张急了。一次次来医院你以为是逛商场，遛腿玩呢！

王秀和老张又吵起来，周围的人都回头看他们。王秀赶紧闭嘴。

王秀在车上忽然想吃韭菜馅的素饺子。刚出锅的热饺子，表皮泛着淡淡的绿色，一口咬开，雪白的面皮，翠绿的韭菜，嫩黄的炒鸡蛋碎，加点虾仁更好。唉呀，真是馋死个人。妈做的饺子天下第一。王秀丢下老张提前两站下车回了娘家。妈看到她上班时间一个人回来，有些吃惊，问是不是两口子吵架了？王秀掩饰着脸上表情，笑着说，没有。想你了呗，回来看看，怎么，不稀罕我？嘴馋了，我想吃你包的韭菜馅饺子。

吃着饭王秀吞吞吐吐地把怀孕的事说了出来。娘家人都很高兴，小侄女用小手指点点王秀的肚子问，姑姑，妹妹听话不？妈劝她把孩子生下来，她现在是自由人，既没有单位的束缚，也没有计生办的人查，不过是上户口时花点钱。可钱还不是人挣的，有了人还愁以后没钱？

对了，张泽他爸的意思呢？妈夹一个热饺子放进王秀的碗里。

王秀一肚子的委屈，她本来想和妈痛快地数落老张的几句，可看看嫂子，把到嘴边的话生生咽了回去。王秀早懂了有粉儿搽在脸上的老理儿，当公务员的嫂子一向就看不起老张。

他，他也挺高兴的，只是拿不定主意。主要是我们俩的年纪有点大，怕生孩子时有危险。王秀生张泽时难产，没羊水，孩子差点死在肚子里。幸好现在医学发达，剖腹取出来的。

年纪大怕啥，你姥姥四十八才生的我。女人生孩子一回一个样儿，头一胎不好生，说不定后面的都顺头顺脑。

呀，我姥姥那么厉害！王秀说完脸红红的，这话好像是说她自己呢。她觉得嫂子似乎撇了一下嘴。

现在你们还年轻不需要人照顾，关键说以后呢，等老了，眼跟前有个跑前跑后的人。你记得不？后来你姥姥生病的时候全是我一个人伺候的，你舅你姨他们这个身体不好，那个家里走不开。老话说了老闺女是挨心窝子的小背心，比小棉袄还贴心。

吃完饺子，妈把老张的那份装在饭盒让她给带回去。送王秀出门时，妈悄悄对王秀说，想生就生，钱的事不用愁。妈手里有五万块钱，留着给张泽上大学用的。王秀的眼圈一下子红了，这些年，妈明里暗里贴了她不少。妈因为当年没让王秀接她的班，总是觉得愧疚。

老张回来察言观色，发现王秀的脸色晴了一点，知道丈母娘一定帮他说了好话。一边吃饺子一边说，还是丈母娘心疼女婿。

听说丈母娘支援五万块，老张心底乐开了花。生，一定生，女儿是爹的小酒壶。

13

鬼脸婆婆三天两头地来催我赶快交钱。

我苦恼极了。

鬼脸婆婆说，没有钱，可以拿东西来交换。

可我口袋里空空的,什么宝贝也没有。

你用你的时间来换。

时间?

我每拿走你一天的时间,你就可以在小屋里多住一天,直到你所有的时间都没有了。

那么好吧。

鬼脸婆婆施展魔法,从我的身体里取出一颗亮晶晶的红珠子,然后立刻把珠子一口吞进肚子里。

14

决定留下孩子后,老张和王秀两个人回了趟婆婆家,算是报喜。老来得子嘛,怎么说也是一件喜事。

本来以为婆婆多少也会拿出一点钱意思一下,最起码有句客气话,没想到人家一个字没提。王秀就有那么一点不高兴,按说不应该这样的。你生孩子又不是给人家婆婆生,孩子生下来叫你妈的。王秀心里明白这个理儿,可有娘家那五万块垫底,就显得婆婆有些小气,这毕竟是你张家的孙子。吃饭时又是王秀最不喜欢吃的土豆烧白菜。王秀端一碗米饭,也不夹菜,一个劲儿地往嘴里塞。大家觉出王秀的变化,都不说话,饭桌上的气氛有点僵。老张怕王秀乱发脾气,拉着她早早回家了。路上王秀说,我今天才明白,婆婆不是妈这话啥意思。老张却不接她的话茬,扯东拉西的。女人们就是有些小肚鸡肠。

生二胎的事王秀觉得还应该问一问的张泽意思,儿子也算是大人了,家里的事应该和他商量。可怎么和儿子说?老妈老爸这样的年纪了,居然还有造人计划。想到这儿,王秀的冷汗从后背浸出来了。后来王秀灵机一动,给儿子发了一条短信。她问张泽,想不想要个妹妹?

可能是上课时间,张泽过了半天才回过来一个问号。

王秀倒不好意思明说了，怎么说呢？说妈妈怀孕了。王秀没那么厚的脸皮。

哦，没事。随便问问。

张泽回了一句，妈，你真该喝药了。

这混小子。这不明明骂她更年期呢。

张泽七八岁时，王秀曾逗他玩，问，想不想要个小妹妹？张泽开始说要。但当明白"妹妹"不是躺在床上的那个大布娃娃，也不是邻居家的晓丽妹妹，而是每天和他一起吃一起睡，还要把最喜欢的玩具送给妹妹，他马上就不要了。说妹妹坏，张泽不要妹妹。后来王秀还和老张说过这事，老张说，这就是独生子女的弊端，一家一个孩子，个个都自私得要命，天大地大谁都没有我大。东西越少越珍贵，孩子虽然小也懂得自己是个宝贝。

星期天儿子从学校回来。王秀专门做了一道干炸丸子。这当然是和刘姐偷艺学来的。可惜儿子不买她的账，说是不好吃。王秀自己吃一个，里面干巴巴的，一点水分也没有。刘姐的丸子外焦里嫩，吃到嘴里，饱满多汁的肉粒一颗一颗的弹牙。

吃饭的时候王秀突然又问张泽，想不想要个妹妹？

妈，你怎么还拿小时候的事来逗我？妹妹，我不是已经有一堆妹妹了？张泽怪笑一声。

嗯，是你的亲妹妹。王秀边解释边低头看一眼自己的肚子。

十九岁的张泽马上懂了是啥意思，你和爸打算要再生一个小孩儿？

嗯，妈怀孕了。王秀说出这句话，长长松一口气。

呵，有个妹妹也不错，我们同学很多都有弟弟妹妹。张泽满不在乎地说。原来事情远没有王秀他们想的那么复杂，张泽对他们再要一个孩子，没有什么过激的反应。

妈，你和爸也是赶时髦呢，网上最近葫芦娃他爹炒得挺火。

臭贫。啥葫芦娃，还倭瓜仔呢。

妈，妹妹她这么小，我们肯定有代沟。三年一个代沟，她和我有六个代沟。

几个沟也是你亲妹妹。

不过想想有个妹妹也不错呀。她不听话、不学习我这个当哥就可以教训她。

王秀笑，臭小子，她小你大，还指望你以后能帮着她呢。

帮，当然帮，外面人欺负她的话，我肯定出手帮她打架。

怎么不想点好的，就想着打架。

妈，你想，将来妹妹上学同学知道她有一个大她十九岁的大哥，哪个小孩子敢欺负她。不像我小时候，江山都是自己打下来，没一个人帮我。我小时候就希望自己有一个能打架的厉害哥哥。

有了儿子的理解和支持，王秀想要一个女儿的信心更坚定了。觉得以前的那些想法都是借口，没有钱可以挣呀，自己和老张离六十岁还早着呢。等女儿二十岁，肯定能挣来不少钱。王秀这样一想似乎年轻了不少，和当初怀儿子时一样的信心满满。王秀变得大手大脚，十几块一斤的樱桃也舍得买来吃，她总是说这是给孩子吃的。自己老了，说白了，也就是地里的肥料不足了，一定要多加强营养才行。

15

我知道鬼脸拿走的时间是我的命，她每吃掉一颗小珠子，我就少活一天。

我发出很多的求救信，写在细长的草叶上，放到水里漂向四面八方。

鬼脸已经吃掉很多红珠子，她每次取完珠子，我都会疼得昏过去。

16

　　王秀忽然想起自己吃过感冒药，怕对孩子发育不好，一清早专门跑到医院问大夫，喝药对孩子有影响没有。大夫详细询问吃过什么药，说应该没问题，人体喝进去的药，百分之九十五都随着尿液排出体外了。如果真不放心，做个B超。王秀一听又让做B超，赶紧溜走了。

　　怀孕的女人喜欢胡思乱想，王秀有时候摸着肚子想，万一是个儿子呢？他们这边养儿子的负担重，以后上学、找工作、买房、娶媳妇，样样都花钱。这么胡思乱想，不由得出了一身的冷汗。是呀，再生个儿子怎么办！

　　王秀睡不着，用力挠老张的后背。

　　你说，万一再生个儿子怎么办？

　　儿子就儿子，一个儿子能养得起，两个也能养活。老张迷迷糊糊地说。怕啥，有小不愁大。现在的社会只有挣不到钱的懒汉，咱们有手有脚不愁挣不来好光景。

　　老张嘴头子硬，心里却也后怕，万一真是个儿子呢？又一想自己小时候，家里六个孩子，不也个个长得人高马大，顶门立户。

　　说来生二胎也是为张泽，家里添个孩子，眼前的困难多些，可是以后的甜处大着呢。首先是他们两个人老了以后，跟前有个人照顾。另外张泽的担子轻些，要不以后两个独生子照顾四个老人，还要养活自己的孩子，可真够他们受累的。

　　你不是说这次和怀张泽时感觉不一样吗？

　　是不一样，想吃辣的，身子发沉、发懒。

　　那一定是女儿。

　　嗯，肯定是女儿。

　　王秀有一天在电视上看到有先天病的孩子，又睡不着了，万一孩子生下来不健康呢？毕竟自己年纪有点大了。网上说，年纪越大，怀孕的风险也越大。那几天王秀天天做噩梦，一闭眼就是一群没有胳膊腿的小孩子。到医院去查，说是怀孕的女人身子弱，做梦正常。晚上睡觉前烫烫脚，最好喝杯牛奶，牛奶能安神。

　　王秀不好意思把怀孕的事告诉大家，每天在学生站该干啥干啥。她想等过两个月再说，四个月显怀，那时想瞒也瞒不住。肖老师如果留她，那她就再坚持两个月，而且再有两个月学生也要放暑假了。肖老师招不到人也没关系，她再帮着干几天。穷工人出身没有那么娇气，她生儿子那年，九个月了还在上班。医生说过，怀孩子就得多活动。况且她是大龄产妇，更要多运动。

　　自从决定留下这个孩子，王秀的心情大好。她和老张似乎年轻了十几岁，身上有使不完的劲儿。他们商量着，生了孩子后，再做点小本买卖，买个三轮车卖水果或是卖菜。虽然挣不了大钱做不了老板，但小钱也是钱，积少成多嘛。他们刚下岗时做生意失败就是因为看不起身边的小钱，其实那些无根基的外地人都是从做小买卖开始的。

　　肖老师的学生站忽然要转让。她儿子从日本回来了，要带肖老师去外面享福去。大家都说，肖老师熬了这些年，也算是熬出了头，以后跟着儿子有享不完的福。肖老师是单亲妈妈，年轻时为培养儿子吃了不少苦。肖老师不舍得丢下办了多年的学生站，就说你们几个谁想继续开学生站，我把手续转给她，给我点办证的费用就行。现在办证手续不好办，托关系也办不下来。

　　王秀回去和老张商量想把肖老师的学生站接下来。她已经在那里上了一年班，里面的事也熟悉了一些。工人也齐备，刘姐她们一个电话就能招来。还有她和那些学生的家长也认识，如果自己办的话，应该有生源。

　　办学生站这个主意还真不错，两全其美。小孩子生下来，王秀要照顾孩子，三四年内肯定不能上班，如果办学生站，问题就解决了。王秀既可以照顾孩子还能挣钱，两全齐美的好事。收的学生多，就多雇几个工人，王秀平时盯着就行。王秀盘算好了，她如果开学生站，走中低档，毕竟还是没钱人多。你在收费上便宜五十、一百的，来的学生肯定多。

房子是个大问题，一年房租三万，加上手续费用，厨房再添置一些新东西，没有五万下不来。王秀把母亲给的钱分成两份，一半留出来给张泽上大学，另一半办学生站用。还差一部分，王秀让老张回婆家商量商量看能不能借点。老张嘴上答应，心里却不愿意。老张当初下岗时，全家人都出钱出力鼓励他做生意，爹妈更是把棺材本儿拿了出来。老张雄心勃勃地做着老板梦，商海里几进几出，后来别说发大财，小钱也没赚到。老张心里清楚，兄弟姐妹们最怕他张嘴借钱，借给你吧三年五年还不了，不借吧亲兄热弟的又抹不下脸。包括自己的父母，他们一天天老了，赔不起，也等不起，手里的那点钱等着养老呢。但这些话又怎么和王秀说清楚，何况还有丈母娘家的五万块在那儿支着呢。

房租的事老张心里早已经有谱，刘兵曾说过，有啥困难找他。只是老张一直不好意思张口。刘兵是老张的小学同学，本事人，二十出头就开起了私家车，现在已是装修公司的大老板。当初刘兵知道他下岗日子难，就让他过来帮忙。知恩图报的老张干活从不偷懒，每天都自觉比别的工人回得晚些，等所有的装修点都完工了，再检查一下窗户水电还有烟头什么的隐患。

17

我要死了。

慢慢地关上门窗，把水滴形的钥匙交给鬼脸。

其实你可以让你的妈妈帮你。鬼脸说。

妈妈？

对，你的妈妈。

我的妈妈在哪儿？

她就是你的邻居呀。鬼脸眨着妖媚的大眼睛，她吃了那么多的红珠子，现在变成一个年轻漂亮的女妖。

你以前为什么不告诉我？

傻鱼儿，告诉你，我还能吃到生命珠？鬼脸奸笑着化作一缕阴风飘走了。她可真是一个恶毒的魔鬼。

18

王秀一早起床后，洗手洗脸然后给菩萨上香摆供。王秀抽出三根香点着了，弯腰鞠了三个躬。婆婆心诚，敬香是要跪下磕头的。王秀怕老张看到笑话她，骂她迷信老太婆。

插香的时候王秀的两手一直扶着香柱，她怕香站不住脚，香栽倒了不吉利。明明插了进去，一松手，香倒了下来。王秀心里一紧，她急忙把手探进香炉摸了摸，硬硬的扎手，香炉子里燃过的香把子太多，这些日子忙，没来得及清理里面的香把子。王秀用两个指头从香灰里拣出烧过的香头，放在一个干净的袋子里。敬过神的香头是极干净的东西，应该等上庙的时候送到庙里，

家里的菩萨是婆婆帮他们请的。婆婆病好以后，成了一个皈依佛门的俗家弟子，常去周围的寺庙听经。婆婆劝他们两口子，现在有钱人家都供佛供财神，你们家也供一供，不求走大运发大财，咱求个日子平安身体好。

以前王秀初一十五才摆供敬香，现在为了儿子她天天都上香。家里买了新鲜的水果，第一份一定是敬在佛前。一本的好大学王秀想也不敢想，考个二本，学费少点，出来也好找工作。人都是贪心的，王秀还希望张泽上省内的大学，离家近些，回来也方便。王秀把这些心愿和菩萨说了一年，也不知他老人家记下没有。上完香又点了六盏灯，取六六大顺的意思。婆婆特意嘱咐过，佛前点灯，步步高升。王秀最后许愿肚子里的孩子平平安安。

老张晚上回来时出了车祸，司机跑了，好心的路人发现后把老张送到了医院。王秀一路哭，一路往医院跑。她根本没有觉察到顺着裤脚淌下来的鲜血。老张折了三根肋骨，有一根伤到了肺，也算是因公受伤。刘兵出了全部的医药费，另外拿出一些钱让他好好养病。老张脸红脖子粗地不肯要刘兵的钱，刘兵说，算是我借给你的，挣钱了再还我。

见了红，孩子肯定保不住了，大夫建议王秀做清宫手术，流产不干净，留下后遗症以后会有生命危险。王秀躺在手术床上时看到大夫的身边站着一个穿公主裙的小女孩，小人不说话眼泪汪汪地看着她。王秀闭一下眼，睁大眼睛再看，哪有什么小孩子，旁边是个放手术器械的台子。冰凉的金属器械伸进身体里，王秀觉得身上的骨头似乎被一根根拆了下来。孩子……王秀咧着嘴小声哭了。

王秀告诉老张孩子没了时，老张半天没说话，后来长叹口气说，没了也好，本来就不该来咱家的，让她托生个有钱的好人家去吧。

手术后王秀只在家休息了三天就去上班，学生站刚接手过来，离不开人。她没有告诉任何人流产的事。刘姐心细拉着她的手也说，脸上一点血色也没有，是不是病了？难受在家多休息几天，我早来点晚走会儿，多操点心。反正我也是爱操心的命。王秀笑着说，谢谢刘姐！吃得动，做得动，哪有什么病。主要是这几天来来回回往医院跑，累了。

学校放学时，校门口等着接学生的家长挤得水泄不通。王秀披着红色的缎带子，站在板凳上喊着学生的名字。汽车摩托车电动车自行车把学校附近的马路封得死死的。脾气急的司机把喇叭按得震天响，旁边的人就骂，开个破车牛啥牛，有本事从天上飞呀。

19

我变成一个会发光的精灵，只有晚上才可以出现在又冷又黑的天空。